ASTRID MARTINI
JENNIFER SCHREINER
EMILIA JONES
LILLY GRÜNBERG
KIRA MAEDA

Wenn es dunkel wird im Märchenwald ...

EROTISCHE MÄRCHEN

AF288632

Plaisir d'Amour Verlag

ASTRID MARTINI, EMILIA JONES, KIRA MAEDA
JENNIFER SCHREINER, LILLY GRÜNBERG

Wenn es dunkel wird im Märchenwald...

EROTISCHE MÄRCHEN

© 2008 Plaisir d'Amour Verlag, Lautertal
Plaisir d'Amour Verlag
Postfach 11 68
D-64684 Lautertal
www.plaisirdamourbooks.com
info@plaisirdamourbooks.com
© Coverfoto: Sabine Schönberger (www.sabine-schoenberger.de)
Coverlayout: Christoph Spittler
ISBN 978-3-938281-58-1

Sämtliche Personen in diesem Roman sind frei erfunden. Für unaufgefordert auf dem Postweg eingesandte Manuskripte übernimmt der Verlag keine Haftung.

Inhalt:

Die Schöne und das Biest

VON EMILIA JONES

„Verdammtes Ungeheuer!", hörte Belle ihren Vater in einer für ihn recht untypischen Art und Weise brüllen. Sie saß gerade mit einer Stickarbeit in der Küche vor dem Ofen.

Als sie ihren Vater fluchen hörte, war sie derart zusammengezuckt, dass sie beinahe mit einem Arm gegen den heißen Ofen gestoßen wäre. Irritiert stand sie auf und legte ihr feines Tüchlein samt Nadel und Faden beiseite.

„Vater?", rief sie, „was ist denn geschehen?"

Zunächst erhielt sie ein Poltern zur Antwort. Die Haustür knallte. Etwas zerbrach.

Belle strich sich eine Haarsträhne hinter das Ohr. Mit aufeinandergepressten Lippen wartete sie ab. Sie wusste, dass ihr Vater es nicht leiden konnte, wenn sie ihm nicht ausreichend Zeit zum Hereinkommen ließ. Vor Ungeduld verknotete sie ihre Finger.

Endlich kam ihr Vater vom Flur durch die Küchentür herein. Sein Kopf war hochrot angelaufen. Der Zorn brachte ihn regelrecht zum Glühen.

„Ich verfluche dieses Vieh!", stieß er aus.

Belle räusperte sich. „Vater", setzte sie vorsichtig an, „was ist denn geschehen? Etwa schon wieder ein Schaf?"

„Eins!?" Er stierte seine Tochter an, als hätte sie eine unfassbar dumme Frage gestellt. Derart aufgebracht hatte Belle ihn nie zuvor erlebt.

„Gleich drei Schafe hat dieses Ungeheuer gerissen!", jaulte er auf, machte dabei eine weit ausholende Geste und fasste sich schließlich an den Kopf. Er schüttelte sich. „Wenn das so weitergeht, können wir bald nicht mehr existieren. Je mehr Schafe uns genommen werden, umso weniger wird uns am Ende zum Leben bleiben. Dieses verdammte ..."

„Vater!", unterbrach ihn Belle wirsch, „genug der Flüche."

Sie schenkte ihm einen sanften Blick und brachte ihn damit tatsächlich zur Ruhe – zumindest für den Moment.

„Was können wir tun?", fragte sie.

Ihr Vater zog eine Grimasse. Er ging einige Schritte durch den Raum, und es hatte den Anschein, als würde er ernsthaft über eine Lösung grübeln. Doch Belle konnte er nichts vormachen. Sie spürte, dass seine Wut längst nicht verflogen war.

„Es gibt nur eine Möglichkeit", sagte er mit drohendem Unterton. „Ich muss dem ein Ende setzen. Ich muss hinaus in den Wald und das Biest finden."

„Vater!", schrie Belle erneut auf. Dieses Mal jedoch voller Entsetzen. „Das kann nicht dein Ernst sein. Du kannst doch nicht alleine auf die Suche gehen. Frag vorher die Männer im Dorf. Sie werden dich ganz sicher unterstützen."

„Nein, Belle. Ich kann nicht länger darauf warten, dass die Männer aus dem Dorf die Sache in die Hand nehmen. Ich muss jetzt gehen, bevor unsere gesamte Schafherde tot am Boden liegt." Mit diesen Worten schnappte er sich sein Gewehr und verschwand ebenso wutschnaubend, wie er vor wenigen Augenblicken aufgetaucht war.

„Ich muss verrückt sein." Belle erschrak, wie sehr ihre Stimme zitterte. Sie hatte versucht, die Angst zu unterdrücken. Die Angst und das Grauen davor, alleine durch den dunklen, verlassenen Wald zu gehen.

Aber sie hatte schlichtweg nicht anders handeln können, als ihrem Vater zu folgen. Schon vor Stunden war er zornig aus dem Haus gestürmt. Er wollte es finden und zur Strecke bringen – das Ungeheuer, das seit Tagen ein Schaf nach dem anderen aus seiner Herde riss.

Belle hatte sich zwar eingebildet, durch die Männer im Dorf Hilfe zu erhalten, wurde aber von ihnen allen enttäuscht. Sie fürchteten sich weitaus mehr vor dem Wald als Belle selbst. Niemand wollte sie begleiten, um ihren Vater zu retten. „Warum geht er auch alleine in den Wald? Selbst schuld", hatte einer ihr geantwortet. Belle ärgerte sich noch immer über die Worte.

Je tiefer sie nun in den Wald geriet, umso mehr war sie davon überzeugt, dass ihr Vater sich dieses Vorhaben nicht recht überlegt hatte. Er war alt und oft kränklich in letzter Zeit. Wie sollte er sich in dem Zustand ganz allein einem Ungeheuer entgegenstellen und es auch noch zur Strecke bringen? Ganz abgesehen davon, dass Belle nie an eine schreckliche Kreatur geglaubt hatte, die im Wald ihr Unwesen trieb. Vermutlich handelte es sich dabei eher um einen Wolf. Die Menschen im Dorf erfanden oft unglaubliche Geschichten, die aus einfachen Tatsachen resultierten.

Da ihr Vater jedoch nicht zurückkehrte, musste ihm etwas zugestoßen sein. Anderenfalls säße er um diese Zeit längst wieder zu Hause vor dem warmen Ofen.

Belle seufzte. Es war kalt und dunkel, und sie fürchtete sich immer mehr. Jeder Schritt, den sie tat, verursachte ein Knacken des Unterholzes. Ganz in ihrer Nähe raschelte es, als würde sich ein Tier aus seinem Versteck herausschleichen. Sie glaubte sogar, in der Dunkelheit ein Paar rot glühende Augen zu entdecken. Doch im nächsten Moment verschwanden sie wieder. Es blieb nichts zurück als die Nacht, die Belle umgab.

Mit einem Schlag wurde ihr bewusst, dass sie vollkommen unbewaffnet war. Wütend hatte sie die Dorfschänke verlassen und sich auf ihrem Weg in den Wald keinerlei Gedanken um ihre eigene Sicherheit gemacht. Jetzt kniff sie die Augen halb zusammen und suchte mit Blicken den Boden ab, soweit sie ihn in der Dunkelheit noch erkennen konnte.

Da lag ein dicker Ast nicht weit von ihr. Belle bückte sich und hob ihn vom Boden auf. Er war dreckig und glitschig, aber das störte sie nicht. Sie hatte etwas gefunden, womit sie sich im Notfall verteidigen konnte.

Gerade fragte sie sich, wie spät es wohl mittlerweile sein mochte, da sah sie auf einer kleinen Lichtung etwas liegen. Aufgeregt rannte sie darauf zu. Das Herz pochte ihr bis zum Hals. Dieses Etwas erkannte sie sofort! Es war der Schal ihres Vaters. Sie selbst hatte das Stück gestrickt. Nun nahm sie es in die freie Hand und presste es kurz gegen ihre Wange. Der Schal war ebenso eiskalt wie die Nacht.

Schließlich richtete Belle den Blick wieder auf und erkannte vor sich einen schmalen Weg, der von der Lichtung direkt auf ein Schloss zuführte. Wie eigenartig, sagte sie sich, denn sie hatte nie davon gehört, dass sich mitten im Wald ein Schloss befand.

Ob ihr Vater dorthin gegangen war, um Hilfe zu erbitten? Aber wer sollte dort schon leben – in einem einsamen Schloss mitten im Wald? Und ganz sicher würde dieser Jemand nicht irgendeinem Fremden einfach so zur Hilfe eilen. Ehe Belle sich versah, spielte ihre Fantasie auch schon verrückt. Sie malte sich aus, wie wundervoll dieses Schloss im Inneren sein könnte. Vielleicht lebte da sogar ein einsamer Prinz. Belle lächelte bei dem Gedanken daran, wie dieser Prinz aussehen mochte.

Während sie ihrer Fantasie freien Raum ließ, kam sie dem Schloss immer näher und vergaß ihre Umgebung. Sie dachte nicht daran, dass sich auch andere Wesen in ihrer Nähe aufhalten könnten. So kam das Heulen des Wolfes für sie vollkommen unerwartet. Er hielt sich ganz in ihrer Nähe auf, und er wäre sicher sehr schnell bei ihr gewesen, hätte er es darauf angelegt.

Panisch wirbelte Belle herum. Sie versuchte den Wald zu durchschauen. Aber sie erkannte nur wenig. Mittlerweile war es viel zu dunkel, und das Mondlicht drang zwischen all dem Geäst nur spärlich hindurch.

„Oh, bitte", keuchte sie, „bleib weg von mir."

Nach einem Moment der Starre setzte sie sich wieder in Bewegung – weiter in Richtung Schloss. Ihre Schritte wurden schneller und schneller, bis sie zu laufen begann. Sie lief so schnell sie konnte auf das düstere Gemäuer zu. Dort würde sie Hilfe finden – und ganz bestimmt auch ihren Vater. Zumindest redete sie sich das ein.

Das Heulen des Wolfes verfolgte sie noch bis in die Eingangshalle des Schlosses. Dann fiel jedoch die gewaltige Tür mit einem ohrenbetäubenden Krachen hinter ihr zu. Der Lärm hallte in dem kalten, spärlich von Kerzen beleuchteten Gemäuer kurz nach. Belle erstarrte. Sie wagte sich kaum umzusehen, um festzustellen, in welche Lage sie hier geraten war. Erst als einen Moment später Stille eintrat, entspannte sie sich etwas. Nun wandte sie sich um und betrachtete die weitläufige Halle, die keineswegs einladend wirkte. Eigenartigerweise lagen überall auf dem Boden rote Rosenblätter verstreut.

Die Wände hingegen waren grau und wiesen an vielen Stellen Risse auf. Ihre einzige Zierde bestand aus den Kerzenleuchtern, die wie Speere in grotesker Weise in die Höhe ragten.

Belle schleifte den Ast mittlerweile mit einer Hand hinter sich her. Doch ganz gleich, wie schwer er wurde, sie wollte nicht von ihm lassen. Mutig tat sie einen Schritt vorwärts. „Hallo!? Ist hier jemand?"

Ihrem Ruf folgte keine Antwort, und so ging sie ein Stück weiter. „Ich brauche Hilfe! Bitte!"

Wie aus weiter Ferne hörte sie ein Kratzen und ein Schleifen.

„Hallo?!", rief sie ein weiteres Mal. Von blinder Neugier angetrieben wagte sie sich weiter und weiter vor, bis sie schließlich an der breiten Treppe ankam.

Zuerst hatte es den Anschein, als befände sich am Ende der Halle lediglich diese Treppe, die nach oben führte. Nun, als Belle direkt davor stand, erkannte sie allerdings auch einen Gang auf der rechten Seite. Pure Dunkelheit lag darin. Es brachte sie zum Frösteln, und sie fragte sich, warum sie den Blick nicht einfach wieder abwenden und davonlaufen konnte.

Da war es wieder! Dieses Kratzen. Es näherte sich, begleitet von einem Schlurfen. Belle nahm all ihren Mut zusammen. Sie suchte mit der freien Hand am Treppengeländer Halt, um sich nicht von der Angst zu Boden reißen zu lassen.

„Komm raus und zeig dich!", forderte sie und wurde sich bereits im nächsten Moment ihrer Unvernunft bewusst.

Ein grauenhaftes Etwas stürzte aus der Dunkelheit heraus. Es machte einen Satz an ihr vorbei und brachte sie zum Taumeln. Jetzt glitt der Ast ihr doch aus der Hand und fiel polternd zu Boden. Belle riss die Augen weit auf, um ganz genau sehen zu können, was sich dort in der Eingangshalle zu seiner vollen Größe aufbaute. Sie unterdrückte den Impuls, wie eine Wahnsinnige loszuschreien. Stattdessen griff sie auch mit der anderen Hand nach dem Treppengeländer. Ihre Knie fühlten sich so unsäglich weich an.

Da stand ein Mensch gewordenes Tier, bestimmt vier oder fünf Köpfe größer als sie selbst. Sein Kreuz war unglaublich breit, und die Arme dick und vermutlich voller Kraft. Es trug einen Fetzen von einer Hose. Ansonsten hing ihm das Fell in verdreckten Zotteln herab. Seine Hände und Füße waren Pranken mit gefährlichen, langen Krallen. Mit einer dieser riesigen Pranken hielt er ein wimmerndes Menschenbündel fest.

„Vater!", stieß Belle entsetzt aus.

Das Ungeheuer streckte den gewaltigen Kopf vor und zeigte ihr knurrend seine beeindruckend scharfen Zähne.

Belle konnte kaum die Tränen unterdrücken. Sie schniefte. Wie schwach sie doch war! „Bitte, tu ihm nichts. Verschone sein Leben. Er hat nichts Unrechtes getan."

Das Ungeheuer antwortete mit einem Brummen, das nur sehr entfernt wie ein lang gezogenes menschliches Wort klang. Belle verstand es nicht. Sie legte den Kopf schief und starrte ihr Gegenüber einfach nur an.

„Du verstehst mich nicht einmal, habe ich recht?"

Sie ließ die Schultern hängen.

„Waaarrruummmm ...?", knurrte das Wesen dieses Mal deutlicher.

Belle zuckte erschrocken zurück. Sie konnte es nicht fassen. Versuchte dieses Tier tatsächlich mit ihr zu sprechen?

„Warum sollte ich sein Leben verschonen?", fragte es schließlich mit einer tiefen, rauen Stimme, was keinen Zweifel mehr daran ließ, dass es sehr wohl in der Lage war, sich mit einem Menschen zu verständigen. Diese Tatsache versetzte Belle einen Stich. Plötzlich spürte sie Wut in sich aufsteigen.

„Und warum solltest du es nicht? Er hat dir sicher nichts getan! Wie sollte er auch? Sieh dich doch an!"

Von Belles Anklage getroffen, warf das Ungeheuer den Kopf zurück und brüllte laut auf. „Du kommst hierher, in mein Haus, ohne dass ich dich hereingebeten habe – und beleidigst mich?!"

Belle spürte wie ein Zittern – angefangen von ihren Zehenspitzen – in ihr emporkroch. Ihre Angst und Schwäche drohten nun wirklich die Oberhand zu gewinnen. Sie stolperte zurück. Schließlich landete sie mit dem Hinterteil auf den Treppenstufen. Dennoch blieb ihr Blick starr auf dem Ungeheuer hängen. Um keinen Preis wollte sie es aus den Augen verlieren – ihn oder das, was er ihrem Vater antun würde.

„Dein Vater kam hierher und zertrampelte meine Rosen." Grob schubste es ihren Vater von sich. Der blieb halb bewusstlos am Boden liegen. Nur ein leises Keuchen war von ihm zu hören.

„Meine wundervollen Rosen!", heulte das Tier. „Das Schönste, was ich in meinem Schloss beherbergt habe, ist dahin."

„Aber er hat doch nur Hilfe gesucht", gab Belle mit dünner Stimme zur Antwort.

„Hier?"

„Ja." Sie senkte den Kopf.

Dann trat Schweigen ein.

„Ist das alles, was du zu sagen hast?"

Belle schwieg.

„Dann geh. Ich kann deinem Vater nicht helfen. Und du kannst es offensichtlich auch nicht." Das Untier machte mit einer seiner gewaltigen Pranken eine abfällige Handbewegung. Gleich darauf packte es sein Opfer am Kragen und war im Begriff, es über den Boden hinter sich herzuschleifen.

Belle war entsetzt. Sie glaubte in einem schrecklichen Alptraum gefangen zu sein. Dieses Tier nahm ihren Vater mit sich, um ihn weiterhin zu quälen. Vermutlich bis zum Tode. Sie selbst aber ließ es achtlos zurück.

„Ich bringe dir neue Rosen!", rief Belle ihm in einem verzweifelten Versuch hinterher.

„Sie können meine alten nicht ersetzen." Das Untier drehte sich nicht einmal um. Es zuckte nur mit den gewaltigen Schultern.

„Aber gibt es denn nichts anderes, womit sich deine Rosen ersetzen lassen? Gibt es nichts, was ich dir im Tausch gegen meinen Vater geben kann?"

Nun wandte sich das Wesen doch wieder zu ihr um. Ein Funkeln schlich in seine Augen, und sein Maul formte sich zu etwas, das wie ein diebisches Grinsen aussah.

„Nun", sagte es, „DU bist schön."

„Ich?" Belle sah an sich herab. Konnte es wirklich das meinen, was sie dachte?

„Wenn du hier im Schloss bleiben würdest – anstelle deines Vaters ...“

„Nein, Belle“, mischte sich plötzlich ihr Vater mit schwacher Stimme ein. Er streckte eine Hand nach ihr aus. Doch sie war viel zu weit von ihm entfernt, als dass er sie wirklich hätte greifen können. „Lass dich nicht darauf ein. Geh zurück nach Hause und lebe dein Leben.“

Das Ungeheuer senkte sein abscheuliches Maul ganz nahe an das Ohr von Belles Vater herab. „Dann bist du des Todes.“

Mit zittrigen Fingern ergriff Belle abermals das Treppengeländer. Sie schaffte es, in einem halbwegs sicheren Stand auf die Füße zu kommen. Inständig hoffte sie, dass dem Biest die Unsicherheit, mit der sie nun sprach, nicht allzu sehr auffallen würde.

„Der Tausch gilt. Ich bleibe hier.“

„Belle!“, hörte sie ihren Vater ein letztes Mal rufen. Dann fand der sich in dem festen Griff seines Peinigers wieder. In rasanter Geschwindigkeit wurde er durch die Halle bis hin zum Eingangstor geschleudert. Er konnte die Situation nicht klar erkennen. Ihm schwindelte, als er endlich an die frische Luft kam. Wie aus dem Nichts tauchte ein großer Rappe mit glänzendem Fell und langen seidigen Haaren vor ihm auf. Das Ungeheuer hob ihn auf den Rücken des edlen Rosses.

„Mein treuer Freund wird dich nach Hause bringen.“

„Aber was ist mit Belle?“

„Ihr Zuhause ist nun hier.“

Belle konnte nicht fassen, was da gerade geschehen war. Sie musste tatsächlich verrückt sein. Eine andere Erklärung fand sie dafür nicht. Gefangen im Schloss eines Ungeheuers. Wie konnte so etwas nur möglich sein?

Gedankenverloren setzte sie sich zurück auf die Treppenstufen. Sie stützte den Kopf in beide Hände und starrte geradeaus auf den kalten, grauen Steinboden. Dort lag eines der Rosenblätter. Vermutlich war ihr Vater auf dem Weg ins Schloss durch ein ganzes Beet von Rosen getrampelt und hatte die Blätter bis hierher verstreut.

Durch ein Grummeln wurde sie schließlich aufgeschreckt. Sie sah direkt in die großen, gefährlich blitzenden Augen des Ungeheuers. Es machte nicht den Eindruck, als steckte in ihm nur ein Funken Liebenswürdigkeit. Gewiss scherte es sich nicht darum, ob Belle ihren Vater jemals wiedersehen würde oder nicht.

„Was nun?", fragte sie. „Was geschieht jetzt mit mir?" In ihrem Kopf spukten bereits die schrecklichsten Bilder. Entgegen aller Vermutungen zog sich das Biest jedoch von ihr zurück.

„Du solltest dich jetzt ausruhen. Mein Diener wird dir den Weg zu deinem Zimmer weisen."

„Dein Diener?" Belle wollte ihren Ohren nicht trauen. Konnte es sein, dass sich in diesem Schloss noch weitere Bewohner aufhielten? „Wo ist er?"

„Er ist doch schon da. Siehst du ihn nicht?"

Belle verzog das Gesicht. Ein Schmetterling tanzte ihr plötzlich auf der Nase herum. Er kitzelte sie, bis sie sich ein Niesen nicht länger verkneifen konnte.

Dann beobachtete sie, wie das kleine Wesen auf das Untier zuflatterte und sich auf eine ausgestreckte Kralle setzte. Es war irrsinnig. Der winzige Schmetterling auf der riesigen Pranke.

„Folge ihm." Die Stimme des Biests hallte in ihren Ohren. Wie in Trance erhob sich Belle und folgte dem kleinen Diener die Treppenstufen hinauf. Sie erreichten einen Flur, der mit dunkelblauem Teppich ausgelegt war. An den Wänden hingen in regelmäßigen Abständen in goldene Rahmen gefasste Gemälde. Es waren Portraits in Öl. Sicherlich zeigten sie Adelige. Belle wollte anhalten, um sie zu bestaunen, doch der Schmetterling sauste wie ein Wirbelwind um ihren Kopf herum und zwang sie zum Weitergehen.

Bis ans Ende des Flures führte er sie. Dort öffnete sich eine Tür und gewährte ihr Einlass in einen prächtigen Raum. Alles darin war reich geschmückt und mit Gold verziert. Auf der einen Wandseite befand sich ein Kamin, dessen flackerndes Feuer angenehme Wärme verströmte. Auf der anderen Seite thronte ein übergroßes Bett mit einer Vielzahl an Kissen und einem grandiosen Betthimmel.

„Hier soll ich bleiben?", fragte Belle. Sie drehte sich einmal um die eigene Achse und suchte nach dem Schmetterling. Doch der flog eben wieder aus dem Zimmer heraus. Die Tür fiel ins Schloss. Sie war allein – in einem traumhaften Schlafgemach.

Nie zuvor hatte Belle in einem derart pompösen Bett geruht. Sie hätte auch nie damit gerechnet, dass ihr diese Annehmlichkeit jemals zuteil werden würde.

„Wie ..." Sie suchte nach dem passenden Wort, während sie sich langsam ihrer Schlafstätte näherte. „Unglaublich", presste sie hervor. Eine treffendere Beschreibung wollte ihr nicht einfallen.

Dann löste sich endlich der Knoten in ihrer Brust. Sie streckte ihre Arme seitlich weit aus und ließ sich der Länge nach auf das Bett fallen. Einige der unzähligen Kissen purzelten auf den Boden. Belle scherte sich nicht darum. So wie sie dort lag war es angenehm weich und kuschelig, dass sie am liebsten auf der Stelle die Augen geschlossen und im Schlaf versunken wäre. Für eine Weile redete sie sich allerdings noch ein, keinesfalls einschlafen zu dürfen. Sie musste wachsam bleiben und überlegen, wie sie sich aus dieser Situation befreien konnte. Schließlich wollte sie den Rest ihres Lebens nicht in der Gefangenschaft eines grauenhaften Ungeheuers verbringen. Aber ehe sie ihre Überlegungen zu Ende bringen konnte, befand sie sich auch schon im Land der Träume.

Mit einem Schrei fuhr Belle aus dem Schlaf. Sie saß kerzengerade mit weit aufgerissenen Augen und schwer atmend im Bett. Die Umgebung, in der sie sich befand, ließ sie erkennen, dass sie die vergangenen Ereignisse nicht bloß geträumt hatte. Sie wurde tatsächlich von einem Ungeheuer in einem düsteren Schloss im Wald gefangen gehalten.

Einzig das Sonnenlicht, das nun am Tage durch einen Spalt zwischen den schweren Brokat-Vorhängen hindurchblitzte, vermochte ihr Trost zu spenden. Angezogen von den zarten Strahlen stand sie auf. Sie ging auf die Fenster zu und schob die Vorhänge beiseite. Sogleich leuchtete ihr die Sonne mit ganzer Kraft entgegen. Belle musste das Gesicht für einen Moment abwenden, so hell war es plötzlich.

Blinzelnd versuchte sie durch die Scheiben den Wald zu überblicken. Doch der Wald begann erst in einiger Entfernung. Dafür lag vor ihr ein prächtiger Garten mit vielen bunten Blumen. Den Mittelpunkt bildete jedoch ein unansehnlicher Brunnen. Die Figuren an seinen Seiten, die offenbar als Zierde gedacht waren, sahen aus wie Teufel. Belle schüttelte es bei ihrem Anblick.

Sie wandte sich mit dem Vorhaben ab, das Schloss zu erkunden. Vielleicht wirkte es bei Tageslicht gar nicht mehr so gruselig, wie es ihr am gestrigen Abend erschienen war. Aus Angst vor dem Ungeheuer bewegte sie sich jedoch nur vorsichtig. Sie öffnete die Tür zunächst ein kleines Stück weit und lugte hinaus, bevor sie einen Fuß auf den Flur setzte. Es war ruhig. Beinahe gespenstisch ruhig.

Belle erwartete, dass der Schmetterling sie empfangen würde. Doch er enttäuschte sie. Nichts und niemand hielt sich im Flur vor ihrem Zimmer auf.

„Gut", beschloss Belle, dann würde sie die Gelegenheit nutzen, um sich die Gemälde-Galerie genauer anzusehen. Schon ging sie darauf zu und schlenderte an der Reihe der kostbaren Kunstwerke entlang. Vornehme Menschen mit blass gezeichneter Haut waren darauf zu sehen. Die Haare lagen ihnen streng zurückgekämmt am Kopf, bei Frauen ebenso wie bei Männern. Ihre Gewänder waren sämtlich in blauer und schwarzer Farbe. Nur ein einziges Portrait, vor dem Belle inne hielt, passte nicht zu den anderen. Es zeigte eine Frau mit langem lockigem Haar, das lediglich am Oberkopf streng zurückgebunden war. Von da fiel es in dicken Zöpfen über ihre Schultern. Außerdem steckte sie in einem roten, mit Goldborte verziertem Kleid. Den Kopf trug sie stolz erhoben. Wie eine Königin sah sie aus.

„Sie war eine sehr anmutige Frau, die Comtesse, meinen Sie nicht auch?", wurde sie von einer betörend männlichen Stimme aus den Gedanken gerissen.

Belle fuhr herum. Ihren Rücken presste sie an die Wand neben dem Gemälde und starrte in das Antlitz eines Fremden. Ihre Verblüffung konnte sie nicht verbergen. Sie hatte nicht mit einem so ausnehmend attraktiven Mann gerechnet, der ihr nun gegenüberstand. Überhaupt hatte sie bis zu diesem Moment keine weiteren menschlichen Bewohner an diesem Ort vermutet.

„Wer ...", sie hatte Mühe, ihre Sprache wiederzufinden, „... wer sind Sie?"

„Ich bin Philippe."

„Ein Nachfahr der Comtesse?", platzte es aus ihr heraus.

„Nein", er lächelte amüsiert. „Ich verwalte das Schloss während der Abwesenheit des Herrn."

Belle ließ die Schultern hängen. Allem Anschein nach hatte ihr das Untier dieses Bild von einem Mann als Aufpasser auf den Hals gehetzt.

„Er hat mir aufgetragen, Euch zu bewachen", bestätigte er auch schon ihren Verdacht.

„Bewachen!" Sie spuckte das Wort aus. „Also bin ich seine Gefangene?"

Philippe legte den Kopf schief. Seine blauen Augen funkelten geheimnisvoll. „So dürft Ihr das nicht sehen", beruhigte er sie mit seiner sanften, wohlklingenden Stimme. Einem Mann wie ihm könnte sie vermutlich den ganzen Tag zuhören. Belle musste sich beherrschen, um nicht zu seufzen. Außerdem machte seine Anwesenheit sie allmählich stumm. Mehr und mehr zog er sie in seinen Bann, so dass sie nicht mehr klar denken konnte und erst recht nicht in der Lage war, eine vernünftige Antwort zu geben.

„Seht Euch einfach als seine Gesellschafterin. Denn das ist es, was ihm fehlt – Gesellschaft."

Belle zeigte eine höfliche Miene. Womöglich wirkte es auf Philippe sogar verständnisvoll. Doch Belle verspürte alles andere als das. Tag für Tag sollte sie an der Seite eines grässlichen Wesens verbringen.

„Was ist mit Euch?", wagte sie schließlich zu fragen. „Warum leistet Ihr Eurem Herrn keine Gesellschaft?"

Philippe verschränkte die Arme vor der Brust. Ein unergründlicher Schmerz lag in seinem Gesichtsausdruck. Die Haut spannte sich über seinen markanten Wangenknochen, und ein leises Zähneknirschen drang aus seinem Mund.

„Es ist mir nicht möglich", gab er endlich zur Antwort. „Aber ich werde heute den ganzen Tag über hier sein. Ich zeige Euch gerne das Schloss – vorausgesetzt, Ihr habt gegen meine Gesellschaft nichts einzuwenden."

Philippe zwinkerte ihr zu. Es erstaunte Belle, wie schnell sein Missmut in eine jungenhafte Fröhlichkeit umschlug. Er schien voller Tatendrang. Hätte Belle ihn gewähren lassen, hätte er sich vermutlich im nächsten Moment bei ihr untergehakt und sie einfach mit sich genommen.

„Gern", sagte sie nur. Lächelnd vergrößerte sie den Abstand zu ihm um eine Schrittlänge. Sie wollte lieber kein Risiko eingehen, indem sie sich mehr als unbedingt notwendig von ihm einlullen ließ.

Philippe hatte Belle den gesamten Morgen kreuz und quer durch das Schloss geführt. Es gab unglaublich viele Gänge und Treppen, die in alle möglichen kleinen oder großen Räume führten. Der größte von ihnen war jedoch zweifellos die Bibliothek mit ihren Regalen, die bis an die Decke reichten. Belle meinte, dass sämtliche Bücher der Welt eben an dieser Stelle lagerten. Nie hätte sie vermutet, dass ein einzelner Mensch – oder besser gesagt ein Ungeheuer – so viele Bücher besaß. Am liebsten wäre sie geblieben, um den Rest des Tages zu lesen. Aber Philippe meinte, dass ihr für diese Art der Beschäftigung noch genug Zeit bleiben würde.

Enttäuscht folgte sie ihm wieder hinaus, weitere Treppen hinauf und hinunter, in Räume, die bei Weitem nicht so interessant waren wie die Bibliothek. Bis sich bei ihr der Hunger einstellte.

„Philippe", sagte sie, „gibt es in diesem Schloss vielleicht auch etwas zu essen?"

Da lachte er nur und zeigte ihr als nächstes den Speisesaal, in dem sie an einer viel zu großen Tafel ganz alleine Platz nehmen sollte.

„Aber wer bereitet das Essen zu?", fragte sie. „Gibt es noch mehr Angestellte?"

Philippe wich einer Antwort aus, indem er nur lächelte und somit nichts über das Schloss zu berichten brauchte. Belle zweifelte daran, ob er ihr mehr als Wasser und trockenes Brot anbieten konnte. Wer sollte die Lebensmittel hierherbringen und sie zubereiten? Etwa Philippe selbst? Oder gar das Ungeheuer? Belle musste bei der Vorstellung daran unwillkürlich schmunzeln.

Umso mehr erstaunte es sie, als Philippe mit einem Rollwagen voller frischer Speisen in den Saal zurückkehrte. Er hielt direkt neben ihr und präsentierte ihr die Köstlichkeiten: Wachteleier, Gemüse, Brot, warme Hähnchenkeulen und vieles mehr. Belle konnte sich gar nicht satt sehen. Sie aß, während Philippe ihr lediglich dabei zusah. Er nahm nicht einen Bissen zu sich. Vielmehr kam es Belle so vor, als würde es ihm vollkommen genügen, sie mit seinen Blicken zu verschlingen. Sie spürte, wie sehr er sich an ihrem Anblick ergötzte, und an der Art, wie sie die Speisen vertilgte.

Diese Art von Beobachtung mochte sie nicht, dennoch schmeichelte es ihr auf merkwürdige Weise. Sie ertappte sich dabei, wie sie sich ein Stück Brot ganz langsam in den Mund schob und sich anschließend verführerisch mit der Zunge über die Oberlippe fuhr. Wie konnte sie nur! Röte schoss ihr in die Wangen. Augenblicklich beschloss sie, dass sie genug gegessen hatte.

„Was sehen wir uns als nächstes an?", versuchte sie der peinlichen Situation zu entfliehen.

Philippe reckte das Kinn. Er tat, als müsste er erst darüber nachdenken. Doch schon lächelte er sie wieder an.

„Da gibt es noch etwas ganz Besonderes. Das wird Euch bestimmt gefallen."

Philippe fasste sie bei der Hand und zog sie vom Stuhl hoch. Wie ungestüm er war! Belle wehrte sich heftig gegen das warme Gefühl, das sich in ihrer Bauchgegend ausbreitete. Das wäre ja etwas! – Dem erstbesten Schönling zu verfallen. Einem Mann wie ihm war sie schließlich vorher nie begegnet. Die Burschen aus ihrem Dorf sahen neben Philippe wie ungepflegte Rüpel aus. Mit strohigem Haar, unrasiert und Fingernägeln, unter denen sich eine dicke Dreckschicht angesammelt hatte. Außerdem rochen sie teilweise ganz abscheulich. Philippe hingegen verströmte einen angenehmen Duft. Belle hatte sich schon immer nach einem so besonderen und ansehnlichen Mann wie ihn gesehnt. Darum würde es ihr auch schwer fallen, ihn nicht zu nahe an sich heranzulassen.

Belle folgte Philippe in einen abgelegenen Flügel. Sie mussten erst durch einen langen Flur, der keinerlei Schmuck aufwies. Die Steinwände wirkten kalt und abweisend. Auch die monumentale Tür mit dem übertrieben großen Eisenknauf hatte nichts Einladendes an sich. Dennoch öffnete Philippe sie und machte den Weg in eine unerwartete Schatzkammer frei.

Der mit verschnörkelten Mustern verzierte Fußboden wirkte allein bereits so kostbar, dass Belle ihn kaum zu betreten wagte. Zaghaft machte sie einen Schritt in den Raum und blieb sogleich stehen, um die prachtvolle Umgebung gänzlich in sich aufzusaugen.

„In diesen Räumen hat die Comtesse gelebt", erklärte Philippe. „Doch das ist viele Jahre her. Nur das Gemälde erinnert an sie."

Erst jetzt fiel Belle auf, dass auf der gegenüberliegenden Wandseite ein weiteres Portrait der Comtesse hing, jedoch um etliches größer als das im oberen Flur. Ihre Schönheit – auch wenn sie nur gemalt war – schien den Raum zu erhellen.

„Der wahre Schatz dieser Räume zeigt sich allerdings erst nachts. Dann sieht man die Sterne durch die einzigartige Glasdecke."

Belle legte den Kopf in den Nacken. Sie sah hinauf und erkannte über sich tatsächlich eine Decke aus reinem Glas.

„Ich wusste nicht, dass es so etwas gibt", hauchte sie fasziniert.

„Niemand weiß das – außer den Bewohnern des Schlosses."

Den ganzen Tag über hatte sich das Ungeheuer nicht blicken lassen. Erst als Philippe sich zur Abenddämmerung verabschiedete, und Belle in ihr Schlafgemach zurückkehrte, hörte sie das zügellose Aufheulen in der Eingangshalle des Schlosses. Das kam ihr sehr merkwürdig vor. Dennoch wollte sie nicht erneut hinabgehen und sich nach ihm erkundigen. Sie fühlte sich müde von den Erlebnissen des Tages. Daher legte sie sich mit dem Rücken aufs Bett, verschränkte die Arme hinter dem Kopf und starrte den Stoffhimmel über sich an.

Feiner Satinstoff hing in Wellen geschlagen an den Pfosten hinunter. Kleine goldene Steine glitzerten darin. *Wie Sterne,* dachte Belle. Wie mochten die Sterne wohl durch das Glasdach aussehen?

Gähnend streckte sie sich und drehte sich auf die Seite. Mit beiden Händen durchwühlte sie die Vielzahl an Kissen, bis sie eines davon fest im Griff hatte. Sie klammerte sich daran und fiel nur einen Wimpernschlag später in einen leichten Schlummer.

In ihren Träumen sah sie Sterne. Sie sah Frauen in weißen Gewändern, die im Mondlicht auf einer Wiese tanzten. In einer von ihnen erkannte sie sich selbst. Ihre langen braunen Haare waren offen und umschmeichelten ihren schlanken Körper wie ein sanfter Wasserfall. Sie reckte den Kopf anmutig in die Höhe – ebenso anmutig wie die Comtesse auf dem Gemälde. Doch plötzlich hielt sie inne. Beinahe wäre sie gestolpert und gefallen.

Philippe stand ganz in ihrer Nähe und verfolgte ihren Tanz mit neugierigen Blicken. Als er sich ihrer Aufmerksamkeit gewahr wurde, nickte er lediglich, drehte sich um und verschwand im Nichts.

Belle öffnete die Augen. Sie setzte sich auf. Langsam und mit einem benommenen Gefühl im Kopf. Lange konnte sie nicht geschlafen haben, denn von unten drang abermals ein Aufheulen des Ungeheuers bis in ihr Gemach. Oder schlich er gar die ganze Nacht über ruhelos durchs Schloss?

Nun wollte Belle doch noch einmal die Treppe hinabsteigen und sich nach ihm erkundigen. Sie stand auf und warf sich eines der Gewänder über, die sich in einem Schrank des Zimmers befanden. Dann schlüpfte sie in ihre Schuhe und ging auf die Tür zu. Dieses Mal knarrte sie eigenartig beim Öffnen. Außerdem schlüpfte der Schmetterling durch den ersten schmalen Spalt in den Raum. Er zog einige Kreise um Belle, stoppte dann aber und versprühte eine Art Goldstaub.

„Kommst du mit mir?", fragte sie den Schmetterling, obwohl sie sich absolut nicht sicher war, ob dieses Wesen sie überhaupt verstand.

Es vermittelte den Eindruck, als wollte es in der Luft auf und ab springen und verstreute dabei nur noch mehr von seinem Staub. Eine bessere Antwort konnte Belle wohl nicht erwarten.

„Dann komm!" Sie winkte den Schmetterling hinter sich her. Artig folgte der ihr den Flur entlang über die Treppe bis in die Schlosshalle. In den grotesken Kerzenleuchtern flackerte das Licht. Es verlieh diesem Platz einen bedrohlichen Charakter. Kein Wunder, dass sie sich zuerst gefürchtet hatte. Und dann auch noch die Begegnung mit dem furchtbaren Biest!

Allerdings hielt es sich jetzt nicht mehr hier auf. Die heulenden Laute waren versiegt. Wie schon am Tage, fehlte auch nun jede Spur von ihm.

Belle wandte sich dem Schmetterling zu. „Wo ist er?"

Der Schmetterling tat einen weiteren Sprung in der Luft, wirbelte dreimal um ihren Körper und schoss dann voran. Belle musste laufen, um ihn nicht aus den Augen zu verlieren. Sie kannte den Weg. Doch sie hatte keine Zeit zu überlegen, an welcher der Stellen sie sich aufhielt, die sie zuvor am Tage mit Philippe besichtigt hatte. Erst als sie den grauen Flur erreichte und die sperrangelweit geöffnete große Tür sah, dämmerte es ihr.

Die Gemächer der Comtesse.

Der Sternenhimmel! – Träumte sie etwa noch immer?

Belles Schritte wurden langsamer. Sie keuchte ein wenig von ihrem Lauf. Den verzierten Fußboden sah sie im Schein des Mondlichts und der Sterne aufleuchten. Herrliche Muster traten hervor, die am Tage verborgen geblieben waren. Wie verzaubert seufzte Belle auf, als sie den Raum betrat und den Sternenhimmel über sich erblickte.

„Ist es nicht wundervoll?"

Die raue Stimme des Ungeheuers versetzte ihr einen heftigen Schreck. Sie konnte ein Zusammenzucken nicht verhindern.

Das Biest brummte gekränkt. „Ich muss dir wirklich sehr zuwider sein."

„Nein!", schrie Belle eine Spur zu laut, um ehrlich zu wirken. Sie wurde nervös und fuchtelte mit den Händen in der Luft.

„Nein, nein", wiederholte sie etwas leiser. „Es ist nur ... du hast mich erschreckt. Ich wusste nicht ..."

„Dass ich hier bin?" Es hob die Augenbrauen hoch. „Das ist mein Schloss. Ich kann mich aufhalten, wo immer es mir gefällt."

„Ja, natürlich." Belle wusste nicht, was sie tun sollte. Sie trat von einem Fuß auf den anderen. „Dann ... dann lasse ich dich besser allein."

Schon war sie herumgewirbelt und wollte zur Tür hinausstürzen, da hielt sie die mit einem Mal so sanfte Stimme des Untiers zurück.

„Bleib ruhig hier und sieh dir die Sterne an. Hier ist genug Platz für uns beide."

Belle verharrte. Sie trug einen inneren Kampf mit sich selbst aus, ob sie auf sein Angebot eingehen oder lieber davonlaufen sollte. Am Ende gewann jedoch ihre

Vernunft die Oberhand, die ihr sagte, dass sie nicht ewig Reißaus nehmen konnte. Schließlich lebte sie nun in dem Schloss des Ungeheuers.

„Wenn es dich wirklich nicht stört." Mit diesen Worten setzte sich Belle auf den Fußboden daneben – allerdings mit etwas Abstand. Damit musste es sich für den Anfang zufriedengeben.

Am nächsten Morgen blieb Belle lange im Bett liegen. Die halbe Nacht hatte sie schweigend an der Seite des Ungeheuers gesessen und in den Sternenhimmel gestarrt. Seine Gesellschaft war nicht unangenehm gewesen. Eine Tatsache, die sie selbst nicht recht wahrhaben wollte. Wie konnte man auch mit einem Biest Freundschaft schließen? Unmöglich!

Belle schälte sich gähnend aus den Decken. Wie schon am Morgen zuvor öffnete sie die schweren Vorhänge, um sich von der Sonne begrüßen zu lassen. Sie streckte ihr Gesicht vor, hielt es direkt ins Licht, bis sie ein Prickeln auf ihrer Nasenspitze verspürte. Mit einem Lächeln auf den Lippen drehte sie sich wieder herum.

Was würde sie heute anstellen? Vielleicht war das Ungeheuer auch an diesem Tag fort, so dass sie noch einmal in den Genuss von Philippes Gesellschaft kommen würde. Es war schön gewesen, sich mit ihm die Zeit zu vertreiben. Obgleich Belle sich eingestehen musste, dass sie in seiner Nähe von einer gewissen Hilflosigkeit geplagt wurde.

Wenig später verließ sie ihr Gemach, um in die Halle hinunterzugehen. Da war er! Philippe saß auf einer der unteren Treppenstufen und drehte in den Händen einen Apfel hin und her. Natürlich wartete er auf sie. Das wusste Belle. Es störte sie jedoch nicht. Im Gegenteil. Sie freute sich, ihn zu sehen.

„Und was zeigt Ihr mir heute?", begrüßte sie ihn mit ihrem schönsten Lächeln.

„Hm …", machte er, „wofür kann ich eine Schönheit wie Euch wohl noch begeistern?" Seine Augen sprachen Bände – wie er so dasaß, lasziv zur Seite gelehnt. Belle wurde allein bei seinem Anblick schwindelig.

„Den Garten!", rief sie mit Blick auf den Apfel aus. Etwas Besseres fiel ihr in dem Moment nicht ein. „Ich kann ihn aus meinem Fenster sehen, aber Ihr habt ihn mir noch nicht aus nächster Nähe gezeigt."

„Dann werde ich das wohl nachholen müssen." Er sprang auf die Füße. Die Enttäuschung über ihre Zurückhaltung war ihm deutlich anzumerken. Dennoch gab er sich beherrscht und zeigte Belle, wie sie es wünschte, den Weg in den Garten.

Es gab einen Balkon, der sich – wie Philippe erklärte – direkt unter Belles Zimmer befand. Von ihm führten Treppenstufen an beiden Seiten hinab in die Grünanlage. Prächtige Büsche wuchsen in einer geraden Reihe an der Schlossmauer entlang. Sie waren sämtlich in eine gleichmäßige ovale Form geschnitten.

Ein schmaler Weg aus Kieselsteinen führte von der Balkontreppe zu dem Brunnen, den Belle bereits gestern aus ihrem Fenster erblickt hatte. Sie stellte fest, dass die Figuren gar nicht mehr so schrecklich wirkten, wenn man erst einmal direkt vor ihnen stand. Die Gesichter der Steinwesen zeigten einen freundlichen Ausdruck. In dem Brunnen selbst war nur ein sehr schwaches Plätschern von Wasser zu hören.

„Er wird schon seit vielen Jahren nicht mehr genutzt", merkte Philippe an. „Nicht einmal zum Begießen der Blumen."

„Aber wer kümmert sich um all die Pflanzen? Wer pflegt diesen Garten?"

„Der Herr."

Belle zog ungläubig die Augenbrauen zusammen. Sie konnte sich beim besten Willen nicht vorstellen, dass ein Ungeheuer – wie sein Herr es nun einmal war – diesen wundervollen Garten instand hielt.

„Warum sehe ich ihn dann tagsüber nicht hier arbeiten?", hakte Belle nach.

„Oh." Philippe zeigte sein geheimnisvolles Lächeln. „Er mag das Sonnenlicht nicht, müsst Ihr wissen. Die Nacht bietet ihm weitaus mehr Möglichkeiten, sich versteckt zu halten."

„Wohl wahr", musste Belle zugeben.

Noch eine ganze Weile schlenderte sie an der Seite von Philippe durch den Garten. Sie erfreute sich an dem Anblick der vielen bunten Blumen. Philippe erlaubte ihr sogar, eine von ihnen zu pflücken. Belle entschied sich für eine rote Aster.

„Wie schön sie ist." Verträumt roch sie an der Blüte. Für einen Moment schloss sie die Augen und bemerkte nicht, wie Philippe sich ihr näherte. Er stand nun ganz dicht vor ihr. Der Duft der Blume vermischte sich mit seinem.

Belle wollte nicht erneut vor ihm zurückschrecken. Sie hielt still, während er ihr die Aster aus der Hand nahm und sie hinter ihr Ohr steckte.

„Sie verblasst neben Eurer Schönheit."

Belle starrte ihn an. Unendlich langsam näherte sich sein Gesicht dem ihren. Sein Atem streifte ihre Wangen und ihre Lippen. Belle hielt die Luft an. Sie redete sich selbst ein, dass sie einen Kuss auf gar keinen Fall zulassen durfte. Doch schon verschloss er ihren Mund. Ganz leicht und zart fühlte es sich an, wie seine

Zungenspitze ihre Lippen neckte. Ein heftiges Kribbeln breitete sich überall in ihrem Körper aus. Die Versuchung, sich davon mitreißen zu lassen, war unheimlich groß. Belle gelang es jedoch, sich aus Philippes Fängen zu befreien.

„Verzeiht." Ihre Stimme hatte einen erbärmlich schwachen Klang. „Wir können nicht ... ich meine ..." Sie wusste nicht, wie sie sich aus der Situation herausreden sollte. Aber das war auch gar nicht nötig. Philippe verstand, dass er sich zu weit vorgewagt hatte.

„Nein, Ihr müsst mir verzeihen", sagte er. „Ich hätte Euch nicht so überrumpeln dürfen."

„Nein, das hättet Ihr nicht." Belle wandte sich ab. Inständig flehte sie darum, dass ihm nicht auffallen würde, wie puterrot ihr Gesicht anlief.

„Ich möchte jetzt gerne in die Bibliothek, wenn Ihr nichts dagegen einzuwenden habt", fuhr sie fort, indem sie Philippe den Rücken zukehrte.

Natürlich hatte er nichts dagegen einzuwenden. Er ließ sie gehen. Und Belle ging ohne Umwege sofort in die Bibliothek. Gleich im ersten Regal suchte sie nach einem passenden Buch, mit dem sie sich von ihren verrückt spielenden Gedanken ablenken konnte.

Schon früh hatte Belle von ihrem Vater das Lesen gelernt. Er war nicht wie die Burschen im Dorf, die die Meinung vertraten, eine Frau dürfte keine geistigen Fähigkeiten entwickeln. Ihr Vater hatte ihr vieles beigebracht, doch das Lesen liebte sie davon am meisten.

In dem ersten Regal der Schloss-Bibliothek fand sie etwas über Pflanzen und Medizin. Warum nicht, sagte sich Belle, und ergriff das Exemplar. Mit diesem Lesestoff machte sie es sich in einem der Sessel bequem, von denen in jeder Ecke des Raumes einer stand.

Verbissen blätterte sie durch das Buch, ohne tatsächlich etwas zu lesen. Sie spürte den Kuss auf ihren Lippen immer noch viel zu intensiv. Die Szene spielte sich wieder und wieder in ihrem Kopf ab. Es schien unmöglich, an etwas anderes zu denken. Zu allem Überfluss fiel ihr auf, dass Philippe vor der Bibliothekstür Wache schob. Er behielt Belle im Auge, wie sein Herr es ihm aufgetragen hatte. Sie ärgerte sich über diesen Umstand. Ihre Fingernägel krallten sich regelrecht in den Buchdeckel, so verkrampft saß sie da.

Reiß dich zusammen!, schimpfte sie sich selbst in Gedanken aus.

Belle holte einmal tief Luft und klappte das Buch zu, um es noch einmal auf der ersten Seite aufzuschlagen und mit dem Lesen zu beginnen.

Irgendwann musste sie über dem Buch eingeschlafen sein. Undeutlich drang eine Stimme in ihr Bewusstsein. Verstört nahm sie wahr, wie ihr der Lesestoff aus den Händen genommen wurde. Jemand fasste sie an der Schulter an.

„Nein, nicht!", stieß sie aus, da sie überzeugt war, dass es sich um Philippe handelte. Sie fuhr in dem Sessel hoch und riss die Augen auf. Vor ihr stand das Ungeheuer in seiner vollen, beeindruckenden Größe. Ein Kloß bildete sich in ihrem Hals.

„Du bist eingeschlafen", lautete seine wenig originelle Erklärung.

„Ja", war dann auch alles, was Belle erwiderte.

Eine ganze Weile sahen sie sich einfach nur an – wie zwei Tiere, die beide auf der Lauer lagen. Schließlich machte das Ungeheuer einen neuen Anfang, indem es ihr das Buch wieder reichte.

„Ich wollte es dir nicht aus der Hand nehmen. Falls du weiterlesen möchtest ...?"

Belle warf einen Blick auf den Titel: „Pflanzen und Medizin". Sie erinnerte sich nicht daran, ob sie überhaupt ein Wort daraus gelesen hatte.

„Oh, nein", sagte sie. „Ich möchte lieber eine richtige Geschichte lesen. Eine, die in einem fremden Land spielt. Und natürlich sollte es auch eine Liebesgeschichte sein."

„Liebesgeschichte." Das Ungeheuer presste das Wort aus seinem Mund hervor, als würde es ihm Schmerzen bereiten. „Davon gibt es in meiner Bibliothek keine große Auswahl. Dort hinten in der Ecke stehen ein paar Bücher." Er deutete mit seiner Pranke in einen Regalabschnitt ganz unten am Boden.

Belle hüpfte aus dem Sessel auf ihre Füße. Sie lief auf die Stelle zu und zog wahllos eines der Bücher heraus. Staub wirbelte ihr entgegen. Genau davon musste sie auch den Ledereinband erst befreien, ehe sie den Titel lesen konnte. „Die schöne Madelaine", stand dort.

„Ich verstehe nicht, was es gegen Liebesgeschichten einzuwenden gibt." Während sie sich in den Sessel zurückfallen ließ, schlug sie das Buch auf.

„Komm, setz dich", sagte sie zu dem Ungeheuer. „Ich lese dir etwas vor. Du wirst sehen, dass dir die Geschichte am Ende doch gefällt."

„Nein, ich habe andere Dinge zu tun", wehrte es ab.

„Was denn? In die Sterne sehen?" Belle konnte sich diese spitze Bemerkung einfach nicht verkneifen. Sie erntete darauf ein gefährliches Grummeln des Biests. Kurz hatte sie Angst, es könnte sich auf sie stürzen. Aber schon wurde es wieder ganz ruhig. Ohne ein weiteres abwehrendes Wort setzte es sich auf den Boden neben den Sessel.

Es schaute Belle nicht an, lauschte lediglich ihrer klaren Stimme. Belle besaß die Fähigkeit, ihren Worten Farben zu verleihen. Es dauerte somit nicht sehr lange, bis das Ungeheuer vollkommen mit ihr in die Liebesgeschichte um die schöne Madelaine eingetaucht war.

In der folgenden Nacht hatte Belle einen sehr intensiven Traum. An Philippes Seite stand sie im Garten. Ein Meer von roten und weißen Rosen breitete sich um sie herum aus. Überall stiegen Schmetterlinge empor. Die kleinen Flatterwesen tanzten auf ihren Nasen und Schultern. Sie neckten das Paar, das liebevolle Blicke miteinander austauschte.

Belle spürte Philippes Hand in ihrem Rücken. Er stützte sie, während sie beide langsam zu Boden sanken und sich schließlich auf ein weiches Rosenbett legten. Die Blumen verströmten einen betörenden Geruch. Nebelschleier schlossen sich um sie, hüllten sie ein, bis Belle sich vollkommen entspannte.

Dann begann Philippe sie zu streicheln. Beginnend von ihren Fingerspitzen über ihren Arm, streifte er nur kurz ihre Schultern, bis er ihr Dekolleté erreichte. Mit einer Hand umfasste er ihren linken Busen.

Sie wollte aufbegehren. Wie konnte er es wagen! Aber die nun folgenden Liebkosungen versetzten sie in derartige Hochstimmung, dass sie es einfach geschehen ließ. Sie hatte es nicht für möglich gehalten, dass sie sich so sehr nach seinen Berührungen verzehrte. Ganz sachte knetete er ihre Brust. Erst die eine, dann die andere, und schließlich zwirbelte er ihre Knospen, bis sie beinahe einen Schrei der Lust ausstieß.

Belles Mund war nun leicht geöffnet. Sie keuchte und leckte sich dabei immer wieder mit der Zunge über die Lippen.

Philippe beugte sich hinab und hauchte einen Kuss in ihre Halsbeuge. Bevor er weitermachte, wartete er ihre Reaktion ab.

Er wurde nicht enttäuscht. Belle bäumte sich auf. Ihr Körper verlangte nach mehr – nach mehr Küssen, nach mehr Berührungen. Wie im Wahn bot sie sich ihm dar. Ihre Finger nestelten an seiner Kleidung. Sie wollte seine nackte Haut sehen und sie an ihrer eigenen spüren, seine Wärme und seine Männlichkeit.

Belle fühlte sich völlig losgelöst – von jeglichem Anstand und sämtlichen Bedenken. Lust keimte in ihr auf. Eine Empfindung, die sie vor der Begegnung mit Philippe nicht einmal erahnt hatte. In ihren Unterleib schlich sich ein angenehmes Ziehen. Wie von selbst presste sie ihn gegen seine Lende und wurde von seiner harten Männlichkeit überrascht. Nun errötete sie doch ein wenig. Sie blickte auf und direkt in seine geheimnisvollen Augen. Merkwürdigerweise sprachen aus ihnen nichts als Kummer.

„Du kannst nicht wissen, wie sehr ich mich nach dir sehne." Seine Worte hallten in ihren Ohren wieder. Es war alles, was von ihrem Traum zurückblieb.

„Wollt Ihr Euch denn heute von mir verwöhnen lassen?", erkundigte sich Philippe am nächsten Morgen.

Belle errötete. Es war allzu offensichtlich, worauf er mit seiner Anspielung hinaus wollte. Sie stieg die letzte Stufe der Treppe hinab und wollte an ihm vorbei durch die Schlosshalle huschen. Aber er packte sie am Arm und zog sie zu sich heran. Wütend blickte sie ihm entgegen.

„Ihr tut mir weh!", beschwerte sie sich.

„Verzeiht", sagte er mit einem unanständigen Grinsen auf den Lippen, „mir war, als würdet Ihr vor mir fliehen wollen."

„Ja, vielleicht wollte ich das tatsächlich." Ihre Miene blieb unbewegt.

„Dann wäre Euch aber ein vorzügliches Morgenmahl entgangen." Mit diesen Worten ließ Philippe von ihr ab. Er ging vor in Richtung Speisesaal und winkte ihr zu, ihm zu folgen.

Einen Moment lang blieb Belle vollkommen verunsichert stehen. Dann setzte sie sich jedoch in Bewegung. Vermutlich hatte sie sein Verhalten falsch gedeutet. Er hatte mit „verwöhnen" sicher nur das Frühstück gemeint.

Als sie den Speisesaal betrat, entdeckte sie das üppige Mahl, von dem sicherlich eine ganze Festgesellschaft satt geworden wäre. Doch das alles war ganz allein für sie bestimmt.

Belle betrachtete Philippe zweifelnd von der Seite.

„Habt Ihr gut geruht?", unterbrach er das Schweigen.

Belle schüttelte den Kopf. „Nein, ich habe nicht sehr gut geschlafen", behauptete sie. Das Gegenteil war jedoch der Fall. Beschwingt und glücklich summend war sie nach ihren nächtlichen Erlebnissen aus dem Bett gestiegen. Das würde sie ihm allerdings bestimmt nicht auf die Nase binden.

„Das tut mir leid", sagte er. „Ich hoffe, ich kann Euch dafür wenigstens den Tag etwas versüßen."

In Belle stieg Hitze auf. Schon wieder ereilten sie die wildesten Vermutungen, was er wohl mit seiner Bemerkung bezwecken könnte. Die Traumbilder der letzten Nacht saßen in ihrem Kopf noch immer fest. Wie leidenschaftlich er sie berührt hatte. Sie wollte seine Hände auch in der Wirklichkeit auf ihrem Körper spüren. Sie konnte an nichts anderes mehr denken. Und nun bedachte er sie auch noch mit diesen neugierigen Blicken! Als würde er ahnen, was in ihrem Kopf vorging.

Nervös griff Belle nach der Serviette, die vor ihr auf dem Tisch lag und faltete sie auseinander, nur um sich abzulenken.

Philippe schien das zu ahnen und wartete nicht lange ab, sondern nutzte die Situation aus.

Plötzlich stand er hinter ihr. „Ihr seid so schön", hauchte er dicht an ihrem Ohr. Mit einer Hand streichelte er ihren Nacken.

„Nein", wehrte sich Belle, „tut das nicht." Doch ihr Widerstand wurde schwächer.

Er kraulte ihr Haar, bis sie den Kopf genießerisch zurücklegte. Sie hatte sich nicht so leicht ergeben wollen. Doch sie war schlichtweg nicht fähig, ihm auch nur einen weiteren kurzen Moment zu widerstehen. Sie wollte sich vollkommen in seine Zärtlichkeiten fallen lassen.

Belle schloss die Augen und glaubte, sich in ihrem Traum zu befinden. Philippes Hände glitten von oben über ihre Schultern zu ihren Brüsten hin. Er umfasste sie, hielt sie kurz und fest, bis Belle aufstöhnte. Dann suchten seine Finger nach den Schnüren an dem Dekolleté ihres Kleides. Sein Ziel war eindeutig. Er wollte sie von dem lästigen Stoff befreien. Doch Belle erschien der Gedanken daran, ihm nackt gegenüberzutreten, etwas unangenehm. Sie hatte sich noch nie einem Mann hingegeben. Nicht einmal daran gedacht – und nun ging alles so rasend schnell. Obgleich sie ihre Schamgefühle noch nicht gänzlich abstreifen wollte, steigerte sich ihre Lust explosionsartig. Was sollte sie tun? Sollte sie sich ihm tatsächlich hingeben?

Philippe drängte darauf, ihr die Entscheidung zu erleichtern. Er trat um den Stuhl herum, so dass er nun vor ihr stand. Seine Hände schoben sich um ihre Taille. Ganz sanft brachte er sie in eine aufrechte Position. Allerdings stellte er sie nicht auf die Füße, und sie hatte das Gefühl zu schweben. Einen langen Moment hielt er sie so, währenddessen sie über seine Kraft und Ausdauer staunte. Schließlich setzte er sie auf der Tischkante ab. Das Geschirr und die Lebensmittel, die um sie herum aufgebaut waren und jetzt nur noch störten, schob er einfach beiseite.

Belle legte ihre Hände sachte auf seine Schultern. Sie streichelte seinen Hals hinauf und wieder hinab, vollkommen ahnungslos, wie sie sich verhalten sollte. Sein Lächeln zeigte ihr jedoch, dass er hingegen ganz genau wusste, was er wollte, und dass er sie schon in seine Richtung lenken würde. Er reckte sein Gesicht zu ihr vor, küsste sie erst behutsam, doch bald immer fordernder. Lebhaft erkundete seine Zunge ihren Mundraum. Belle wusste gar nicht, wie ihr geschah. Er saugte an ihren Lippen, hauchte Küsse auf ihre Wange, ihr Kinn und ihren Hals. Seine Hände hielten sich zunächst noch einmal an ihren Brüsten auf, bevor er sie weiterwandern ließ. Sie schoben sich unter den Saum ihres Rockes, massierten ihre Waden, ihre Kniekehlen und dann – sie konnte es kaum fassen – die Innenseiten ihrer Oberschenkel.

Belle keuchte auf. Was stellte er da nur mit ihr an? Und wie um alles in der Welt konnte sie das einfach so geschehen lassen?

Sie presste ihre Hände flach gegen seinen Brustkorb. Damit wollte sie ihm wenigstens ein Fünkchen Widerstand entgegenbringen. Doch da ertastete sie die Muskeln seines Oberkörpers. So hart und männlich. Es fühlte sich so gut an, dass es ihr ganz flau im Magen wurde. Ihre Gegenwehr war dahin.

Als Philippe nun auch noch mit seinen Fingern über ihren Venushügel streichelte und gleich darauf ihre Schamlippen zu massieren begann, hätte sie vor lauter Verzückung vergehen können. Von diesem Moment an entwickelte ihr Körper ein Eigenleben. Ihr Unterleib, in dem es heftig pulsierte, schob sich ihm entgegen. Sie drückte den Rücken durch und stützte sich mit beiden Händen hinter sich auf der Tischoberfläche ab. Dass Philippe seine Hose öffnete, bemerkte sie nicht, wohl aber, als sein hartes Glied gegen ihren Kitzler stieß. In Belle vibrierte es. Sie rutschte noch ein Stück auf ihn zu, konnte den nächsten Schritt nicht mehr erwarten. Als er nun in sie eindrang, durchzuckte es sie lustvoll. Ihre Beine fuhren an seinem Körper hinauf und legten sich um seine Taille. Noch tiefer wollte sie ihn in sich spüren. Voller Ungeduld empfing sie seine Stöße, die schneller und schneller wurden, bis es sie innerlich zu zerreißen drohte.

Seine Hände waren nun unter ihrem Po. Fest ergriff er ihre Backen und bewegte sich härter in ihr. Belle begann zu zucken. Ihre Arme zitterten. Sie wusste nicht, was, oder wie ihr geschah, doch plötzlich löste sich ein erlösender Schrei aus ihrer Kehle, und alles um sie herum schien zu explodieren.

Es dauerte noch einen Moment, ehe auch Philippe mit einem Stöhnen wieder zur Ruhe kam. Er küsste sie flüchtig auf die Stirn. Dann zog er sich wieder aus ihr zurück. Sie spürte die unglaubliche Feuchte zwischen ihren Beinen und konnte nicht anders, als sie gegeneinanderzupressen.

„Ich werde Euch ein Bad einlassen", sagte er und verschwand.

Irritiert sah Belle ihm hinterher. Sein abrupter Abgang war merkwürdig. Wie konnte er nur! Die Leidenschaft machte einem Gefühl der Enttäuschung und der Wut Platz. Sie hätte sich ihm nicht so leicht hingeben dürfen! Dennoch musste sie sich eingestehen, dass sie ihr Liebesspiel genossen hatte.

Belles Herz klopfte noch immer wie wild, als sie am Abend die Bibliothek betrat. Dem Ungeheuer hatte die Geschichte von der schönen Madelaine so sehr gefallen, dass sie versprechen musste, ihm weiterhin vorzulesen. Also kehrte sie zum verabredeten Zeitpunkt zurück.

Es fiel ihr nicht leicht, die Gefühle von ihrem schamlosen Erlebnis unter Kontrolle zu halten. Glück und Zorn mischten sich darin, und Belle war sich noch nicht sicher, welches davon die Oberhand gewinnen würde. Sie wusste aber auch, dass sie gegenüber dem Biest besser nichts davon erwähnte.

An diesem Abend war es still im Schloss. Als Belle schließlich die ersten Schritte in die Bibliothek tat, wurde sie von einer eigenartigen Vorahnung beschlichen.

Das Ungeheuer saß in einem Sessel. Es blickte nicht auf, als sie sich näherte. Wie ein Häufchen Elend kauerte es dort in sich zusammengesunken. Belle fürchtete zuerst, dass es von ihrem unanständigen Verhalten am Tage erfahren hätte und sie nun dafür bestrafen würde. Doch es erhob schließlich sein gewaltiges Haupt und murmelte etwas von seinen Rosen.

„Was ist passiert?", fragte Belle. Sie wagte sich weiter auf das Untier zu, bis sie neben ihm stand und eine Hand nach seiner behaarten Pranke ausstrecken konnte.

„Meine Rosen sterben – und ich kann es nicht verhindern."

Belle lächelte sanftmütig. Sie konnte das Problem nicht begreifen. „Ich kann neue Rosen für dich im Dorf besorgen, wenn du mich gehen lässt, dann ..."

„Nein!", warf das Biest ungehalten ein. „Nein, nichts kann meine Rosen ersetzen. Warum willst du das nicht verstehen?"

Vollkommen perplex stand Belle da und starrte es an.

„Verzeih", entschuldigte sich das Ungeheuer sofort für diesen Ausbruch. „Es muss für dich schwer zu verstehen sein. Aber die Rosen sind alles für mich."

„Das klingt, als hinge dein Leben von ihnen ab." Belle schüttelte den Kopf. Sie ahnte nicht, wie weit ihre Worte der Wahrheit entsprachen. Doch entgegen allem Irrsinn, den sie darin vermutete, wollte sie ihm helfen. Sie folgte dem Biest hinaus zu dem Rosenbeet, das sich vor dem Eingangstor des Schlosses befand. An einer Stelle, die jeder hätte betreten können, und auf die man vermutlich ganz besonders gut achtgeben musste.

Das Beet war nicht sehr groß und die wenigen Pflanzen fast gänzlich ohne Blüte. Über das Grün der Stiele zog sich eine widerwärtige Schwärze. So etwas hatte Belle bei Rosen noch nie gesehen. Es sah so aus, als würde die Dunkelheit sich auf sie legen. Selbst die Erde war tiefschwarz – wie verbrannt.

„Ich bringe das in Ordnung." Sie ging in die Knie. Mit den Fingerspitzen berührte sie den Erdboden. Oberflächlich war er kalt und hart. Belle nahm eine Handvoll Erde auf. Sie fühlte sich feucht an. Außerdem bestand sie zur Hälfte aus Stein und verströmte einen eigenartigen Geruch.

„Ich werde dein Rosenbeet wieder herrichten. Du wirst schon sehen. Bald blühen sie wieder in ihrer ganzen Schönheit."

Das Untier brummte lediglich. Es vermittelte nicht den Eindruck, als würde es Belles Versprechen Glauben schenken, ließ sie jedoch gewähren.

Von da an kümmerte sich Belle tagsüber um das Rosenbeet und traf das Ungeheuer am Abend in der Bibliothek, um ihm vorzulesen. Philippe blieb seit ihrem erotischen Erlebnis wie vom Erdboden verschluckt. Er tauchte einfach nicht mehr auf, und Belle fragte sich Tag um Tag, wo er nur steckte. Vielleicht benötigte sie nun keinen Bewacher mehr, da sie sich bereit erklärt hatte, die Pflege des Rosenbeetes zu übernehmen.

Eines Abends fragte sie das Ungeheuer nach Philippes Verbleiben und erhielt nicht mehr als ein Brummen zur Antwort.

Sie redete sich ein, dass Philippe sie doch vermissen müsste. Ebenso, wie sie ihn vermisste. Kein Lebenszeichen von ihm zu erhalten, zerriss ihr das Herz. Am Ende gab sie sogar sich selbst die Schuld. Immerhin konnte es möglich sein, dass sie ihn mit ihrer Unerfahrenheit verschreckt hatte.

Eines Abends kam es sogar so weit, dass sie während des Vorlesens einer neuen Liebesgeschichte plötzlich abbrechen musste. Ihre Stimme zitterte, und eine Träne stahl sich aus ihrem Augenwinkel. Zu sehr hatte die Textzeile sie an Philippe erinnert.

„Stimmt etwas nicht?", fragte das Ungeheuer mit besorgter Miene.

„Ach", seufzte Belle, „es ist nur … ich fühle mich so einsam am Tag. Sag, wo ist Philippe? Kann er mir nicht wieder Gesellschaft leisten?"

Das Ungeheuer legte eine Pranke auf ihre Schulter, so sanft, wie Belle es ihm nie zugetraut hätte. Aus einem für sie unerfindlichen Grund schien ihm ihre Bitte nicht zu gefallen. Dennoch zeigte es Verständnis. Es verhielt sich so einfühlsam, dass es für Belle ein Wohltat war.

„Er wird dir Gesellschaft leisten. Dessen kannst du dir gewiss sein."

Belle wollte sich über diese Nachricht freuen. Sie hatte bisher gedacht, dass sie es kaum erwarten könnte, Philippe wiederzusehen. Doch auf einmal beschlich sie ein eigenartiges Gefühl. Sie hatte ein schlechtes Gewissen gegenüber dem Untier.

Am nächsten Morgen stürmte Belle die Treppe hinunter in die Halle. Doch niemand hielt sich dort auf. Also lief sie weiter durch den Flur in den Speisesaal, gespannt darauf, ob Philippe erneut an einem gedeckten Frühstückstisch auf sie warten würde.

Abermals wurde sie enttäuscht. Es sah so aus, als würde Philippe auch an diesem Tag nicht erscheinen.

Missmutig suchte sie den Balkon auf. Sie öffnete die Türen und trat hinaus in einen auffrischenden Wind. Er zerzauste ihr Haar. Einzelne Strähnen tanzten um ihren Kopf und verliehen ihr einen wilden Ausdruck. Gerade wollte sie sich nach vorne an die Brüstung stellen und einen Blick auf die Blumen werfen, da bemerkte sie, dass jemand von der Seite zu ihr hinaufstieg.

„Philippe!" Belle klatschte einmal beschwingt in die Hände. „Wie schön. Du bist wieder da."

„Ich bleibe nicht lange", sagte er emotionslos.

„Warum?" Sie zog die Stirn kraus. Schon spürte sie, wie sich ihre Kehle verengte, und sie Schwierigkeiten hatte, einen weiteren Ton herauszubringen. „Was ist passiert?"

„Nichts." Philippe zuckte mit den Schultern. „Ich stehe nicht mehr länger in den Diensten des Herrn."

„Aber … ich dachte …", stotterte Belle, „… ich dachte, wir, ich meine du und ich … wir beide …"

„Du meinst, wir wären ein Liebespaar?"

Für einen Moment blickten sie einander schweigend an. Ganz so hatte Belle es nicht gemeint. Es verlangte ihr jedoch nach einer Aussprache über das gemeinsame Erlebnis. Warum hatte er sie einfach so auf dem Tisch liegen lassen?

Die blauen schönen Augen Philippes hatten ihren Glanz verloren. Zwischen ihm und Belle baute sich eine imaginäre Mauer auf, die Belle nicht zu durchbrechen vermochte. Sie wusste nicht, wie sie das Gespräch am besten beginnen sollte.

„Es ist nur ..." Sie wandte den Kopf zur Seite. „Wegen dieses Erlebnisses. Ich dachte, es hätte dir etwas bedeutet."

Philippe lachte auf. Er verhielt sich derart unsensibel, dass Belle ihm am liebsten ins Gesicht geschlagen hätte. Doch sie beließ es bei einem verbalen Hieb.

„In dir steckt mehr Ungeheuer als in deinem Herrn!" Damit drehte sie ihm den Rücken zu, trat ins Schloss hinein und verriegelte hinter sich die Türen. Sollte er doch sehen, wie er selbst hineinkam! Sie stolzierte durch den Raum auf ein Kanapee zu. Darauf ließ sie sich nieder und wartete. Allerdings musste sie bald feststellen, dass Philippe keinerlei Anstalten machte, ihr in das Schloss zu folgen. Er verschwand einfach wieder.

Über ihren Ärger hatte Belle an diesem Tag vollkommen vergessen, sich um das Rosenbeet zu kümmern. Dieses Versäumnis fiel ihr wie Schuppen von den Augen, als sie am Abend die Tür zur Bibliothek öffnete und weit und breit kein Ungeheuer vorfand. So schnell sie konnte lief sie zu dem Beet hinaus. Natürlich stand es dort und betrachtete die kläglichen Überreste seiner Rosen, die sich tagsüber noch dunkler verfärbt hatten und in sich zusammenknickten.

Es zog ihr das Herz zusammen.

„Sie bedeuten dir nichts, habe ich recht?", empfing das Biest sie mit ruhiger, tiefer Stimme.

„Bitte, verzeih mir!" Belle hätte weinen können. „Das wollte ich nicht. Ich war nur so ... so ..." Sie war sich nicht sicher, ob sie ihm gegenüber ihre Gefühle offenbaren sollte. Zumal sie selbst nicht recht wusste, was in ihr vorging. Noch vor wenigen Tagen hatte sie sich zu Philippe hingezogen gefühlt. Das Ungeheuer hatte sie jedoch weitaus freundlicher behandelt. Es war einfühlsam – ja, es war sogar sehr liebenswert.

„Ich war nur so wütend", sagte sie dann.

„Aber was hat dich so wütend gemacht?", fragte das Biest.

„Philippe." Sie erschrak, wie schnell sein Name einfach so über ihre Lippen gekommen war. Dabei hatte sie dem Ungeheuer nichts davon erzählen wollen.

„Ich dachte, du magst Philippe." Seine Stimme klang hart. Wieder vermittelte er ihr den Eindruck, damit ganz und gar nicht einverstanden zu sein. Sie fragte sich, ob er eifersüchtig war.

„Das dachte ich auch."

Belle senkte den Kopf. In den ersten Tagen hatte sie sich regelrecht nach Philippe verzehrt, sich nach den Berührungen seiner Hände auf ihrer Haut gesehnt. Aber nun war ihr klar, wie wenig sie ihn kannte. Wie oberflächlich und naiv sie gewesen war! Sie hatte sich von seinem attraktiven Äußeren blenden und blind in seine Arme fallen lassen. Diese Erkenntnis schmerzte sie.

„Sei nicht länger wütend", sagte das Ungeheuer. Seine Stimme klang schwach, beinahe gebrochen.

Wieder schimpfte Belle sich innerlich selbst aus. Sie war viel zu sehr auf sich selbst bedacht. Zuerst hatte sie sich von Philippe verführen lassen, vergaß schließlich aufgrund ihrer Enttäuschung die Rosen und erkannte jetzt auch noch viel zu spät, wie schlecht es offenbar um das Biest stand. Seine gesamte riesige Gestalt wirkte wackelig. Es drohte in sich zusammenzusacken, wie es ihm seine geliebten Pflanzen vormachten.

„Lass uns hineingehen", schlug Belle vor. „Ich werde dir einen Tee zubereiten und dir anschließend wieder vorlesen. Vielleicht hilft dir das ein wenig."

„Das wäre wunderbar."

Seine Augen glänzten feucht. Sie waren blau – wie die Philippes. Das war Belle zuvor gar nicht aufgefallen.

Unvermittelt hakte sie sich bei ihm unter. Es musste ein komisches Bild sein, wie sie so neben ihm ging. Im Gegensatz zu ihm war sie so zart und klein. Und zum ersten Mal, seit sie sich im Schloss aufhielt, berührte sie ihn tatsächlich. Sie fühlte sein weiches und warmes Fell an ihrer Haut. Es kam ihr in keiner Weise unangenehm vor – eher das Gegenteil war der Fall. Sie verspürte den eigenartigen Drang, sich bei ihm anzulehnen. Dem Ungeheuer schien ihre Nähe ebenfalls zu gefallen. Zumindest glaubte sie, bei ihm ein Lächeln entdeckt zu haben.

Schnell schob Belle diesen Gedanken beiseite. Wie kam sie nur auf so etwas!

Ein klein wenig löste sie sich von dem Biest, um nicht erneut von derlei Gefühlen überwältigt zu werden. Sie bemühte sich um einen klaren Blick auf die Dinge. Sie war ein Mensch. Das Ungeheuer hingegen irgendein Tier mit menschlichen Zügen. Als sie die Bibliothek betraten, ließ Belle gänzlich von ihm ab, um den versprochenen Tee zu bereiten. Anschließend griff sie nach einem Buch – einer neuen Liebesgeschichte, die so aufregend war, dass Belle die halbe Nacht lang las und schließlich darüber einnickte.

Das Ungeheuer musste Belle in ihr Schlafgemach getragen und auf dem Bett abgelegt haben. Womöglich hatte es sie sogar zugedeckt. Zumindest konnte sie sich nicht daran erinnern, diese Dinge selbst erledigt zu haben.

Mit einem flauen Gefühl im Magen stand sie an diesem Tag auf. Sie fühlte sich vollkommen verwirrt. Immer wieder musste sie an das Biest denken. An seine Liebenswürdigkeit und die ungeahnte Verletzlichkeit. Warum hatte sie das bisher übersehen?

Geplagt von Schuldgefühlen nahm sie die Arbeit an dem Rosenbeet wieder auf. Stunde um Stunde bemühte sie sich um bessere Bodenverhältnisse für die Pflanzen. Doch selbst frische Erde, die sie von anderer Stelle zu dem Beet hin trug, verfärbte sich schwarz und wurde steinig, sobald sie mit einem Überbleibsel der Rosen in Berührung kam.

Belle war verzweifelt. Doch sie gab nicht auf. Sie schuftete immer weiter, bis sie ganz durchgeschwitzt und schmutzig war. Selbst dann hörte sie nicht auf. Erst als die Dunkelheit einsetzte, und das Ungeheuer hinter ihr auftauchte, hielt sie inne.

Sie fiel aus der Hocke auf ihr Hinterteil. Noch am Boden drehte sie sich zu ihm herum. Die Ärmel ihres Kleides waren zerrissen und voller Erde. Mit angstvoll geweiteten Augen sah sie zu ihm empor.

„Ich habe es versucht", jammerte sie. „Aber ich konnte einfach nichts tun. Es ist wie verhext!"

„Ja, das ist es", gab das Biest zu. „Wenn die Letzte meiner Rosen stirbt, dann werde auch ich sterben. Das ist mein Schicksal. Das ist mein Fluch."

Belles Herz krampfte sich zusammen. Wie konnte es nur so etwas sagen! Natürlich würde es nicht sterben. Das würde sie nicht zulassen. Gerade jetzt, wo sie es lieb gewann. Das Biest war nicht länger nur ein Freund für sie. Da gab es viel mehr, was sie fühlte. Wie ein Schlag traf sie diese Erkenntnis.

Wie mit einem Schlag ging auch das Biest in die Knie. Um ein Haar fiel es vornüber, so sehr schwankte es. Erschüttert von diesem Anblick fuhr Belle hoch. Sie sprang auf die Füße. Ihre Beine fühlten sich von der Arbeit steif und kalt an, aber sie schaffte es, ihr Biest zu erreichen.

„Was ist mit dir? Steh auf!" Sie startete den lächerlichen Versuch, ihm unter die Arme zu greifen. Es war jedoch viel zu groß und zu schwer für sie.

„Ich sterbe, Belle", sagte es nur. „Sieh meine Rosen, sie waren einmal so schön und jung wie du. Doch nun sie sind längst alle tot. Ich habe nur noch ausgehalten, um dir zu zeigen, dass ich kein so grässliches Ungeheuer bin, wie du vielleicht glaubst. Ich hatte gehofft, du würdest merken, wie viel mir deine Gesellschaft bedeutet. Wie viel mehr ich für dich fühle, seit ich dich zum ersten Mal sah."

„Aber ich habe nicht geglaubt, dass du ein grässliches Ungeheuer bist!" Belle packte es am Arm. Vielleicht konnte sie es durch energisches Ziehen zum Aufstehen bewegen. „Und jetzt komm. Steh auf."

Schwer atmete das Biest aus, ehe es zur Seite kippte und reglos am Boden liegen blieb.

„Nein!" Belle erbleichte. „Du darfst nicht sterben! Du darfst mich jetzt nicht alleine lassen!" Sie rüttelte an seinem gewaltigen Oberkörper, konnte ihn jedoch kaum in Bewegung bringen und erst recht nichts dadurch ausrichten.

„Nein", wiederholte sie keuchend und legte den Kopf seitlich auf seinem Brustkorb ab, um dem Schlagen seines Herzens nachzulauschen. Aber da gab es nichts zu lauschen. Das Ungeheuer lag ruhig und starr unter ihr.

„Warum jetzt?", weinte sie. „Ich ... ich liebe dich doch." Sie versteckte das Gesicht hinter ihren Handflächen, während die Tränen heiß über ihre Wangen hinabkullerten. Nun glaubte sie alles verloren …

Doch als Belles Tränen auf dem schwarzen, steinigen Boden aufkamen und darin versiegten, entsprangen an eben diesen Stellen winzige Funken. Sie breiteten sich aus. Bald zogen sie sich über das gesamte Rosenbeet und erleuchteten die Erde. Belle nahm verblüfft die Hände vom Gesicht. Was geschah hier?

Ein Lichtermeer entstand, das über ihren Kopf hinauswirbelte und schließlich den Körper des Ungeheuers umschloss. Es bewegte sich. Belle konnte es nicht fassen. Funken prasselten nieder und versetzten den Körper in Zuckungen. Viel merkwürdiger war jedoch das, was noch folgte. Belle war ganz sicher, dass sie nun den Verstand verloren haben musste. Denn das, was sie jetzt beobachtete, konnte unmöglich den Tatsachen entsprechen. Der gewaltige Leib des Ungeheuers schrumpfte um fast die Hälfte. Die Haare zogen sich in die Haut zurück. Er verformte sich, und als das Licht wieder schwächer wurde, und die Gestalt vor ihr sich aufrappelte, erkannte Belle in ihm Philippe.

„Du hast mich erlöst." Er stand auf und kam mit ausgestreckten Armen auf sie zu. Doch Belle starrte ihn nur ungläubig an.

„Du hast den Fluch gebrochen, der mich Nacht für Nacht in den Körper eines schrecklichen Ungeheuers verbannte."

Sie wusste nicht, wie ihr geschah, als er sie plötzlich an sich riss und mit beiden Armen fest umschlag. Er küsste sie, und sie ließ ihn gewähren. Tausend Schmetterlinge tanzten in ihrem Bauch, während sie dort beieinander standen.

Nach einem unendlich langen Moment, in dem Belle versucht hatte, das alles zu begreifen, wandte Philippe sich ihr zu und erzählte ihr seine Geschichte. Seine Mutter – die Comtesse, die zur Hälfte Feenblut besaß und somit gewisser Zauberkräfte mächtig gewesen war – sprach den Fluch vor vielen Jahren auf ihrem Sterbebett aus. Philippe war bis dahin Zeit seines Lebens oberflächlich und nur auf sein Äußeres bedacht gewesen. Mit den stolzen Rosen im Vorgarten hatte seine Mutter ihn verglichen. Daher hing von ihrem Überleben in den letzten Jahren auch sein eigenes ab.

Der Tod der Comtesse hatte das kleine Familienschloss in Dunkelheit getaucht, und ihre Existenz für die Außenwelt in Vergessenheit geraten lassen. Auf sich allein gestellt, nur mit einigen verzauberten Dienern, blieb er im Schloss. Dort hatte er gewartet – auf eine Frau wie Belle. Denn der Fluch konnte nur durch die Liebe gebrochen werden, die über alle Äußerlichkeiten hinwegschaut.

Als Belle nun an der Seite Philippes durch das Schloss ging, war es verwandelt. Es gab keine grauen Wände mehr und keine grotesken Kerzenleuchter. Alles wirkte mit einem Mal so einladend und freundlich.

Belle ließ sich von Philippe in einen Raum führen, in dem bereits herrlich warmes Wasser in einen großen goldenen Badezuber eingelassen war. Sie streckte eine Hand aus und berührte mit den Fingerspitzen die dampfende Oberfläche. Sofort wurde sie von einem wohligen Schauder erfasst. Die Küsse, mit denen Philippe ihren Hals bedeckte, trugen zusätzlich zu ihrem Wohlbefinden bei. Sie fühlte sich herrlich losgelöst. Es störte sie nicht, als er nun damit begann, ihr die Kleider vom Leib zu streifen. Frech wandte sie sich ihm zu und tat es ihm gleich. Ihre Hände glitten unter sein Hemd und erkundeten die Konturen seines Oberkörpers. Sie zog ihm den Stoff über den Kopf, so dass er halb nackt vor ihr stand.

Er lächelte, und seine glänzenden blauen Augen zeigten ihr, wie glücklich er mit ihr war. Dann senkte sich sein Blick und blieb auf ihrem Dekolleté hängen. Er genoss die

Aussicht, die ihm Belles halb geöffnetes Kleid bot. Doch er wollte sie ganz sehen. Mit geschickten Händen befreite er sie von dem Stoff. Ihre kleinen festen Brüste reckten sich ihm entgegen. Philippe ließ sich nicht erst darum bitten, sondern beugte sich sogleich ein Stück hinab, um mit seinen Lippen an ihren harten Knospen zu saugen. Es zeigte ihm, wie bereit sie für ihn war. Belle bäumte sich ihm lustvoll stöhnend entgegen.

Ihre Finger fuhren durch sein halblanges blondes Haar. Sie verkrallten sich darin, als er auch noch an ihren Nippeln zu knabbern begann. Ein lustvolles Aufstöhnen entfuhr Belle. Ihr Unterleib presste sich gegen den seinen. Sein steifer Penis war deutlich durch seine Hose zu spüren.

Belle errötete leicht bei dem Gedanken daran, ihm einfach die Hose auszuziehen. Auf der anderen Seite wollte sie aber auch nicht so lange warten, bis er es selbst tat. Deshalb schob sie ihn ein Stück von sich und griff kurzerhand nach seinem Hosenbund.

Philippe musste über ihr forsches Verhalten schmunzeln. „Wir müssen nichts überstürzen", flüsterte er ihr zu. „Lass mich dich verwöhnen."

Doch Belle ließ sich nicht beirren, sondern streifte die Hose über seinen Po. Kurz verharrte sie, als sie sein Glied sah, das sich steil aufrichtete. Sie fühlte wieder dieses Pulsieren in ihrem Unterleib. Ein berauschendes Gefühl, von dem sie da geplagt wurde. Mit der Zunge fuhr sie sich über die Lippen. Ebenso wollte sie über seinen Penis lecken. Sie wollte sehen, wie ihm diese Liebkosung gefiel.

Doch Philippe legte eine Hand unter ihr Kinn und zwang sie mit sanfter Gewalt, ihm in die Augen zu sehen.

„Es wäre mir wirklich eine Freude, dich zu verwöhnen", versicherte er ihr.

„Was hast du denn vor?", fragte sie.

Als Antwort spürte sie seine Hand zwischen ihren Beinen. Sein Zeige- und Mittelfinger befühlten ihre Schamlippen, während er mit dem Daumen ihre Liebesperle massierte. Es durchströmte Belle voller Glückseligkeit. Sie legte den Kopf in den Nacken und ließ ihn einfach gewähren. Seine Berührungen versetzten sie in Ekstase.

Belle spürte die verräterische Feuchte zwischen ihren Beinen, und auch Philippe konnte sie nicht verborgen bleiben. Er zog seine Finger zurück, ehe sie zu schnell zu ihrem Höhepunkt kam. Zuvor hob er sie noch auf seine Arme. Sie strahlte ihm glücklich entgegen und genoss den intensiven Kuss, den er ihr schenkte.

Dann ließ er ihren Körper behutsam in das angenehm warme Badewasser gleiten. Belle erblickte abermals seinen herrlich aufgerichteten Penis. Sie konnte nicht anders, als ihre Finger danach auszustrecken und ihn zu streicheln. Philippe lächelte. Er zeigte ihr, wie es ihm noch mehr gefiel, indem er eine Hand über die ihre legte und ihr einen festeren Griff verschaffte. Nun rieb sie ihn, erst langsam und bald immer schneller, bis Philippe sich versteifte und sie zum Aufhören zwang.

Er legte sich zu ihr in den Zuber. Leicht glitten seine Hände jetzt durch das Wasser über ihren Körper. Sie neckten sich gegenseitig ein wenig, bevor sie in einem leidenschaftlichen Kuss versanken.

Philippes Zunge tauchte nun in Belles Mundraum, ebenso suchte sich auch sein hartes Glied den Weg in sie. Er bewegte sich nur langsam in ihr, um das Wasser nicht zu sehr in Wallung zu bringen. Doch dieses Hinauszögern versetzte Belle noch in weitaus größere Erregung. Ihre Lippen lösten sich von seinem Kuss, da sie glaubte, keine Luft mehr zu bekommen. Sie keuchte vor Lust. Das Badewasser schien Philippes Stöße durch jede Faser ihres Körpers zu spülen.

Fordernd pressten sich ihre Schenkel an seine Seiten. Ein Ziehen fuhr durch ihren Unterlieb. Sie spürte, dass ihr Höhepunkt nahte, war ganz dicht davor. Ihre Atemzüge wurden kürzer. Vor ihren Augen tanzten Sterne. Dann endlich versank sie in einem ungestümen Orgasmus. Philippe ließ sich von ihr mitreißen.

Noch eine ganze Weile blieben sie danach glücklich aneinandergeschmiegt in dem Badezuber liegen. Sie wussten, dass sie vom Schicksal füreinander bestimmt waren – und diese Zweisamkeit für immer und ewig genießen wollten ...

Der Froschkönig

VON JENNIFER SCHREINER

Vor langer, langer Zeit lebte ein Königspaar, das nach vielen Jahren endlich ein Kind bekam.

Der Sohn, ihr einziger Erbe, wurde von ihnen über alle Maßen verwöhnt, so dass sich der Junge zu einem verzogenen Mann entwickelte.

Er wurde so überheblich, dass er eines Tages von einer Frau, die er allein nach ihrem Aussehen beurteilte – und als Ehefrau ablehnte – verflucht wurde ...

In einen hässlichen Mann verzaubert war er fortan dazu verdammt, sich in das Garstigste aller Lebewesen zu verwandeln, wenn ihm eine Frau zu nahe kam ... doch das ist eine ganz andere Geschichte ... ebenso wie die Möglichkeit seiner Erlösung.

Also noch einmal von vorne:

Vor langer, langer Zeit lebte ein König, dessen sieben Töchter alle sehr schön waren. Aber die Jüngste war so schön, dass die Menschen vor Ehrfurcht erblassten und keine Worte fanden, mit denen sie diese Schönheit beschreiben konnten.

Aus diesem Grund war die jüngste Tochter sehr einsam. Ihre Schwestern waren – trotz ihres eigenen, wundervollen Aussehens – neidisch und ließen sie diesen Neid spüren.

Die Zofen und Lehrer vertraten die Meinung, sie sei zu schön, um klug sein zu können, und der König und die Königin hatten als Regenten des Landes zu viel mit Regieren zu tun, als dass sie die Einsamkeit, die Klugheit oder die Schönheit ihrer Jüngsten bemerkten.

Allerdings hatte der König, um seinen Töchtern eine möglichst große Freiheit zu bieten, einen prächtigen Garten anlegen lassen. Einen Garten, in dessen Mitte sich ein großer, dunkler Wald befand.

Und an genau dieser Stelle beginnt die eigentliche Geschichte.

„Niobe!" Der überraschte Ausruf klang nicht wie eine Begrüßung, sondern eher wie eine Warnung an die übrigen Geschwister.

Die Jüngste konnte sehen, wie Margarete, Elisabeth und Isolde ihre hübschen blonden Häupter einzogen und hinter dem mannshohen Heckenlabyrinth in Deckung gingen.

Brigitte hatte nicht solches Glück, denn als Fängerin dazu auserkoren, die drei anderen beim Versteckspiel zu suchen, oblag es nun ihr, sich mit ihrer jüngsten Schwester zu beschäftigen.

„Du siehst wieder unmöglich aus, Niobe!" Brigittes Blick, der die Kleidung des Nesthäkchens inspizierte, war tadelnd. „So kannst du unmöglich mit uns mitspielen!"

Niobe sah an sich hinab. Ihr himmelblaues Leinenkleid war tadellos. Selbst die Falten lagen noch richtig. „Aber ich habe …"

„Aber, aber, aber … das ist etwas für Menschen weit unter unserem Stand!" Brigitte machte eine abwehrende Handbewegung.

„… du selbst hast ja auch noch dieselben Sachen an wie eben im Unterricht!", vervollständigte Niobe aufmüpfig.

„Ach ja?" Brigittes Stimme hatte einen triumphierenden Unterton angenommen. Tatsächlich trug sie nicht mehr ihr züchtiges Unterrichtskleid aus dem zweckmäßigen Material, sondern Seide in unterschiedlichen Blauabstufungen zierte ihren Körper.

„Zieh dich um, richte dich her und dann versuch es noch einmal!"

Ohne auf die Antwort oder etwaige Einwände der Jüngsten zu warten, machte sich die Ältere auf, die drei Versteckten zu suchen.

Niobe konnte das Kichern hinter den Hecken hören, den Spaß, den ihre Schwestern miteinander hatten. *Vier,* dachte sie. Wehmütig erinnerte sie sich an die zwei großen Hochzeiten ihrer anderen Schwestern. Festivitäten, die niemand, der dabei gewesen war, je vergessen würde. Sie war nicht dabei gewesen und wünschte, sie könnte es vergessen.

Auf Wunsch der jeweiligen Braut war Niobe die Einzige am Hof, die nicht hatte teilnehmen dürfen. Wie ein hässliches Entlein war sie ausgeschlossen worden.

Zu deiner eigenen Sicherheit!, hörte sie in Gedanken den gehässigen Satz, den Samuel, der Kommandant der Leibwache, benutzt hatte.

Wenn sie an seinen hochmütigen Gesichtsausdruck dachte, wurde sie wieder wütend.

Oh, wie sie ihn hasste! Beinahe ebenso sehr wie ihre Geschwister!

Niobe wandte sich ab. Tief in ihrem Inneren wusste sie, dass sie sich selbst belog. Ausgerechnet diese Menschen liebte sie und wollte von ihnen geachtet werden. Von Geschwistern, die sie ausgrenzten, und von einem Mann, der sie gering schätzte.

Niobe warf einen Blick zurück auf die lustige Spielgesellschaft, die inzwischen aus dem Labyrinth herausgelaufen kam und zwischen den bunten Blumenbeeten hindurchtobte. Einige Leibwächter, die unauffällig hinter den Hecken standen, lösten sich nun aus dem Grün und folgten dem wilden Treiben.

Als Niobes Blick auf Samuel fiel, wünschte sie sich, sie hätte nicht zurückgeblickt. Von allen Leibwächtern war es ausgerechnet er, dessen Aufmerksamkeit auf ihr ruhte. Überheblich und abweisend wie immer. Niobe zuckte zusammen und wandte sich zum Gehen. Wie kam es, dass sie sich immer schuldig fühlte, wenn er sie ansah?

Ein Teil von ihr war versucht, sich wirklich umzuziehen und ein zweites Mal um Aufnahme in die lustige Spielgesellschaft ihrer Schwestern zu bitten. Doch die Jahre hatten Niobe gelehrt, dass Brigitte, Margarete, Elisabeth oder Isolde dann nur eine weitere Ausrede anführen würden.

Niobe verharrte am Ende der Hecken. Wenn sie zurück in die Burg ging, würde sie für einige Schritte ohne Schutz und von allen Seiten den neugierigen Blicken ihrer Umwelt ausgeliefert sein. Ein Schauder lief ihr über den Rücken, während sie sich umsah, um einen günstigen Augenblick abzuwarten.

Vielleicht, wenn alle zu den vier anderen schauen?

Niobes Blick glitt über die Blumenbeete, zu dem großen Badeteich, dem Springbrunnen und zu dem dunklen Wald, der sich in der Mitte der gesamten Anlage befand. Er gehörte ebenso zu dem Garten des Königspalastes wie die Rosenbeete, die Statuen und der Kräutergarten. Allerdings schien er den Älteren entweder zu gewöhnlich zu sein oder zu unheimlich. Soweit Niobe wusste, hatte keine ihrer Schwestern je mehr als einen Blick für die Tannen und anderen Bäume übriggehabt.

Die Jüngste änderte ihren Plan, verließ die Deckung der Hecken und schritt in Richtung Wald. Dabei ignorierte sie die Blicke der Leibwächter und versuchte das herablassende Kichern ihrer Schwestern zu überhören.

„Werdet Ihr an dieser Hochzeit teilnehmen, Prinzessin?" Samuel tauchte wie ein Schatten neben ihr auf. Nur die Betonung auf dem „dieser" ließ darauf schließen, wie die Frage gemeint sein könnte. Es war anscheinend kein großes Geheimnis, dass auch Brigitte ihre jüngste Schwester an diesem Abend nicht unter den Feiernden sehen wollte.

Niobe starrte stur geradeaus Richtung Wald. Sie konnte die neugierigen Blicke in ihrem Rücken spüren und war froh, dass sie inzwischen zu weit weg war, um gehört zu werden.

„Nein!", meinte sie und schritt unbeirrt weiter, während der Kommandant der Leibwache ihr ebenso unbeirrt folgte.

Als das Schweigen unangenehm wurde, sah sich Niobe gezwungen, es zu brechen: „Solltet Ihr jetzt nicht wieder sagen, dass es zu meinem Schutz sei?"

„Sollte ich?" Sie konnte aus dem Augenwinkel heraus sehen, wie er sich prüfend umsah. Als er niemanden in Hörweite erspähte, meinte er: „Es ist doch kein Wunder, dass sie Euch ausladen! Ihr seit Euch ja sogar zu schön, um mit ihnen Eure Freizeit zu verbringen!"

„Ich bin mir zu schön?!" Die Wut löschte jeden klaren Gedanken aus, und bevor Niobes Erziehung die Oberhand gewinnen konnte, hatte sie sich zu Samuel umgedreht und ihm eine Ohrfeige gegeben.

Der Drang auf ihn einzuschlagen war übermächtig. Doch bevor sie den Kommandanten der Leibwache ein zweites Mal schlagen konnte, hatte der ihre Hand eingefangen.

Wütend versuchte sie ihm zu entkommen, trat nach ihm, versuchte gleichzeitig sich von ihm zu lösen und ihn zu treffen.

Samuel versuchte Niobe zu stoppen, ohne sie zu verletzen. Als er dabei das Gleichgewicht verlor, gelang es ihm sich so zu drehen, dass er zuerst auf dem Boden aufschlug. Dann fiel sie auf ihn, ohne diese galante Geste zu bemerken.

„Tag für Tag höre ich, ich sei nicht gut genug …" Es gelang ihr, Samuels Arm so weit fortzuschieben, dass sie ihren Oberkörper aufrichten konnte. „… zu schön …" Sie versuchte aufzustehen, aber er griff nach ihr, was sie mit einem weiteren Schlag quittierte. „… oder sie hätten einfach keine Lust auf mich!"

Sie versuchte ihn abermals zu treffen, doch Samuel fing ihre Hände ab und rollte sich in einer blitzschnellen Bewegung herum, so dass er auf ihr zu liegen kam. Sein Gewicht stoppte zwar ihre Bewegungen, aber nicht ihren Mund.

„Und dann spazierst du mit deiner Selbstgefälligkeit daher und erzählst mir, es sei meine Schuld, nur weil ich zufällig so aussehe, wie ich aussehe?" Niobe wusste, dass sie schrie.

Sollten die Leibwächter und ihre Geschwister, die plötzlich auf sie zukamen, über sie lachen und tuscheln. Sollten sich ihre Geschwister doch das Maul zerreißen!

Samuel war es nicht egal. Als er erkannte, dass die anderen in Hörweite waren, machte er kurzen Prozess. Er fasste Niobes Handgelenke mit festem Griff und hielt der Wütenden den Mund zu.

„Es ist alles in Ordnung!" Selbst der Klang seiner Stimme bestätigte diese Aussage, denn er klang ruhig, kein bisschen außer Atem. Seine Ruhe war es, die Niobes wütendes Umsichschlagen beendete, und sie daran erinnerte, was und wer sie war, und in welcher Situation sie sich befand.

Die besorgten Leibwächter verharrten unschlüssig, während Niobe in den Gesichtern ihrer Schwestern pure Schadenfreude las.

Schließlich trat einer der Männer vor und ergriff mutig die Initiative. „Prinzessin?"

Zu Niobes Überraschung gab der Kommandant der Leibwache ihren Mund frei.

„Es ist alles in Ordnung!", behauptete Niobe, obwohl gar nichts in Ordnung war.

Ihre Hände waren immer noch gefangen, und Samuels Stärke und Macht über sie stellten merkwürdige Dinge mit ihrem Körper an.

Selbst Samuels Gewicht auf ihrem Körper schien der jüngsten Prinzessin nicht mehr wie eine lästige Störung der Weltordnung, sondern war zu einer Verlockung geworden, die sie gerne ergründet hätte.

Der Kommandant der Leibwache stand auf und gab sie so abrupt frei, als hätte er ihre Gedanken gelesen.

„Was …?" Der mutige junge Leibwächter schien immer noch nicht überzeugt.

„Der Kommandant ist lediglich meinem Wunsch nachgekommen. Er hat mir etwas demonstriert!" Niobe war erstaunt darüber, wie gut ihr die Lüge über die Lippen kam. Sie stand auf und versuchte dabei eine Selbstsicherheit auszustrahlen, die sie nicht empfand.

Sie war nur dankbar, dass Samuel nicht in ihre Richtung sah, sondern sie völlig ignorierte.

„Und jetzt möchte ich alleine sein, bitte!" Selbst der Befehl, mit dem sie die Leibwache entließ – und zum ersten Mal in ihrem Leben ihre Schwestern wegschickte statt umgekehrt – klang gut. Doch es störte sie, dass Samuel ihr nicht einen Blick gönnte.

Niobe seufzte und drehte sich zum Wald um. Im Zick-Zack huschte sie zwischen den Bäumen hindurch, duckte sich unter den Ästen und versuchte soviel Abstand wie irgend möglich zwischen sich und dem Waldrand zu bringen. Erst als sie sich sicher war, dass man sie von außen nicht mehr sehen konnte, stoppte Niobe ihre kleine Flucht. Sie blieb stehen und genoss den seltenen Moment in ihrem Leben, unbeobachtet zu sein.

Herrlich – und gar nicht so dunkel, wie sie befürchtet hatte. Der erste Ring aus Nadelgehölz lag bereits hinter ihr, hatte ihr Deckung geboten, ihr aber auch den Weg erschwert. Nun hatte sich der Bestand gelichtet und war einem Laubwald gewichen.

Das einfallende Licht wurde durch das Grün der Blätter gefiltert und schien in ständiger Bewegung zu sein. Ebenso wie die Blätter selbst in ständiger Bewegung waren, wogten und raschelten und nie stillzustehen schienen.

Die Geräusche schmeichelten ihrem Ohr und störten trotzdem nicht die Stille. Auch von außen störte nichts die Idylle. Es roch sogar anders als im Garten. Ein wenig feucht verbanden sich der Geruch von Tannen und modrigem Unterholz mit alten Blättern und wurden zu einer Ouvertüre an die Natur. Ein Duft, den Niobe für immer in ihrem Gedächtnis behalten wollte.

Niobe schloss für Sekunden die Augen, um die Erinnerung an den eben erlebten Vorfall abzuschütteln. Sie öffnete die Lider, fühlte sich endlich frei, als sei eine Last von ihr gefallen. Neugierig und optimistisch.

Ihr Reich, frei zur Erkundung!

Entschlossen drehte sich die Prinzessin in die Richtung, in der sie die Mitte des Waldes vermutete.

Sie ignorierte ihre dünnen Schuhe, die nicht dafür geeignet waren, um mit ihnen über umgefallene Baumstämme zu klettern, ignorierte die kleinen Kratzer, die sie sich zuzog und den von feuchten Blättern rutschigen Boden.

Sie strahlte vor Glück, als sie auf einen schmalen Weg stieß. Plötzlich war es ihr ein Rätsel, warum sie nie zuvor in den Wald gegangen war. Immer hatte sie sich vor seiner Größe und Dunkelheit gefürchtet. Davor, den scheinbar unüberwindbaren Ring der äußeren Tannen zu durchbrechen, um anschließend in der grünen Dunkelheit gefangen zu sein. Doch es war nicht dunkel. Es war überraschend hell, kleine Lichtflecken fielen tanzend auf den Boden, hervorgerufen von den Blättern, mit denen der Wind spielte.

Niobe hielt ihre Hand in einen der Sonnenstrahlen und lachte.

Gott! Wie hatte sie es vermisst, einen Augenblick einfach nur erleben zu dürfen – unbeobachtet und ohne auf Schicklichkeit achten zu müssen.

Neugierig folgte sie dem Weg, genoss das modrige Laub unter ihren Füßen und versuchte die verschiedenen tierischen Geräusche einzuordnen.

Als sie nach einiger Zeit eine kleine Lichtung erreichte, war sie erstaunt über die Ausmaße des Waldes. „Was für eine Verschwendung an Schönheit!", murmelte Niobe.

Ob ihr Vater je enttäuscht gewesen war, weil keine seiner Töchter den Wald zu würdigen wusste?

Niobe machte einen Schritt auf die sonnenbestrahlte Lichtung, setzte sich in die Mitte der Grasfläche und versuchte sich zu entspannen, was ihr allerdings erst nach geraumer Zeit gelang.

Dann legte sie sich zurück ins sommerwarme Gras und schloss genießerisch die Augen. Sie konnte sich nicht einmal mehr daran erinnern, wann sie zum letzten Mal Sonnenstrahlen auf ihrer Haut genossen hatte.

Niobes Glück wurde von Erinnerungen verdrängt. Von vergangenen Demütigungen und halbvergessenen Sprüchen ihrer Lehrer und Zofen; die Gesichter ihrer Schwestern erschienen vor ihrem inneren Auge und ihr Gelächter drang bis in ihr Herz.

Doch es waren Samuels Worte, die besonders hart trafen: *Es ist doch kein Wunder, dass sie Euch ausladen! Ihr seid Euch ja sogar zu schön, um mit ihnen Eure Freizeit zu verbringen!*

Niobe öffnete die Augen und gab den Versuch auf, sich zu entspannen, da sich ihre Gedanken immer wieder mit Samuel beschäftigten; mit dem unattraktiven, unnahbaren Samuel.

Bewusst rief sie sich den Tag seiner Ankunft, eine Woche nachdem Katharinas Verlobter sie vor dem Altar abgelehnt hatte und der Trauzeuge eingesprungen war, ins Gedächtnis. Sie erinnerte sich an den Regen und den Sturm, der außerhalb der Mauern tobte. Bei solch einem Wetter jagte man nicht einmal einen Hund vor die Tür. Geschweige denn einen erwachsenen Mann.

Doch er war angekommen, alleine, ohne Gepäck und zu Fuß. Der Fremde war eine willkommene Abwechslung gewesen. Ein Grund, das Stickzeug wegzulegen, an welchem Niobe und ihre Schwestern in einer Ecke der großen Schlosshalle unter Aufsicht ihrer Erzieherin arbeiteten.

Zu ihrer Überraschung wurde der Fremde vom Brückenwächter zum Burgvogt geführt und nach einem kurzen Gespräch, das mit dem Austausch eines Briefes endete, hofierte der Vogt den Neuankömmling an den rasch gedeckten Tisch – um anschließend nach dem König zu schicken.

Sofort war das Fabulieren losgegangen. Woher der Fremde wohl kommen mochte und weswegen. Die Mädchen hatten augenblicklich begonnen, sich darüber lustig zu machen, wie unattraktiv er war und wie gewöhnlich – trotz seiner vornehmen Kleidung, die eines Prinzen würdig gewesen wäre.

Niobe konnte noch das tropfnasse, dunkle Haar vor sich sehen, welches sich in kurzen Locken um sein Haupt kringelte, das etwas zu hagere Gesicht, die etwas zu große Nase, die fahle Haut und die stumpfen Haare.

Rein objektiv war Samuel tatsächlich kein schöner Mann. Doch Subjektivität sprach eine andere Sprache. Es waren seine Ausstrahlung und seine Augen, die ihn interessant machten. Außergewöhnlich. Und in ihrem Fall war es seine totale Ablehnung.

Er hatte augenblicklich das Amt des Kommandanten der Leibwache übertragen bekommen – ein großer Schritt für einen nassen Unbekannten mit nichts weiter als einem Brief – und seitdem strafte er sie mit seiner Ablehnung.

Während ihre Schwestern ihn verspotteten und ärgerten, bekam aber nur sie seinen Zynismus und seine schlechte Laune zu spüren.

Nachdenklich kaute sie an ihrer Unterlippe und stieß einen frustrierten Seufzer aus.

Und ausgerechnet ihm schuldete sie nun eine Entschuldigung. Einem Mann, der anscheinend nichts an ihr mochte – nicht einmal ihre viel gerühmte Schönheit. Natürlich hatte Niobe die geflüsterten Bemerkungen gehört und kannte den wahren Grund, warum ihre Schwestern sie von ihren Hochzeiten fernhielten. Mehr als einmal hatte sie in einen Spiegel geblickt und ihren Reiz auf das andere Geschlecht ausprobiert.

Doch Samuel war nicht nur immun, er schien Niobe sogar insgeheim auszulachen.

Glaubte er, sie hätte nichts anderes zu bieten? Empört setzte sich die junge Prinzessin auf.

Wie konnte er es wagen?! Schließlich war er doch derjenige, der sich von Anfang an ihren Versuchen entzogen hatte, mit ihm ins Gespräch zu kommen und ihn ohne Vorurteile kennenzulernen. Er hatte über sie gewacht, ohne sie zu achten und ohne jegliche Reflexion hatte er anscheinend geglaubt, was ihre Schwestern der Welt über das Nesthäkchen weismachten.

Sie ließ sich wieder zurücksinken. Sein spöttisches Lächeln hatte immer ihr gegolten. Ein Verziehen seiner schmalen und trotzdem gut geformten Lippen, welches er nie zeigte, wenn er die anderen ansah. Als gelte seine Wut ihr ganz persönlich.

Niobe strich eine der langen Haarsträhnen nach hinten, die sich aus ihrem Zopf gelöst hatten, rollte sie gedankenverloren um ihren Zeigefinger und ließ das Ende über ihren Hals gleiten; über ihr Kinn, die Wangen und Schläfen.

Sie kitzelte ihren Weg zurück über ihre Augenlider, die Nase und ihre Lippen. Schließlich ertappte sie sich dabei, wie sie unbewusst in ihrem Gesicht die Narbe nachfuhr, die Samuels Gesicht zeichnete. Weißer als die übrige Haut, verlieh ihm der gezackte Wulst einen verruchten Zug.

Sicher, er wäre auch ohne Narbe kein griechischer Gott, aber soweit sie es beurteilen konnte, hatte er ein nettes Wesen und mochte die Kinder, die zum Hofstaat gehörten, ebenso wie sie selbst.

Und dieser Ausdruck in seinen Augen, wenn niemand hinsah. Niobe befürchtete, dass sie manchmal ebenso aussah. Haltlos und allein.

Um sich von ihren Gedanken abzulenken fuhr Niobe mit ihrer Haarsträhne am Rand ihres Kleides entlang. Angenehm!

Trotzdem war seine Einsamkeit kein Grund sie schäbig zu behandeln. Eben so wenig wie seine offensichtlichen Vorurteile.

Natürlich konnte sie sein Verhalten damit rechtfertigen, dass er erst seit einem halben Jahr am Hof war. Es kursierten auch zahlreiche Gerüchte, dass er ein Prinz aus einem fernen Königreich wäre; angeblich von seinen Eltern für ein Jahr verbannt.

Gründe seiner Verbannung gab es so viele wie tuschelnde Tratschmäuler. Es spielte keine Rolle, auch die Tatsache, dass er sie so wütend gemacht hatte, wie niemals jemand zuvor.

Was sie mindestens genauso beschäftigte war, dass sie mit einem Mal wissen wollte, ob die Gerüchte stimmten. War Samuel wirklich ein Prinz? Warum war ein Prinz Kommandant der Leibwache, und wie lange würde er bleiben? Und warum hatten ihn seine Eltern verbannt?

Wütend versuchte sich Niobe daran zu erinnern, wie er sie behandelt hatte – an jede fiese Kleinigkeit. Doch alles, woran sie denken konnte war das Gefühl, ihm ausgeliefert gewesen zu sein. Die erzwungene Wehrlosigkeit und sein Gewicht auf ihrem Körper.

Frustriert überließ sich Niobe den Gefühlen, die sie nicht deuten und anscheinend auch nicht kontrollieren konnte. Wenn sie bloß wüsste, was mit ihr los war.

Es hatte ihr gefallen! ER hatte ihr gefallen!

Wieder konnte sie das verlangende Pochen zwischen ihren Beinen spüren. Es verunsicherte sie zutiefst.

Vorsichtig bewegte sie ihre Beine, drückte ihre Oberschenkel zusammen, spannte Muskeln an, um sie anschließend wieder zu entspannen.

Das Ziehen und Pochen in ihrem Unterleib blieben und schienen sich ob ihrer Gedanken noch zu verstärken.

Sie sah sich um, doch die Schatten der Bäume waren zu tief, der Gegensatz zwischen der Helligkeit der Wiese und der Dunkelheit des Waldes zu groß, als dass sie sich wirklich unbeobachtet glauben konnte.

Trotzdem musste sie diesem Pochen nachgehen!

Ihren hellblauen Leinenrock zog sie so weit hoch, wie sie sich traute. Noch nie hatte sich die jüngste Prinzessin auf solche Weise berührt – die Zartheit ihrer eigenen Haut wahrgenommen, ihre Empfindsamkeit. Sie konnte sich nur zu gut vorstellen, wie ihr Anblick auf einen Außenstehenden wirken musste, und beinahe hätte sie ihre Hand wieder fortgenommen.

Stattdessen übernahm abermals ihre Erinnerung die Kontrolle, gaukelte ihr Samuels Berührung vor und sorgte dafür, dass sie sich tatsächlich dort streichelte, wo ihr Leib in Flammen zu stehen schien.

„Oh!" Der Laut entfuhr ihr laut und erschrocken. Sie kicherte leise, obwohl niemand da war, der dies hören konnte.

Das ist es also, was Erwachsene tun? Liebende?

Kein Wunder, dass sie solch ein Geheimnis aus der Sache machen.

Niobe legte ihre Handfläche auf die Stelle, die am vehementesten nach einer Berührung verlangte. Langsam steigerte sie den Druck, bis das Pochen sogar durch ihre Hand weitergeleitet wurde. Erst dann verringerte sie den Druck wieder. Es half nicht. Im Gegenteil. Sie konnte spüren, wie sich immer mehr Empfindungen in ihrer neuen Mitte konzentrierten.

Die Prinzessin war überrascht und verwirrt. Selbst ihre Atmung war inzwischen anders geworden, klang fremd und selbst in ihren eigenen Ohren aufreizend.

Zaghaft rieb Niobe die Stelle ihres Körpers, die sie bisher nur zum Waschen berührt hatte und strich mit den Fingern durch den feinen Flaum ihrer Behaarung. Die Berührung war angenehm, steigerte ihre Empfindungen und forderte sie förmlich dazu auf, weiterzumachen.

Mit geschlossenen Augen und einem einzigen Finger erkundete sie die neu entdeckte Körperstelle. Die äußeren Lippen, fleischig und weich, die inneren verwinkelt und runzelig. Erst dann traute sich Niobes Finger in die Mitte vor.

Ihr Körper reagierte wie ein erwachendes Raubtier, bäumte sich – wie von fremd gesteuerten Trieben – auf und gab erst Ruhe, als ihr Finger zwischen die Schamlippen glitt.

Eine zweifach unglaubliche Empfindung: Für ihren Finger feucht und warm, für den Rest ihres Körpers eine Entzückung der Sinne.

Niobe bewegte den Finger durch die Feuchtigkeit. Jegliche Scheu war von ihr abgefallen. Vor und zurück, vom Anfang der Spalte bis zum Ende.

Niobe musste in einen Fingerknöchel der anderen Hand beißen, um nicht laut aufzustöhnen, als sie mit kreisenden Bewegungen begann.

Sie konnte spüren, wie ihre Schamlippen anschwollen und noch empfindlicher wurden als bisher. Der Eingang in ihren Körper verengte sich durch diese Schwellung, lenkte den Finger an das vordere Ende der Spalte. Dorthin, wo ein kleines, aufragendes Knötchen aufreizend pulsierte.

Als Niobe es berührte, schrie sie doch auf.

Dann berührte sie es abermals – diesmal auf die köstliche Überraschung vorbereitet, die durch ihren Körper jagte und jede Zelle in einen lustvollen Ausnahmezustand versetzte.

Ihre andere Hand glitt ebenfalls unter den Stoff des Kleides, strich über ihre Brust, die sich schwerer anfühlte als gewöhnlich. Hier stand eine Knospe keck und verlangend in die Höhe.

Niobe kniff leicht hinein, genoss die Resonanz ihres Körpers und seine Empfindsamkeit. Er schien ein geheimnisvolles Eigenleben entwickelt zu haben. Ein Verlangen, welches sie nicht kontrollieren konnte und wollte.

War es so, wenn Mann und Frau beieinander waren? In der ersten Nacht oder in allen Nächten?

Niobe konnte spüren, wie ihre Berührungen eine Kettenreaktion in ihrem Körper auslösten. Etwas, was sie völlig überrumpelte. Für Sekunden schien jede ihrer Körperzellen ein Bewusstsein zu entwickeln, um Aufmerksamkeit zu buhlen. Lustvolle Qualen steigerten sich zu einem Kaleidoskop von Empfindungen. Dann konzentrierten sich jedes Gefühl und alle Leidenschaft schlagartig in dem einen gereizten Punkt und zerfaserten sich dann ebenso plötzlich in alle Nervenbahnen, wie sie sich zuvor gebündelt hatten.

Die Entspannung war total.

Ein Geräusch von der Seite ließ Niobe zusammenzucken und versetzte Körper und Geist von ihrer Glückseligkeit in Alarmbereitschaft. Rasch zog sie ihren Rock nach unten und strich den Stoff ihres Kleides glatt. Etwas, was solch wundervolle Gefühle wachrief, musste einfach unmoralisch und verwerflich sein. Lebhaft konnte sie sich die Standpauke ausmalen, die auf eine Entdeckung folgen würde.

Als niemand aus der Dunkelheit des Waldes kam, entspannte sie sich allmählich und begann zu lachen. Mit einem Mal fühlte sie sich frei und war sich ihres Körpers auf eine höchst unglaubliche Weise bewusst.

Schließlich beruhigte sie sich wieder und entschloss sich, ihre Entdeckungsreise in den Wald fortzusetzen, solange sie noch Zeit hatte. Inzwischen musste es später Nachmittag sein, bald würde sie zurückgehen müssen, um nicht zufällig einem der geladenen Gäste zu begegnen.

Trotz dieses Wissens schritt Niobe neugierig weiter in den Wald hinein. Sie folgte dem Pfad, bewunderte Moos, Pilze und zahlreiche Steinformationen.

Schließlich endete der Weg auf einer kleinen Lichtung. Dort umrundete er einen steinernen Brunnen, der der natürliche Ursprung einer Quelle zu sein schien. An seiner Seite war ein künstlicher Abfluss gelegt worden, dessen Wasser fröhlich einem kleinen, künstlichen Bachlauf folgte und sich nur wenige Fuß entfernt in einem großen, aber ebenso künstlichen Teich sammelte.

Niobes erster Weg führte sie zu dem Brunnen, der wie ein Wunschbrunnen aus einem Märchen wirkte. Hell beschienen mit einem kleinen Dach, einer Kurbel mit Seil und einem schmucken, kleinen Eimerchen. Sein Steinkranz ging ihr bis zur Hüfte, so dass sie gefahrlos einen Blick in die Tiefe riskieren konnte. Obwohl das Wasser bis zu dem künstlichen Abfluss stand und von einer unterirdischen Quelle immerfort neu gespeist wurde, erschien ihr der Brunnen ziemlich tief und dunkel.

Unsicher, wie sie mit ihrer Entdeckung verfahren sollte, wandte sie sich zum Teich. Mit seinem Schilfgürtel, einem kleinen Bootssteg mit Leiter und den Fischen, die im Sonnenlicht in verschiedenen metallischen Tönen glänzten, war er ein wahres Prunkstück.

Niobe benutzte den Bootssteg, ging bis ans Ende und kniete sich nieder, um mit einer Hand die Temperatur des Wassers zu prüfen. Herrlich angenehm.

„Vorsicht!"

Erschrocken rutschte die jüngste Prinzessin zur Seite und verlor das Gleichgewicht. Nur durch Glück bekam sie einen der kniehohen Pfeiler zu fassen, auf denen die Bootsstegplanken befestigt waren. Verwirrt sah sie sich um.

„Hier unten!" Die Stimme klang männlich und ausgesprochen angenehm.

Ungläubig starrte die Prinzessin das einzige Lebewesen in ihrer Nähe an – einen kleinen, hässlichen Frosch.

Dann sah sie zum Wald. Niemand!

Obwohl sie sich dumm vorkam, wandte sie sich der kleinen Amphibie zu. „Hast du gerade gesprochen?"

„Ne, das war der Wolf dort hinten, der hat dich mit Rotkäppchen verwechselt!"

„Witzig!", meinte Niobe und behielt weiterhin ihre Umgebung im Auge. Gönnte sich jemand einen Scherz auf ihre Kosten?

„Wieso kannst du sprechen?" „Das ist eine lange Geschichte …", behauptete der Frosch ausweichend. Niobe nickte. Sie war es gewohnt, ausgeschlossen zu werden. Auch von langen, interessanten Geschichten.

„Es ist schön hier …" *Oje! Ich rede mit einem Frosch!*

„Nicht wahr – und bisher so ruhig!"

Niobe zuckte ob der unterstellten Anklage zusammen. „Oh! Entschuldigung!" Sie wandte sich zum Gehen. „Hei! Was tust du?" Dem Geräusch nach zu urteilen war ihr der hässliche Frosch mit zwei Sprüngen hinterhergehüpft.

Niobe blieb stehen, ohne die Amphibie anzusehen. Selbst bei solch einem kleinen Wesen, ein Wesen, welches die Prinzessin eben erst kennengelernt hatte, stieß sie auf Ablehnung. „Das ist doch offensichtlich. Du willst deine Ruhe haben – oder mich nicht hier haben – also gehe ich." „So habe ich das doch nicht gemeint!" Das Geräusch verriet einen weiteren Sprung in ihre Richtung. Sie wagte einen Blick nach unten – Mitleid brauchte sie nicht. Auch keines aus menschlich wirkenden, braunen Glubschaugen. „Ehrlich nicht?" „Nein!"

Die Antwort kam so schnell und klang so ehrlich, dass Niobe in die Knie ging und ihre Hand nach dem kleinen Wesen ausstreckte. Ohne zu Zögern hüpfte der Frosch in die dargebotene Handfläche und ließ sich von der Prinzessin hochheben und anschauen.

Niobe staunte. Er war nicht kalt und nicht schleimig, sondern trotz seiner objektiven Hässlichkeit zierlich und anmutig – und vielleicht das einzige Lebewesen in der gesamten Schlossanlage, das ihr gegenüber keine Vorurteile zu haben schien.

Immerhin vertraut er dir sogar sein Leben an!

Als Niobe endlich das Schloss erreichte, war die Dämmerung bereits hereingebrochen. Es gelang ihr, unbemerkt von den Gästen oder dem restlichen Personal ins Innere des

Schlosses zu huschen. Die Gänge waren menschenleer, da sich alles auf den Teil konzentrierte, in dem die Feier stattfand.

Vor ihrem Zimmer wartete eine schlecht gelaunte Zofe mit einer Nachricht für Niobe. Ihr geschminktes Antlitz verriet nicht nur ihre abendlichen Pläne, sondern auch ihr Entzücken darüber, dass sich die junge Prinzessin ihren Eltern in ihrem derzeitigen Zustand präsentieren müsste.

Wenn ich nur nicht Samuel begegne!

Wie ein Schatten schlich Niobe durch die verlassenen Gänge bis zu dem kleinen, privaten Empfangsraum der Regenten und öffnete nach einem Klopfen und einem „Herein" die Tür. Offensichtlich war sie zu spät, ihre Schwestern hatten sich bereits eingefunden, und eine sah schöner aus als die andere. Nur Brigitte mit ihrem atemberaubenden Brautkleid hob sich noch positiver von den anderen ab. Noch nie hatte Niobe solch eine wunderschöne Braut gesehen.

„Endlich sind wir vollzählig!" Am Stirnrunzeln ihrer Eltern konnte Niobe erkennen, dass sie zwar über ihr Aussehen erstaunt waren – aber vorläufig bereit, darüber hinwegzusehen. „Eure Mutter und ich haben uns in letzter Zeit sehr viele Gedanken über Eure Aussteuer gemacht. Nun sind wir zu einer Lösung gekommen, die wir für angebracht und fair halten."

Der König öffnete eine Pergamentrolle und las vor:

„Katharina als Älteste hat bereits einen Prinzen geheiratet. Ihre Zukunft ist gesichert, sie wird eines Tages gemeinsam mit ihm über sein Königreich herrschen. Gabriela als Zweitgeborene hat das Königreich eurer Mutter als Mitgift bekommen." Der König schenkte seiner nächsten Tochter einen Blick. „Brigitte wird einen dritten Sohn heiraten; sie bekommt nach unserem Tode dieses Königreich."

Der König fuhr fort: „Unsere geliebten Zwillinge, Margarete und Elisabeth, bekommen die zwei Fürstentümer Loding und Moding als Mitgift, und Isolde die Grafschaft Namur."

Zum ersten Mal sah ihr Vater Niobe direkt an – und runzelte die Stirn. Niobes reich beschenkte Schwestern kicherten herablassend, als ihnen klar wurde, dass kein Königreich, Fürstentum oder keine Grafschaft mehr für Niobes Mitgift übrig war.

„Niobe, meine siebte Tochter!" Er rollte das Pergament zusammen. „Dein Wunsch nach einer anderen Verwendung deiner Mitgift ehrt dich." Niobe konnte das überraschte Flüstern ihrer Geschwister hören, während der Ausdruck auf den

Gesichtern ihrer Eltern zwischen Stolz, Mitgefühl und Unsicherheit schwankte. „Wir halten ihn allerdings für übereilt."

Niobe öffnete den Mund, um etwas einzuwenden. Diesen Augenblick nutzte Samuel, um aus dem Schatten einer Säule zu treten und ihren derangierten Zustand zu mustern. Unter seine übliche Mimik hatte sich etwas anderes gemischt – Mitleid vielleicht.

„Trotzdem sind wir ihm nachgekommen!" Die Königin reichte ihrem Mann eine zweite Pergamentrolle. „Wir haben deine Berechnungen und deinen Finanzplan geprüft. Die Flussinsel Halbro ist inzwischen zu einem Zufluchtsort für alle Waisenkinder dieses Reiches umgestaltet worden, und das gesamte restliche Vermögen deiner Mitgift gewinnbringend angelegt, um ihre Versorgung, Ausbildung und Zukunft zu sichern."

Niobe war erleichtert – bis ihr Vater weitersprach.

„Allerdings haben wir bereits mit dir über die Konsequenzen gesprochen. Und deswegen verfüge ich, dass du morgen Abend aus den akzeptablen Junggesellen der Hochzeitsgesellschaft deinen Bräutigam wählen musst."

Morgen Abend?! Niobes Blick glitt ungläubig über ihre Eltern. Sicher hatte sie gewusst, dass sie auf eine rasche Eheschließung pochen würden, aber so schnell? Sicher wollten sie ihre Chance nutzen, bevor die potenziellen Ehemänner auf die Idee kamen über die fehlende Mitgift nachzudenken.

„Wieso hat sie die Wahl?" Brigittes Finger zeigte anklagend in Niobes Richtung. „Weil sie es sich verdient hat!" Ihre Mutter unterbrach konsequent jede Form von Widerspruch. Doch Niobe erntete böse Blicke ihrer Schwestern. Wortlose Drohungen, die ihr versprachen, dass am nächsten Abend keine allzu große Auswahl mehr für sie vorhanden sein würde.

„Na ja, wie dem auch sei …" Ihr Vater fuhr beschwichtigend fort: „Wir wollen die Braut an ihrem freudigen Tag nicht länger aufhalten!" Er machte eine Geste Richtung Tür. „Los geht es, Kinder!"

Er schob die vier hübsch gekleideten Töchter vor sich her, an Niobe vorbei und aus dem Raum hinaus. Samuel folgte ihnen sichtlich irritiert. Sein verwirrter Blick brachte Niobes Herz zum Lachen.

„Hier Schatz!" Die Königin hielt ihr eine kleine, goldene Kugel entgegen.

„Was ist das?" „Wonach sieht es denn aus?" Ihre Mutter lächelte. „Es war einmal das Lieblingsspielzeug deiner Urgroßmutter. Nimm es als Geschenk und Mitgift." Sie hauchte ihrer jüngsten Tochter einen Kuss auf die Wange. Erst dann huschte sie mit einem verschwörerischen Augenzwinkern hinter ihren anderen Töchtern her.

Betrübt wegen der Aussicht auf ihre baldige Hochzeit hatte sich die Achtzehnjährige in ihrem Bett verkrochen. Doch die Musik der Feier drang durch die Wände, hallte von den Steinen wider und schien das gesamte Schloss zum Vibrieren zu bringen. Selbst durch das geschlossene Fenster konnte Niobe das Festessen riechen – und ihren knurrenden Magen nicht länger ignorieren.

Frustriert zog sie an der Schnur, die mit einer Glocke im Aufenthaltsraum der Zofen verbunden war. Als nach Minuten niemand erschien, versuchte sie es abermals und bediente zeitgleich den kleinen Aufzug, der zur Küche führte. Nichts. Natürlich nicht. Selbst Molly, die Köchin, und Niobes Zofe Meg waren für die Hochzeit des Jahres eingespannt worden.

Ob ich mich unbemerkt in die Küche schleichen kann?

Hungrig ging die junge Prinzessin zur Tür und spähte durch das Schlüsselloch. Wie immer saßen zwei Leibwächter in der Fensternische direkt vor ihrem Zimmer. Mit einer Ausnahme: Heute standen gefüllte Teller und Becher vor ihnen.

Ob ich um etwas zu Essen und Trinken bitten kann?

Niobes Erziehung, ihr Stolz und ihr Hunger stritten noch um eine Lösung des Problems, als sich ein Schatten vor das Schlüsselloch schob. Sie sprang zurück und erschrak ein zweites Mal, als es an ihrer Tür klopfte.

„Herein!" Ihr Mund hatte das eine Wort bereits gesagt, als ihr klar wurde, welches Bild sie in ihrem verdreckten Zustand abgeben würde. Die Türklinke wurde gedrückt, und die Tür schwang nach innen auf.

„Kommandant!"

„Guten Abend, Prinzessin!" Samuel verbeugte sich förmlich, ließ die Tür offen und reichte ihr ein Tablett, ohne mehr als einen Fuß über die Schwelle zu setzen. Ohne nachzudenken griff Niobe nach dem Tablett, auf dem sich kalte Leckereien vom Büfett türmten.

„Ich dachte, etwas zu Essen würde Euch milde stimmen – wenn ich um Verzeihung bitte."

Samuel hatte exakt die Essensauswahl getroffen, die sie liebte. Und von jedem ein bisschen.

Niobe blinzelte, als ihr bewusst wurde, dass Samuel immer noch vor ihr stand, ihren Blick mied und offensichtlich auf eine Reaktion von ihr wartete. Für Sekunden wusste sie nicht, was sie mehr irritierte, der Mann, der wie ein getretener Hund vor ihr stand, die offene Tür, durch die die zwei Leibwächter gafften, oder der Bratengeruch, der ihren Magen zum Grummeln brachte.

Die junge Prinzessin konnte sich selbst nicht erklären, woher sie ihren Mut nahm. Sie wusste nur, dass sie sich mit Samuel unterhalten wollte – unterhalten und sich entschuldigen.

Entschlossen löste sie eine Hand von dem schweren Tablett, griff an Samuel vorbei und wollte die Tür schließen. Der Kommandant bewegte sich nicht vom Fleck. „Das ist keine gute Idee! Ein Mann darf sich nicht mit Euch alleine aufhalten." „Seid nicht albern!", tadelte sie. „Macht die verflixte Tür zu und kommt rein – oder besser: Kommt rein und macht dann die verflixte Tür zu!"

Ohne auf seine Reaktion zu warten, ging die Prinzessin die vier Schritte zu ihrem Tisch und stellte das Tablett ab, bevor sie sich setzte. Erst dann sah sie den Mann an. Er wirkte irgendwie verloren, obwohl er überraschend viel Raum einnahm. Sie schluckte, als ihr auffiel, wie groß er tatsächlich war.

„Ich kann die Tür wieder öffnen", bot er an, ihre Unsicherheit spürend. „Nein!" Samuel entspannte sich sichtbar, und zum ersten Mal suchte er Blickkontakt. „Ich wollte mich entschuldigen. Ich denke, meine unbedachte Äußerung hat Euch sehr verletzt."

Niobe deutete auf den zweiten Stuhl, der bislang reine Zierde an ihrem Tisch gewesen war. „Nicht Ihr, ICH muss mich entschuldigen." Sie konnte sogar in dem flackernden Kerzenlicht, das den Raum nur spärlich beleuchtete, einen etwas dunkleren Fleck in Samuels unattraktivem Gesicht ausmachen. Eine Schwellung, die nur von ihrer Ohrfeige stammen konnte.

„Ich habe mich verhalten wie …", sie rang nach Worten. „Wie jemand, der zu Unrecht angegriffen wird?", schlug Samuel vor.

Niobe suchte in seinem Gesicht nach einer Spur Unaufrichtigkeit, fand aber nur Mitleid und Schuldgefühle, bevor sie in dem dunklen Braun seiner Augen versank. Die Farbe und die seltsame Tiefe erinnerten sie an einen anderen Ort: An Sonnenlicht, Wasser und das Vertrauen, das ihr ein hässliches, kleines Lebewesen entgegengebracht hatte.

„Esst, bevor es wieder warm wird!" Samuels Stimme war melodisch und enthielt einen neckenden Unterton, den sie nie zuvor bei ihm gehört hatte. Er klang entspannter als sonst, aber vielleicht projizierte sie ihre eigenen Gefühle auf ihn.

„Nur wenn Ihr Euch setzt!", behauptete die Prinzessin, obwohl ihr Magen ihre Worte Lügen strafte. Das Lächeln, das nach ihren Worten auf Samuels Gesicht erschien, bevor er ihrer Bitte nachkam, entzückte sie. Tatsächlich war er auch aus der Nähe betrachtet kein attraktiver Mann, aber irgendetwas an seiner Art weckte Vertrauen und verriet ihr, dass eine Frau bei ihm geborgen war. Behütet und geliebt.

Ohne auf das wilde Schlagen ihres Herzens und das Ziehen in ihrem Unterleib zu achten, griff Niobe nach einem Stück Braten und schob es sich in den Mund.

„Wein?" Er griff nach den Bechern, die in der Mitte des kleinen Tisches standen. Sie nickte. Braten und Brot waren vorzüglich. Hastig verschlang sie abermals einen Bissen – bevor Samuel seine Aufmerksamkeit wieder auf sie richten konnte und sie zu langsamen, manierlichem Essen zwang.

Er reichte ihr ihren gefüllten Becher und fing ihren Blick ein: „Es tut mir sehr leid, dass ich nicht nur meinen eigenen Vorurteilen geglaubt habe, sondern auch noch den Gehässigkeiten Eurer Schwestern."

Niobe nickte stumm und starrte auf das Tablett. Einerseits waren seine Worte exakt das, was sie hören wollte, andererseits trösteten sie kein bisschen. „Welche Vorurteile? Haben sie mit Eurer Narbe zu tun?" Niobes Frage kam intuitiv.

Unwillkürlich fuhr Samuel den schmalen, hellen Wulst nach, der sich von seinem Kinn über die Wange bis zur Schläfe und quer über seine linke Gesichtshälfte zog. Etwas hatte nur knapp sein Auge verfehlt, in dem für Sekunden Wut funkelte.

„Missfällt sie Euch?" „Nein, ich bin bloß neugierig." Sie war versucht, seinen Fingern zu folgen, die Narbe zu liebkosen. Es war ihr ein Rätsel, warum sie es nicht tat, sondern der Versuchung widerstand. Sie konnte sogar die Struktur seiner Haut spüren, ihre Wärme und Elastizität.

Verwirrt lenkte sich Niobe mit einem großen Schluck Wein und einem kleinen Schnitzel ab.

„Ich habe der falschen Frau gesagt, dass ich sie nicht liebe." „Katharina?!" Niobe riet nur und nahm einen weiteren Schluck Wein. Samuels einzige Antwort bestand in einem tiefgründigen Lächeln.

Also hat er sie abgewiesen, und sie hatte ihm daraufhin ein Andenken der etwas anderen Art geschenkt.

Sie hatte von dem Fluch gehört, den Katharina vor dem Altar ausgestoßen hatte. Allerdings nicht davon, dass der Fluch den Bräutigam in spe tatsächlich hässlich machte.

Aber es erklärt, warum Vater ihn bereitwillig aufgenommen und keine meiner Schwestern ihn erkannt hat.

Seltsamerweise war Niobes Wut auf ihre impulsive Schwester nicht so stark wie die Erleichterung darüber, dass Samuels Liebe keiner anderen Frau galt.

„Taktlos, es vor dem Altar zu sagen", meinte sie trotzdem. Niemand – nicht einmal ihre gemeine Schwester – hatte so etwas verdient.

„Unverzeihlich.", gab Samuel zu. Er war froh, dass Katharina zumindest die zweite Hälfte des Fluches leise in sein Ohr geflüstert hatte. Nur er, seine und Niobes Eltern wussten davon.

Die Prinzessin leerte ihren Weinbecher und genoss die wohlige Wärme, die sich von ihrer Zunge durch ihren Körper auszubreiten begann. „Also ist es wahr?" Der Alkohol machte sie neugieriger und mutiger – und die Liste ihrer Fragen wuchs.

„Was?" Samuels Stimme hatte einen verführerischen und sehr vertrauten Tonfall angenommen. Sie konnte sich nur nicht mehr daran erinnern, wo sie ihn bereits einmal gehört hatte.

„Du bist wirklich ein Prinz?" Ohne es bewusst zu merken ging Niobe ins „Du" über. Sie hatte Samuel vom ersten Moment an in ihrem tiefsten Inneren für einen Prinzen gehalten und nie an dieser Einstellung gezweifelt.

Als sie aus Nervosität abermals ein Stück Braten von dem großen Fleischstück abriss, wurde ihr bewusst, wie unhöflich es war, einem Prinzen nichts anzubieten. Ihr Blick huschte suchend über das Tablett, den Tisch und ihre Kammer. Doch es gab keinen Teller und nichts, was sich als Unterlage verwenden ließe.

„Ja, es stimmt! Ich bin der Sohn des Königs und der Königin von Naga." Das Geständnis schien ihm nicht leicht über die Lippen zu kommen. Für einen Moment wirkte er dunkel und unheimlich. Verbittert.

„Darf ich fragen, wieso sie dich verbannt haben?" Niobe hatte ihre Suche nach einem Teller immer noch nicht aufgegeben. Es lenkte sie von der Tatsache ab, dass Samuel sie wegen der Tragik seines Schicksals tief bewegte. „Möchtest du auch etwas essen?"

„Es ist eine lange Geschichte …" Der Kommandant wich ihrer Frage aus. „Ich habe gerade nichts anderes vor …", bot Niobe an und lachte leise, als sie Samuels Gesichtsausdruck sah. Es war offensichtlich, dass er daran interessiert war, ihr die

Wahrheit zu offenbaren. „Wenn ich es mir recht überlege, hatte ich noch nie etwas vor."

Außer in den Tag hineinzuleben, mich selbst zu bedauern und zu hoffen, dass jemand anderes etwas an meiner Situation ändert.

Zum Glück ließ Niobes Feingefühl, das gemeinsam mit ihrer Sexualität erwacht zu sein schien, diesen Gedanken nicht aussprechen. In Zukunft würde sie selbst die Initiative ergreifen – schließlich war es ihre Zukunft.

Und ich werde heiraten, wen ich will!

Samuel lachte leise und sehr sinnlich. „Und um die andere Frage zu beantworten: Ja, ich hätte sehr gerne etwas."

Niobe blinzelte verwirrt und benötigte einige Sekunden, um die Worte richtig zuzuordnen. Dann verstrichen noch einmal Sekunden, in denen sie begriff, dass sie immer noch über keinen Teller verfügte.

Samuel ergriff die Initiative, streckte seine Hand quer über den kleinen Tisch aus, nahm Niobes Hand, in der sich immer noch das Bratenstück befand und führte beides an seinen Mund. Fasziniert sah die junge Prinzessin zu, wie der Kommandant ihrer Leibwache ihre Hand benutzte, um sich selbst zu füttern. Zu ihrer Überraschung ließ er sie danach nicht los, sondern leckte genüsslich den Bratensaft von ihren Fingern.

Erschrocken sprang sie auf, entriss ihm aber nicht die liebkosten Finger, sondern verharrte nach dieser einen Bewegung völlig reglos – während ihr Körper jäh ein Eigenleben entwickelte.

Ihr Blick tauchte in Samuels – und das, was sie in seinen Augen las, lähmte und faszinierte sie, und jagte einen Schauer nach dem anderen durch ihre Nervenbahnen, bis diese vor Verlangen prickelten.

Samuel schien zu wissen, wie sehr er die junge Prinzessin für sich eingenommen hatte, und wie sensibel ihr Körper auf ihn reagierte. Ohne seinen Blick von ihrem zu lösen, begann er mit der Säuberung ihrer Hand, biss leicht in die empfindsame Haut und saugte sanft an ihren Fingerspitzen.

Niobe konnte nicht fassen, was Samuel da tat. Hatte sie in ihrer Fantasie auf der Wiese davon geträumt, sich mit einem Mann – ihm! – zu vereinigen, war es nun plötzlich solch eine unerwartete und sanfte Berührung, die ein Vielfaches der Leidenschaft entflammte, die sie nachmittags entdeckt hatte. Niemals hatte sie sich vorstellen können, dass Finger so empfindsam sein konnten, dass das Saugen Reaktionen in ihrem Unterleib hervorrufen konnte.

Die Prinzessin spürte, wie sie feucht wurde, wie ihr Geschlecht anschwoll und vehement auf seinem Recht auf Befriedigung bestand.

Samuel lächelte sie wissend an, während er sich dem Letzten ihrer Finger widmete.

Abrupt ließ er sie los, überließ sie der plötzlichen Kälte und dem Gefühl, zu weit gegangen zu sein. Doch Samuel ging nur um das Tischchen herum zum Fenster, um hinauszusehen und seinen Gesichtsausdruck vor ihr zu verbergen.

„Ich habe eine Frau abgelehnt, die ich nicht hätte ablehnen sollen. Meine Begründung war so unmöglich, dass jede Strafe für meinen Hochmut und meine Vorurteile nicht ausreichte."

Niobe kannte ihre älteste Schwester gut genug, um nicht ganz so hart zu urteilen. „Deswegen bist du für ein Jahr verbannt worden?" Niobe widerstand dem Drang hinter ihn zu treten, sich an seinen starken Rücken anzuschmiegen und ihn zu trösten.

„Nicht für ein Jahr …" Samuels Stimme stockte, „für immer!"

„Außer?"

„Wieso außer?" Er klang misstrauisch und ein wenig wütend.

Niobe konnte nicht länger widerstehen. Sie stand auf, stellte sich dicht hinter ihn und legte ihre Hand auf seine Schulter.

„Es gibt immer eine Möglichkeit, einen Fluch zu brechen." Die junge Prinzessin versuchte diesen Gedanken zu halten und sich auf ihre Möglichkeiten zu konzentrieren, ihm zu helfen. Doch ihr Körper schrie, wollte mehr Kontakt, wollte berühren und berührt werden.

„Außer ich heirate die schönste Frau der Welt."

„Oh!" Niobe ließ abrupt ihre Hand sinken, als sich der Kommandant zu ihr umdrehte, und sie seinen Gesichtsausdruck wahrnahm.

Der Hunger in seinen Augen galt ihr – nicht dem Essen. Schockiert trat die Prinzessin einen Schritt zurück und wich seinem Blick aus. „Ihr wisst, was man über mich sagt."

„Ja!" Das eine Wort verriet mehr als alle Erklärungen. Eine Härte hatte sich in seinen Tonfall und in seine Körperhaltung geschlichen, die sie bislang noch nie festgestellt hatte.

„Ich würde Euch heiraten." Niobes Angebot kam mit so leiser Stimme, dass sie sich selbst dafür hasste. „Um von Euren Schwestern fortzukommen?" Seine Frage klang sanft und traurig, obwohl sein Gesichtsausdruck verschlossen blieb. „Auch", gestand Niobe, „deswegen sollte man aber nicht heiraten!"

Er küsste sie. Sie hatte mit allem gerechnet: Mit Wut, mit Trauer, mit einem „Nein", mit einem „Ja", aber nicht mit diesem verteufelt süßen, dämonisch feurigen Kuss.

Weiche, warme Lippen, die sich um ihre schlossen, sich mit sanftem Druck bewegten, bis sie leicht trunken vom Wein und seiner Entschlossenheit nachgab.

Als seine Zunge in einem leichten Flackern über ihre Unterlippe zuckte, atmete Niobe überrascht ein. Diese Geste gestattete Samuel sie noch tiefer zu schmecken. Die Prinzessin konnte seine Hand spüren, die sich in ihren Nacken gelegt hatte, sie besitzergreifend festhielt, seine Zähne, die leicht an ihrer Lippe nippten und kleine elektrische Impulse durch ihren Körper jagten, während er ihre Zunge mit seiner zu einem magischen Tanz anleitete.

Dann, ohne Vorwarnung, entzog er sich ihr. „Ich brauche keine Mitleidsheirat!" Obwohl seine Stimme atemlos klang, und sie seine Erregung spüren konnte, war sein Ausdruck entschlossen.

Stumm ballte sie die Fäuste. Wie sollte sie erklären, was sie empfand, wenn sie selbst keine Worte dafür fand? Wie sollte sie ihm ihre Gefühle mitteilen, wenn diese dermaßen in Aufruhr waren? Und wie sollte sie ihm erklären, dass sie bei ihm sein wollte, wenn jeder, den sie je in ihrem Leben um etwas gebeten hatte, sie zurückgewiesen hatte?

Jäh erlosch jegliches Gefühl in ihr. Die Gewissheit, dass er sie nicht wollte, war mit einem Mal da, ließ sich weder durch das Prickeln ihrer Lippen, noch durch das Verlangen in ihrem Körper leugnen.

„Es wäre auch keine", brachte sie trotzdem heraus. Keine Lüge, nur ein Verschweigen. „Ja, sicher!" Mit einem höhnischen Lächeln warf er einen wertenden Blick auf ihr Gesicht, ihre Lippen, die von seinen Küssen geschwollen waren und auf ihre Gestalt. „Ihr seid zu schön, um einen hässlichen Kerl wie mich zu lieben!" Er wandte sich zum Gehen.

„Tauschst du deine Vorurteile immer sofort gegen neue aus?" Jetzt war sie wirklich wütend.

„Meine Schwester war zu hässlich, ich bin zu schön … und immer wieder bildest du dir ein zu wissen, was ich will und denke?!"

Samuel starrte die wütende Furie vor sich an. Tatsächlich hatte er sich mehr als einmal in ihr geirrt. Er hatte sie gehasst, weil sie ebenso schön war wie ihre Schwestern, und weil er sie für ebenso oberflächlich gehalten hatte.

Wütend war er gewesen, weil sie sein Schlüssel zur Erlösung war. Und er hatte ihr das Leben zur Hölle gemacht, weil er sie wollte und wusste, dass ihn eine solch schöne Frau niemals würde lieben können. Nicht, nachdem ihn Katharinas Fluch hässlich gemacht und verwandelt hatte.

Nun hatte sich Niobe ihm wider jede Vernunft angeboten. Eine wundervolle, selbstlose Frau. Schön und reizend. Er erinnerte sich an das Bild, welches sie ihm im Wald geboten hatte. Wild und leidenschaftlich – ebenso leidenschaftlich wie jetzt.

Aber es wäre nicht fair. Sie kannte nicht die ganze Wahrheit. Und ob es dafür jemals eine Erlösung geben würde? Er entschied sich dafür, einmal in seinem Leben das Richtige zu tun. Er öffnete die Tür, bevor er es sich anders überlegen konnte.

„Verzeih!" Er machte den letzten Schritt und trennte ihre beiden Schicksale durch seine Entscheidung mehr als durch das Holz.

Am nächsten Morgen nutzte Niobe den frühen Bodennebel und den alkoholisierten Schlaf der meisten geladenen Gäste und huschte unbemerkt aus dem Schloss. Der Nebel und der schwer beladene Bastkorb erschwerten ihr den Weg in den Wald und zum Brunnen. Doch die Stille entschädigte die Prinzessin für diese Unannehmlichkeit.

Als sie schließlich ihr Ziel erreichte, hatte die Morgensonne den Nebel schon vertrieben und glitzerte in den Tautropfen. Bald schon würden auch diese verdampfen und Platz machen für einen herrlichen Sommertag.

„Hallo?" Vorsichtig stellte Niobe den Bastkorb neben dem Brunnen ab.

„Was machst du denn schon so früh hier?" Der kleine, hässliche Frosch hüpfte aus dem Wasser. Seine Stimme erinnerte Niobe an Samuel. Wahrscheinlich, weil er ebenso mitfühlend gewesen war – bevor plötzlich alles kompliziert wurde.

„Ach, das ist eine lange Geschichte …", meinte sie und setzte sich auf den steinernen Rand des Brunnen.

„Ich habe gerade nichts anderes vor …", bot die Amphibie ihr an, „… wenn ich es mir recht überlege, hatte ich noch nie etwas vor."

Nachdenklich sah die Prinzessin ihn an. Hatte sie nicht gestern dieselben Worte zu Samuel gesagt? Oder war es während des Gespräches mit dem Frosch gewesen?

Erst als sie sich vergewissert hatte, dass das Hässlichste aller Lebewesen unmöglich Samuel sein konnte, sprudelten die Ereignisse des vergangenen Tages aus ihr heraus – gefolgt von einer kurzen Zusammenfassung ihrer Lebensgeschichte.

Der Frosch pfiff leise, als die jüngste Prinzessin verstummte. „Wieso hast du ihn nach einer Heirat gefragt?" „Ich habe ihn gar nicht gefragt – und er mich auch nicht. Ich habe es ihm angeboten." „Warum?" Hatte sich Niobe gestern noch von derselben Frage angegriffen gefühlt, dachte sie an diesem Tage intensiver über den Grund nach. Schließlich entschied sie sich für: „Weil ich ihn sehr mag. Er ist so …", sie suchte nach dem richtigen Wort, „… anders."

„Er mag dich?!"

„Ja, aber das ist nicht der Grund!", verteidigte sich Niobe. „Es ist so viel mehr. Ich kann es einfach nur nicht erklären."

„Vielleicht will er dich ja nicht, weil du zu perfekt bist? Die perfekte Lösung all seiner Probleme?" schlug der Frosch vor. „Du meinst wegen des Fluches?" Niobe überlegte. „Es ist aber doch nicht meine Schuld, dass Katharina ausgerechnet mich dazu auserkoren hat, den Fluch brechen zu können."

Niobe konnte sich beinahe vorstellen, welchen Spaß die Älteste bei der Vorstellung gehabt hatte, ein hässlicher Prinz würde, aufdringlich ob seiner möglichen Erlösung, um die Hand ihrer kleinen Schwester anhalten.

Der Frosch gab ein Geräusch von sich, das einem sehr menschlichen Schnauben ähnlich klang. „Aber sich ausgerechnet in die Frau zu verlieben, die einen erlösen kann, wirkt schon sehr berechnend, findest du nicht auch?" „Nein! Finde ich nicht!" Niobe schwieg lange und vertrieb sich die Zeit damit, die goldene Kugel in die Luft zu werfen und wieder zu fangen.

„Bin ich denn so wenig liebenswert, dass er mich nicht einmal heiraten will, obwohl ich ihn von dem Fluch erlösen könnte?" „Vielleicht ist es genau das Gegenteil", gab der Frosch zu bedenken.

Das goldene Spielzeug entglitt Niobes Händen, als ihr die offensichtliche Wahrheit hinter den Worten des Frosches auffiel. Die Kugel fiel auf den Steinrand, und bevor die Prinzessin sie aufhalten konnte, war sie in das Wasser gefallen, in dem sie mit einer atemberaubenden Geschwindigkeit versank.

Der Frosch sprang hinterher.

„Du verdammter …" In letzter Sekunde stoppte sich die Prinzessin. Das Letzte, was Samuel brauchte, war ein neuer Fluch. Selbst als das Hässlichste aller Tiere hatte er versucht, sie von der Redlichkeit seines „Neins" zu überzeugen.

„Niobe!" Die Stimme ihrer Schwester Margarete lenkte Niobe von ihrer Entdeckung ab und hielt sie davon ab, ihrer Vermutung weiter nachzugehen. Die junge Prinzessin stand auf und winkte Richtung Waldrand. „Hier drüben!"

Margarete, Elisabeth und Isolde traten gemeinsam mit einem Großteil der Leibwache aus dem Wald. Sie wirkten ausgesprochen gut gelaunt und ausgelassen.

„Hättest du dir heute nicht etwas Hübscheres anziehen können?" Isolde musterte ihre Schwester von oben bis unten. Sie schien mit dem Ergebnis ihrer Inspektion ausgesprochen zufrieden.

„Wieso? Ich soll doch erst heute Abend vorgestellt werden." Niobe wandte sich dem Brunnen zu. Zu ihrer Überraschung lag ihre goldene Kugel in einer kleinen Pfütze auf dem Rand. Unter Elisabeths Kichern nahm Niobe ihren einzigen Besitz an sich, als laute Fanfaren und Trommeln durch den Wald klangen.

Niobes Eltern waren die ersten, die die Lichtung mit dem Brunnen erreichten. Ihr Gesichtsausdruck ließ auf nichts Gutes schließen.

„Die möglichen Hochzeitskandidaten waren nicht bereit zu warten!", erklärte ihr Vater, während sie näher kamen.

„Viele sind bereits abgereist, als sich herumgesprochen hat, dass du keine Mitgift in die Ehe mitbringst." Ihre Mutter flüsterte. Ihr Gesichtsausdruck versprach ihren drei anderen Töchtern Stubenarrest.

Gemeinsam sahen sie zu, wie die Interessenten um die Hand der jüngsten Königstocher die Lichtung betraten und sich vorstellten. Die meisten von ihnen waren alt, hatten bereits Kinder in Niobes Alter und den Verlust ihrer ersten Frau betrauert. Kein Wunder, dass Margarete, Elisabeth und Isolde so gut gelaunt waren. Sie strahlten noch mehr, als sie feststellten, wie sehr es ihre jüngste Schwester hasste, begutachtet zu werden. Denn das einzige Interesse der Männer galt der Schönheit ihrer möglichen Ehefrau.

Als Samuel schließlich die Lichtung betrat, warf Niobe ihm einen flehenden Blick zu, den dieser völlig ignorierte.

„Entschuldigen Sie mich!" Niobe unterbrach unhöflich das Gespräch mit einem siebzigjährigen Grafen, beachtete die anderen Männer nicht und ging zu Samuel, der sich abseits hielt.

„Hast du es dir anders überlegt?" Sie konnte hören, wie atemlos ihre Stimme klang.

„Wie meinst du das?" Er wich ihrem Blick aus, als hätte es nie das Gespräch in ihrem Zimmer gegeben, nie Vertraulichkeit zwischen ihnen.

Niobe beschloss, ihn in die Enge zu treiben: „Willst du mich heiraten? Ja oder nein?"

„Nein!" Seine Antwort kam ohne Zögern und trieb ihr wegen der Zurückweisung Tränen in die Augen.

„Ich will dich heiraten, aber ich werde dich nicht heiraten!" Bedauern über seine eigene Entscheidung schwang in seinen Worten mit.

Er sah zu der elitären Gesellschaft, die darauf wartete, dass Niobe ihre Wahl bekannt gab. Zu ihrem Schutz musste er sich zurückhalten!

„Das ist so dumm!" Niobe war versucht, auf den Boden zu stampfen. „Weil du den Helden spielen willst?" Wie konnte sie ihm nur klarmachen, dass sie die Wahrheit kannte, und es ihr egal war? Ohne, dass er ihr Angebot abermals für Mitleid halten würde?

Ihr kam eine Idee.

„In Ordnung!" Sie hob drohend einen Finger. „Wenn du mich nicht heiraten wirst, hoffe ich, dass ein anderer intelligent genug ist."

„Wer?" Irrte sie sich oder schwang in Samuels Frage Eifersucht mit?

„Ein Freund!" Niobe drehte sich um und ging zu ihrem Platz am Brunnen zurück. Samuel ignorierend begann sie mit ihrer kleinen, goldenen Kugel zu spielen, während sie sich wieder mit einem ihrer Verehrer unterhielt.

Samuel oder keinen!, dachte sie, als sie absichtlich ihr Spielzeug aus der Hand fallen ließ – direkt in den Brunnen hinein. Ihr erschrockener Aufschrei war gekünstelt, bündelte aber die Aufmerksamkeit aller Anwesenden. Gespielt verzweifelt griff Niobe nach ihrer Mutter und schluchzte über den Verlust ihrer Kugel.

„Sehr klug, meine Tochter!" Die Königin klopfte ihr beruhigend auf den Rücken. „Eine Hochzeitsbedingung ist ein guter alter Brauch! Es gibt nichts dagegen einzuwenden."

Niobe löste sich von ihrer Mutter und musste sich eines Grinsens erwehren. „Wer auch immer mir meine Kugel zurückholt – er wird mein Ehemann sein!"

Tatsächlich schreckte diese Prüfung augenblicklich die Ältesten ihrer Verehrer ab.

„Sieht so als, als würde ich eine alte Jungfer werden", lachte Niobe laut und ergötzte sich an Samuels Gesichtsausdruck. Er sah aus, als wüsste er nicht, ob er sie strangulieren oder heiraten sollte.

Die jüngste Prinzessin sah zu, wie ein Adliger nach dem anderen erfolglos aus dem Brunnen auftauchte.

„Sieht aus, als hättest du dich verkalkuliert, Schwesterherz?!" Isolde blickte schaudernd in das scheinbar bodenlose Wasser.

Niobe tat es ihr nach. Dann suchte ihr Blick Samuel. Er war fort.

„Ich hoffe nicht", murmelte sie, „ich hoffe nicht."

Doch die ersten Ehekandidaten hatten offensichtlich keine Lust mehr auszuharren – oder sich erneut an der Aufgabenstellung der Prinzessin zu versuchen. Stattdessen schäkerten sie mit den anderen drei Prinzessinnen oder spotteten über Niobes fehlgeschlagenen Plan.

„Quak!", sprach ein Frosch vom Rand des Brunnens. Es war laut genug, um die Aufmerksamkeit aller Anwesenden auf sich zu ziehen. Neben dem Frosch lag die goldene Kugel. Niobe musste sich zusammenreißen, um nicht entzückt in die Hände zu klatschen.

Margarete zeigte auf das hässliche Tier, flüsterte ihrer Zwillingsschwester etwas zu und begann zu kichern. Schließlich lachte die gesamte Gesellschaft – bis auf den Frosch, der Niobe unverwandt ansah. Endlich erlöste ihn die jüngste Prinzessin und hielt ihm die Hand hin, so dass er einen Platz finden konnte. Eine Einladung, die das kleine Wesen nur zu gerne annahm.

Der König trat vor und unterbrach das Gelächter: „So, meine Tochter! Jemand hat deine Aufgabe erfüllt! Wirst du ihn heiraten?"

„Vater!" Isoldes Stimme klang empört. „Du kannst sie unmöglich mit einem Frosch vermählen wollen!" Einige ihrer Bräutigame in spe stimmten der zweitjüngsten Prinzessin zu. Schließlich durften sich nur Adelige an Niobes Aufgabe versuchen.

„Ich bin der König der Frösche und habe die gestellte Aufgabe gelöst!", verteidigte der Frosch seine einmal gewonnene Position. „Ich habe damit das Anrecht erworben von Niobes Teller zu essen, aus ihrem Becher zu trinken und in ihrem Bett zu schlafen!" Er hatte die klassischen Eherechte genannt.

„Aber sie hat keine Mitgift und bald hat sie weder Teller, noch Becher, noch Bett!" Es war Brigittes Stimme, die den Frosch kaltherzig über die Tatsachen informierte. Anscheinend hatte sie im Verborgenen zugesehen und ihrer Schwester alles Pech dieser Welt gewünscht.

„Wenn sie mich heiratet, wird sie alles haben, was sie sich wünscht", meinte der Frosch selbstgefällig, „und vielleicht noch ein wenig mehr!" Der letzte Satz war so leise, dass nur Niobe ihn hören konnte. Ihr lief ein verheißungsvoller Schauder über den Rücken.

„Ihr seid alle herzlich zur Hochzeit eingeladen!", beschloss die jüngste Prinzessin.
„Und hoffentlich auch morgen zur Beschau des Brautlakens", flüsterte Margarete und erntete abermals ein Kichern.

So kam es, dass eine schadenfrohe Gesellschaft aus nicht geeigneten Ehemännern, neidischen Schwestern und belustigtem Hofvolk gemeinsam mit einem verschmitzten Königspaar die Ehe zwischen der schönsten Prinzessin und dem hässlichsten Lebewesen feierten.

Einzig der Frosch war nicht ausgelassen, wirkte angespannt und sprach nicht mit der Prinzessin. Er verschlang lediglich einige Speisen von ihrem Teller und trank Wein aus ihrem Becher. Dann bestand er darauf, dass sie sich in Niobes Zimmer zurückzogen.

Angeführt von den vier schadenfrohen Schwestern Brigitte, Margarete, Elisabeth und Isolde wurden der Frosch und die Prinzessin von einer angeheiterten Menge Schaulustiger in Niobes Gemach geführt. Sie kontrollierten noch das frischbezogene Bett mit dem weißen Leinentuch, dann gingen sie, nicht ohne noch einige hämische Bemerkungen zu flüstern. „Auf jeden Fall hat er eine lange Zunge." „Immerhin ist er genauso unterkühlt wie sie", waren die, die Niobe verstehen konnte, bevor die Tür zufiel.

„Endlich!", kommentierte die jüngste Prinzessin. Der Frosch betrachtete sie mit einer Mischung aus Verärgerung und Verwunderung. „Du hast mich erpresst!"

„Aber nein, manche Leute muss man einfach zu ihrem Glück zwingen." Sie zog sich das Kleid über den Kopf und warf es in eine Ecke. Ihr Unterkleid folgte. Der Frosch konnte seine Glubschaugen nicht von ihr lassen. Er hatte sie bereits halbnackt gesehen, doch dies hier war etwas anderes – ganz anderes!

„Aber … du … du …" Es gelang ihm, den Blick von ihr abzuwenden, als sie sich unter die Bettdecke kuschelte.

„… hast vorher einem anderen schöne Augen gemacht."

Niobe verdrehte die Augen.

„Tatsächlich?", fragte sie und löschte die letzte Kerze. „Dann ist entweder er ein Dummkopf oder ich. Denn ich könnte nämlich schwören, ich habe heute nur einem Mann schöne Augen gemacht – meinem Ehemann."

Der Frosch schwieg lange, als Niobes Worte langsam seinen ungläubigen Verstand erreichten. Sie hatte es gewusst? Alles gewusst und sich trotzdem für ihn entschieden?

„Wieso hast du das getan?" Samuels Stimme war leise. Sie schien von einer anderen Stelle zu kommen, als von der, wo sich der Frosch befunden hatte.

„Weil ich dich liebe, du Dummkopf! Und alles, was du gesagt hast, um mich von dir fernzuhalten, hat mir gezeigt, dass auch du mich genug liebst, um mir eine gute Zukunft zu wünschen."

„Bist du dir sicher?" Die Stimme des Frosches war tiefer als sonst, klang sonor und samtig, als wäre sie eine Mischung aus nächtlicher Dunkelheit und erotischer Verführung.

Niobe konnte ihn vor sich spüren, eine Präsenz, die wärmer und größer war als ein Frosch.

„Ich war mir noch nie einer Sache so sicher!"

„Aber wenn es keine Erlösung von dem Fluch gibt? Wenn ich hässlich bleibe und zwischendurch immer wieder zu einem Frosch werde?"

Noch hatte seine schöne Prinzessin die Chance auf ein anderes Leben. Ein Leben, das ihrer würdig war.

„Dann bauen wir einen Teich ins Schlafzimmer."

Samuels eindeutig männliches Lachen schien auf Niobes Haut Funken zu sprühen.

Seine Antwort auf ihren kecken Vorschlag fiel körperlich aus. Er drehte die Prinzessin in der Dunkelheit zu sich herum, und obwohl sie nur einen dunklen Schemen neben sich im Bett ausmachen konnte, bewies er damit, dass er wieder ein Mann war. Mit allem, was dazugehörte.

Langsam, um ihr Zeit zu lassen, sich mit den neuen Gegebenheiten anzufreunden, beugte sich Samuel zu ihr und streifte Niobes Lippen sanft mit den seinen. Es war nur der Hauch eines Kusses, doch berührte die zärtliche Liebkosung ihr Herz und ihre Seele. *Mein!*

Als Samuels Lippen die ihren ein zweites Mal fanden, war sein Kuss heiß, drängend und ebenso besitzergreifend wie ihre Gedanken. Seine Zunge verlockte sie, sich ihm zu öffnen, glitt in ihren Mund und brachte sie halbwegs um den Verstand, denn sein unsagbar magischer Geschmack stieg ihr zu Kopf wie der erlesene Rotwein am Abend zuvor. Die unfassbaren Gefühle, die seine raue Zunge in ihrem Mund heraufbeschwor, entlockten ihr ein Stöhnen.

Sobald die Prinzessin ihre eigene, atemlose Stimme hörte, presste sie beschämt eine Faust auf ihre Lippen. Doch Samuel schob ihre Hand beiseite. „Nein, ich will hören, was du empfindest."

Er führte ihre Hand zu seinem Körper.

Schüchtern strich die Prinzessin über die nackte Haut und überzeugte sich davon, dass er real war. Vorsichtig berührte Niobe seinen Brustkorb. So menschlich, so weich – und doch konnte sie das Spiel seiner Muskeln spüren, die zurückgehaltene Kraft.

Neugieriger geworden glitt ihre Hand weiter, folgte Rippenbogen um Rippenbogen abwärts über seinen muskulösen Bauch, bis sie auf den weichen Flaum stieß, von dem sie in Büchern gelesen hatte.

Zu scheu, um die körperliche Verbindung, die zwischen Mann und Frau bestand, zu suchen und zu berühren, zog Niobe ihre Hand fort.

Samuel schien es ihr nicht übel zu nehmen. Die Hand des menschlichen Froschkönigs strich über ihr Gesicht, glitt von ihrer Wange über ihre Kehle. Seine Berührungen waren sanft, fast zu sanft, bis sein Mund demselben Pfad folgte.

Trotz der Hitze, die er ausstrahlte, und obwohl jede Zelle in ihrem Körper in hellen Flammen stand, begann sie zu zittern, als wilder Hunger in ihrem Körper erwachte.

Noch nie war Niobe auf diese Art berührt worden. Kein Vergleich zu den Händen der Ammen und Zofen, die sie wuschen und anzogen. Kein Vergleich zu ihren eigenen Berührungen.

Sanft aber bestimmend waren diese großen Männerhände. Schienen genau zu wissen, wie viel Druck sie ausüben konnten und mussten.

Mit kreisenden Bewegungen liebkosten Samuels Finger ihren Bauch, ihre Seiten, strichen wie zufällig über den Ansatz ihrer Brust und zogen sich dann wieder zurück.

Niobe verstand nicht, was er tat, warum er sich so entsetzlich viel Zeit ließ. Sie war doch bereit für ihn, oder nicht?

Nichts davon hatte sie im Unterricht gelernt, nichts auch nur im Ansatz geahnt.

Lediglich den Akt der Befruchtung …

Sie stöhnte leise, als Samuel ihre Brustwarze streifte. Ihr Busen war empfindsamer geworden, die kleinen Knospen in der Mitte hatten sich aufgerichtet, gierten nach einer Berührung.

Doch statt sich zu nehmen, was ihm als Ehemann offiziell zustand, verlegte sich Samuel darauf, mit ihr zu spielen: Seine Zunge drang in ihren Mund, imitierte die Bewegungen seines Fingers; sie tanzte im Kreis um ihre Zunge, der Finger um ihre kecke Knospe.

Sie konnte spüren, wie ihre Leibesmitte zu pulsieren begann. In einem Tempo, welches von Samuels Liebkosungen bestimmt wurde und eine nahende, absolute Erlösung versprach. Sie wollte mehr!

Mit einer Gewissheit, die sie vor Ungeduld beinahe zum Schreien brachte, wusste sie, dass mehr kommen würde, noch viel mehr. Gleichzeitig ahnte sie, dass Samuel diese exquisite Folter genoss und sie andauern lassen würde, wenn sie zu offensichtlich der Erlösung zustrebte.

Niobe konnte trotz ihrer Erregung Samuels zufriedenes Lächeln fühlen, als er seinen Mund von ihrem löste. Er wusste es und genoss es!

Sie wollte protestieren, wollte jetzt die Erlösung, die das animalische Pochen versprach, sie wollte …

Überrascht schrie sie auf, als der Kommandant tiefer rutschte und sanft in ihre Brustwarze biss. Die Glut in ihrem Körper erreichte einen neuen Höhepunkt. Ohne die Bewegung unter Kontrolle zu haben, reckte sie sich ihm entgegen, ließ ihren Körper in einer flehenden Bitte alles sagen, was sie nicht in Worte fassen konnte.

Doch Samuel drückte sie sanft zurück, neckte die kecke Warze mit Zungenschlägen und zog dann eine feuchte Spur aus Küssen zur anderen Brust. Der warmen Lippen beraubt, begann die erste zu schmerzen, die zweite vor Verlangen schwer zu werden.

Gerade als Niobe dachte, sie könnte Samuels abwechselndes Spiel ertragen, begann er eine Spur von Küssen über ihren Brustkorb und den Bauch nach unten zu ziehen. Innerlich wappnete sie sich für eine neue Spielart der Lust.

Unvermittelt ließ er seine Zunge über ihre geschwollene Klitoris zucken und entlockte ihr einen Aufschrei der Entzückung.

Die Prinzessin wand sich unter dem ehemaligen Kommandanten der Leibwache, versuchte zu entkommen und gleichzeitig näher zu ihm zu rücken, um das Verlangen zu stillen, das in ihren Adern schrie.

Doch der ehemalige Verlobte ihrer Schwester umfasste ihre Pobacken und hob sich die Prinzessin entgegen, um sie ruhig zu halten und ihre intimste Stelle in Ruhe genießen und liebkosen zu können.

Niobe war empört, wollte protestieren, sich aufbäumen und ihm Einhalt gebieten. Aber er hatte wahrlich eine magische Zunge. Küsste und neckte, leckte und glitt, bis er schließlich mit der Zunge in sie stieß. Wieder versuchte sie ihm zu entkommen, unfähig ihre Leidenschaft zu verstehen und zu beherrschen. Doch ein Entkommen ließ er nicht zu, berührte und drängte, liebkoste, gab und nahm, bis ihr Körper unkontrolliert zuckte.

Gerade als sie dachte, es wäre vorbei, sie wäre entkommen und immer noch bei Verstand, kniff er sie sanft in ihre rechte Brustwarze und setzte ein neues Beben in ihrem Körper in Gang.

Sie stöhnte, konnte ihm und seiner Anziehungskraft und Leidenschaft nicht entkommen, ihm einfach nicht entrinnen. Wollte es auch gar nicht wirklich, aber der Kontrollverlust erschütterte sie – gefiel und verwirrte sie.

Als er endlich tat, wonach sie sich seit ihrem Streit im Garten so verzweifelt gesehnt hatte, war sie beinahe erleichtert.

Sein Körper auf ihrem Körper war wie ein Aphrodisiakum, herrlich vertraut und vertraulich, während es sie trotz aller Verzückung daran erinnerte, dass dies hier Wirklichkeit war, tatsächlich geschah.

Er gehörte ihr – und sie ihm!

Jetzt konnte sie auch die Verbindung spüren – eine merkwürdige Härte an seinem Körper. Schlank und fest presste sich diese Härte gegen ihren Oberschenkel, gehörte zu ihm und würde doch bald auch zu ihr gehören.

Würde sie sich hart anfühlen, oder war sie so warm und weich wie der Rest seines Körpers?

Samuel fasste nach ihren Händen und drückte sie über ihrem Kopf zusammen.

„Kleine Furie!" Zärtlich, aber doch beherrschend stahl er einen Kuss von Niobes Lippen, und mit einem Mal wusste die Prinzessin mit Sicherheit, dass sich Samuel nicht mehr verwandeln würde.

Er würde ein Mann bleiben – ihr Mann!

„Ich freue mich schon auf die Gesichter meiner Schwestern!", murmelte die Schönste aller Prinzessinnen.

„Und ich erst!"

Er drang in sie ein.

Niobe schrie ob des rasch aufflammenden Schmerzes auf, aber sein verlockender Körper setzte sie in Verzückung und blendete alles andere aus. Alles, außer seinem Glied in ihrem Schoß, ausfüllend und fordernd.

Obwohl Samuel sich nicht bewegte, sondern abwartete, bis sich Niobe an den Druck gewöhnt hatte, schien die Verbindung zwischen ihnen im selben Rhythmus zu pulsieren wie ihre Leibesmitte – und ebenso nach Erlösung zu verlangen.

Die Prinzessin war erstaunt darüber, dass sich Samuel trotzdem unter Kontrolle hatte und es verstand, ihr Verlangen durch gekonnte, neckende Berührungen erneut anzufachen, bis ihr ganzer Körper sich nach mehr sehnte.

Endlich erbarmte sich Samuel, nahm Niobes Lippen abermals in Besitz und nutzte den Rhythmus seiner Zunge, um sie zu locken und sich dem Takt seines Körpers zu beugen.

Verwirrt unterwarf sie sich seinem Drängen und Geben, während ihr Körper aufnahm, empfing und verlangte, ihm entgegenstrebte und sie mit Empfindungen überrumpelte.

Die Bewegungen seines Körpers in ihrem waren himmlisch, berührten all ihre Sinne und schienen ihr Selbst auszulöschen – und es gleichzeitig deutlicher von dem Rest der Welt abzuheben als bisher.

Immer wieder drang er in sie ein, füllte sie aus und zog sich dann zurück, nur um sie abermals vollständig auszufüllen. Eine Bewegung so alt wie der Kreislauf des Lebens.

Instinktiv antwortete Niobe, hob ihre Hüften und genoss das Gefühl ihrem Prinzen entgegenzukommen, an der Lust teilzuhaben, statt ihr ausgeliefert zu sein.

Schließlich konzentrierten sich die Empfindungen auf einen Punkt, ließen Wellen reiner Lust durch ihre Adern rollen, spannten alle Muskeln gleichzeitig an und lösten dann Anspannung durch totale Entspannung ab.

Liebe strömte durch ihr gesamtes Dasein, und Niobe wusste, dass es Samuel genauso erging.

Zufriedenheit mit dem Jetzt und der Zukunft durchflutete die Prinzessin – und ein Glücksgefühl, das sie in dieser Intensität nur in einem Märchen für möglich gehalten hatte.

Alles würde gut werden!

Schneewittchen

VON LILLY GRÜNBERG

Unruhig wälzte sich Schneewittchen in ihrem breiten Bett mit dem riesigen, alles überspannenden Baldachin hin und her. Zum wiederholten Mal hatte sie – nach dem Rat ihrer Mutter – die silbernen Sterne gezählt, die auf den dunkelblauen Stoff gestickt waren. Aber auch das half ihr nicht einzuschlafen. Im Gegenteil. Das Zählen der Sterne machte sie nicht müder, es langweilte sie lediglich. Doch Langeweile machte nicht automatisch müde. Es nervte eigentlich. Davon abgesehen hatte sie Durst.

Entschlossen stand sie auf, um in die Küche hinunterzugehen. Sie wollte ihre Kammerzofe nicht wecken, die in einem kleineren Zimmer nebenan schlief. Vielleicht wirkte ja eine Tasse heiße Milch mit Honig.

Sie zog ihren Morgenmantel aus silberner Seide mit dem feinen Kragen aus weißem Hermelin an, dazu ihre spitzen silbernen Pantoffeln und ging langsam den Flur entlang. Ihre schwarzen Locken hingen offen und ein wenig zerzaust über dem Mantel herab. Ihre Absätze klackten leise auf dem Steinboden.

Eine kleine Maus rannte fiepend vor ihr an der Wand entlang und verschwand in einer Lücke des Mauerwerks. Schneewittchen beschloss für den Rückweg ein paar Brotkrumen mitzunehmen und vor das Loch in der Mauer zu legen. Gegen die Horde schwarzer Katzen, die das Schloss durchkämmten, hatten die Mäuschen kaum eine Chance, und Schneewittchen empfand Mitleid für die kleinen Tiere.

Wie immer lag das Schloss in tiefem Dunkel. Wenn sie eines Tages heiraten und zu ihrem Liebsten in sein Schloss ziehen würde, dann würde sie überall Kerzen aufstellen lassen. Das hatte sie schon vor Langem beschlossen. Zwar fürchtete sie sich nicht im Dunkeln, aber es war ungemütlich und kalt und schlug ihr aufs Gemüt. Da für sie als einziges Kind des Königs und der Königin nur ein reicher Bräutigam von adligem Geblüt in Frage kam, hatte sie keine Zweifel daran, dass auch ihr künftiges Zuhause ein Schloss sein würde. Ein helles, in freundlichen Farben gestrichenes Schloss sollte es sein, eingerichtet mit schönen Möbeln, mit weichen, wertvollen Teppichen ausgelegt, eben einfach wohnlich, statt karg, kahl, finster und unfreundlich. Eines, in dem sich jeder sofort wohlfühlte.

Schneewittchen sehnte diesen Zeitpunkt herbei. Sie fühlte sich im Schloss überflüssig, niemand interessierte sich wirklich für sie. Abgesehen von ihrem Vater, der aber aufgrund seiner Regierungsgeschäfte kaum Zeit für gemeinsame Gespräche hatte.

Die Tage waren langweilig, und die Nächte waren noch viel öder und einsamer. Kein Wunder, dass sie nicht schlafen konnte. Wovon sollte sie müde sein? Außerdem sehnte sie sich nach einem Mann, mit dem sie sich unterhalten konnte, der Interesse für ihre Gedanken zeigte, und der ihr Verlangen nach Zärtlichkeit und Liebe stillte. Wenn sie sich des Nachts selbst streichelte, ihre Finger ihren Körper erkundeten, sie ihre prallen Nippel und die kleine Perle zwischen ihren Schenkeln liebkoste, dann stellte sie sich vor, dass nicht sie selbst es wäre, sondern dass ein gut aussehender junger Mann ihren Leib erglühen ließ.

Gewiss, ihre Mutter hätte sie nur allzu gerne verheiratet und hatte schon über den einen oder anderen Prinzen oder König laut nachgedacht. Aber Schneewittchen hatte ihren Vater bekniet, dass sie ihren Bräutigam selbst wählen und nur aus Liebe heiraten wollte. Er hatte schließlich verständnisvoll zugestimmt, einige opulente Hofbälle veranstaltet und alle eingeladen, die von Rang und Namen einer Königstochter würdig waren. Aber Schneewittchen befand, dass die adligen Bewerber alle zu oberflächlich waren, nur geldgierig auf ihr Erbe aus, zu dem eines Tages auch das Königreich gehören würde. Sie machten ihr zwar nach allen Regeln der Etikette den Hof, bewunderten ihre Schönheit, versprachen ihr das Blaue vom Himmel herunter, aber keiner rührte ihr Herz.

Schneewittchen war ihrem Vater dankbar, dass er sie in keine Ehe zwang. Seine eigene Ehe mit der Königin – aus reiner Vernunft und Staatsräson geschlossen – war alles andere als glücklich. Mit eisiger Stimme und unnachahmlicher Strenge leitete die Königin die höfischen Belange, während sich der König ums Regieren kümmerte. Seine Tochter war der einzige Lichtstrahl in dieser Umgebung. Sie war nicht nur intelligent, von guten Lehrern in allem – was eine Prinzessin wissen sollte – ausgebildet, war auch belesen, sprachgewandt und hatte vor allem ein gutes Herz. Dabei war sie von einer Schönheit, die sich bis über die Grenzen des Königreichs herumgesprochen hatte. Ihre Haut war weiß und rein wie Elfenbein und ihre langen glänzenden Haare schwarz wie Ebenholz. Nichts wünschte sich der König mehr, als sie glücklich zu verheiraten. Im Augenblick allerdings waren jegliche Festivitäten eingestellt, denn seit einiger Zeit kränkelte der König, und Schneewittchen machte sich ernsthafte Sorgen um ihn. Er war immer gesund gewesen, voller Elan, wie ein kräftiger Baum, der dem Sturm trotzt.

Während sie darüber nachdachte, erreichte sie die breite, in der Mitte mit einem schwarzen Teppich belegte Marmortreppe, die von den Schlaf- und Wohnräumen hinunter zum Thronsaal und zum Eingangsbereich führte. Das Treppenhaus war auf einer Seite von tiefen Fensternischen durchbrochen, durch die das Licht des Vollmonds die Stufen beleuchtete.

Mitten auf der Treppe zuckte Schneewittchen zusammen und blieb stehen. Die Tür des Thronsaals war nur angelehnt. Ein schmaler Streifen Licht fiel auf den – in einem schwarz-grauen Schachbrettmuster – gefliesten Boden. Stimmengewirr war zu hören, nicht besonders laut, aber dumpf und unfreundlich. Eine der Stimmen erkannte Schneewittchen als die ihrer Mutter.

Sie schlüpfte aus ihren Pantoffeln, ließ sie auf der letzten Stufe stehen und schlich sich leise heran. Was war so wichtig, dass es nicht bis zum nächsten Tag Zeit gehabt hätte, sondern um diese späte Stunde besprochen wurde?

„… zu langsam. Wir haben alles vorbereitet. Lasst es uns endlich hinter uns bringen."

Die raue Stimme gehörte einem Mann, von dem Schneewittchen nur die Rückseite sah. Seine Ausdrucksweise war abgehakt, klang steif, als spräche er sonst eine andere Sprache. Er war fast einen Kopf größer als ihre Mutter, von beeindruckender muskulöser Statur und in schweres braunes Leder gekleidet. Kleidung und Stiefel waren schmutzig. Seine Haare wirkten verfilzt und hingen in dicken, ungekämmten Büscheln über die Schultern.

Aber das Besondere an ihm war, dass er wohl kein Mensch war. Schneewittchen unterdrückte nur mit Mühe einen Schrei, indem sie eine Hand auf ihren Mund presste. Sie durfte auf keinen Fall entdeckt werden. Instinktiv war ihr klar, dass das, was hinter dieser Tür gesprochen wurde, nicht für ihre Ohren bestimmt war.

Immer wieder mal hatte sie davon gehört, dass es auf der anderen Seite der Berge – weit hinter dem dichten Wald, in dem sich das königliche Schloss befand – das Reich der Wralods gab. Sie sollten angeblich hässlicher sein als jedes andere Lebewesen, primitiv in Höhlen und Zelten leben, aber erfolgreiche Krieger sein, die keine Rücksicht und kein Mitleid mit ihren Opfern kannten. Nur die geschlossene Allianz mit den Nachbarländern hatte bisher verhindert, dass die Wralods das Königreich erobern konnten.

Im selben Moment drehte sich der Mann ein wenig zur Seite, und Schneewittchen fand die Gerüchte bestätigt. Seine Nase war unglaublich breit, die Haut von einer ungesund wirkenden graubraunen Tönung, von unzähligen Warzen, Pusteln und

Kratern übersät. Die Stirn war hoch, runzlig, und die Augenbrauen wölbten sich in dicken, hervorstehenden Wülsten über den tief liegenden, kleinen Augen – insgesamt ein abstoßendes Erscheinungsbild. Zu seiner Bewaffnung gehörten Armbrust, Pfeil und Bogen und mehrere Messer, die er am Gürtel und an den Stiefeln trug.

Schneewittchen schauderte bei dem Gedanken, was wohl denjenigen blühte, die ihm in die Hände fielen.

„Geduld. Der König ist erst seit Kurzem erkrankt. Noch glauben alle an seine baldige Genesung, noch hören die Wächter und die Soldaten auf ihn."

Schneewittchen verstand auf einmal. Sie konnte die Königin von ihrer Position aus nicht sehen. Aber ihre Stimme war unverkennbar. Sie plante irgendetwas, hatte die Wralods zu sich gerufen, das aber verhieß nichts Gutes.

„Also gut. Aber beim nächsten Vollmond schlagen wir zu. Und vergesst nicht, welchen Lohn Ihr uns für unsere Hilfe versprochen habt!" Der Tonfall des Wralods hatte etwas Bedrohliches.

Schneewittchen erstarrte. Was hatte ihre Mutter vor? Die Wralods waren ein Volk starker Dämonen, das schon mehrere Königreiche erobert und versklavt hatte. Niemand traute ihnen. Sie würden bestimmt auch jegliche Vereinbarung brechen.

„Keine Sorge. Sobald wir den König und seine Berater beseitigt haben, und ich die alleinige Herrscherin bin, erhaltet Ihr zwei Truhen voller Gold und Edelsteine. Ihr wisst, nirgendwo gibt es schönere, als bei uns." Ein höhnisches Lachen erklang. „Ich mache Euch obendrein sogar noch ein besonderes Geschenk. Unsere Königstochter. Schneewittchen. Sie ist mir nur im Weg, und Euch wird sie bestimmt gefallen. Eine hübsche jungfräuliche Braut."

Ein mehrfaches zufriedenes Knurren und Trampeln war zu hören. Es war also nicht nur ein Wralod im Thronsaal. Es waren mindestens drei.

Schneewittchen ballte die Fäuste. Ihre Mutter plante einen Umsturz und wollte sie als Zugabe an diesen widerlichen Kerl verschachern. Auch wenn sie sich nie besonders mit ihrer Mutter verstanden hatte, diese Lieblosigkeit hätte sie selbst ihr nicht zugetraut.

Sie musste ihren Vater warnen. Aber im Augenblick war er gar nicht ansprechbar, denn er lag in schwerem Fieber. Sie musste einen anderen Verbündeten finden. Zunächst jedoch wollte sie einfach nur weg, bevor es zu spät war. Niemals würde sie es ertragen, in ein noch düsteres Schloss als dieses gebracht und von einem dieser grässlichen Kerle angefasst zu werden. Dann wäre sie lieber tot. Aber sie war es ihrem

Vater und dem Volk schuldig, sich etwas einfallen zu lassen. Dieser Gedanke war stärker als ihre Angst.

Bestürzt über das Gehörte hastete sie zur Treppe zurück, darauf bedacht, kein Geräusch zu machen, das ihre Anwesenheit verraten hätte. Beinahe hätte sie vor lauter Entsetzen und Hast ihre Pantoffeln stehen gelassen. Im letzten Augenblick schnappte sie sich diese, lief dann barfuß die Stufen hinauf und in ihr Zimmer zurück. Sie schloss leise die Tür und lehnte sich mit dem Rücken von innen dagegen. Erst jetzt merkte sie, wie sehr ihr Herz raste.

Die nächsten Tage vergingen ohne eine Gelegenheit zur Flucht und ohne ihren Vater gesprochen zu haben. Niemand durfte zu ihm. Er brauche Ruhe, viel Ruhe, um sich von seiner schweren Erkrankung zu erholen, hieß es, und sein Hofarzt hatte eine Wache vor der Tür aufstellen lassen, die niemanden außer ihn oder die Königin hineinließ. Nach allem, was Schneewittchen gehört hatte, wurde sie das Gefühl nicht los, dass ihre Mutter etwas mit der ominösen plötzlichen Erkrankung ihres Vaters zu tun haben könnte. Vielleicht war sogar der königliche Leibarzt an einem Komplott beteiligt. Sie hatte sich unter seinem stechenden Blick schon immer sehr unwohl gefühlt.

Eines frühen Morgens stand das Pferd des königlichen Oberjägers auf dem Hof. Ihr Vater schätzte ihn als einen loyalen Untertan. Der Oberjäger kannte Schneewittchen von Kindesbeinen an, hatte sie früher mit in den Wald genommen, ihr Rehe und Hasen gezeigt. Bis sie zu alt dafür wurde, und es sich nicht mehr schickte, zu Fuß im Wald herumzulaufen. Er war bestimmt in der Küche, um mit dem Hofkoch zu besprechen, welches Wild er für den wöchentlichen Speiseplan jagen sollte. Schneewittchen empfand auch Mitleid für die Rehe und Wildschweine, Fasane und Rebhühner. Sie vermied es zum Missfallen ihrer Mutter, davon zu speisen.

Sie schlich leise die Wendeltreppe hinunter, die den Dienstboten vorbehalten war. Aber sie kannte sich gut aus, weil sie als kleines Mädchen das gesamte Schloss erkundet und als Spielplatz für Verstecke betrachtet hatte, ungeachtet der Anweisungen ihrer Mutter, die es für äußerst unschicklich hielt, sich herumzutreiben oder sogar mit den Dienstboten mehr als das Notwendigste zu sprechen.

In einer Nische nahe der Küche wartete Schneewittchen. Endlich, nach einer Zeit, die ihr viel zu lange erschienen war, hörte sie weit ausholende, feste Schritte. Sie schaute um die Ecke und atmete auf. Schneewittchen trat aus der Nische heraus, und der königliche Oberjäger blieb stehen und verbeugte sich höflich. Er war etwa im gleichen Alter wie ihr Vater, seine Haut von der Sonne gebräunt, den kurz geschnittenen, dunkelbraunen Bart durchzogen inzwischen viele graue Haare.

„Ich grüße Euch, Meister Jahn", sagte Schneewittchen.

„Ich grüße Euch auch, Prinzessin. Was verschafft mir die Ehre Eurer Aufmerksamkeit?" Er richtete sich auf und schaute sie aufmerksam an.

Schneewittchen rang sich ein Lächeln ab. „Ich brauche Eure Hilfe, Meister Jahn", flüsterte sie. „Hier stimmt etwas nicht. Ich habe ein Gespräch belauscht und mache mir Sorgen um meinen Vater – und um das Königreich."

Seine Miene wurde ernst. Als er antwortete, dämpfte er ebenfalls auf Vorsicht bedacht seine Stimme, als fürchtete er, die Wände könnten Ohren haben. „Mir erscheint auch einiges merkwürdig. Was immer Ihr wünscht, ich werde es von Herzen gerne für Euch tun."

Schneewittchen atmete auf. Sie hatte gewusst, dass er ein Mann mit Verstand und einem guten Herzen war, dennoch war sie sich nicht sicher, ob er ihren Plan gutheißen würde. „Meine Mutter scheint beim nächsten Vollmond einen Umsturz zu planen. Ich habe ein Gespräch zwischen ihr und den Wralods belauscht."

Bestürzung machte sich auf dem Gesicht des Jägers breit. „Die Wralods? Das wäre furchtbar. Wir wären alle verloren", presste er hervor.

Schneewittchen nickte. „Die Königin – sie hat ihnen Gold angeboten und will mich sogar … „ Ein Kloß in ihrem Hals ließ sie innehalten.

„Oh nein, sprecht es nicht aus, ich bitte Euch! Sagt mir, was wir tun können? Habt Ihr schon einen Plan?"

Sie schüttelte den Kopf. „Ich weiß nicht, wem ich vertrauen soll – außer Euch. Kennt Ihr jemanden, der uns helfen würde? Könntet Ihr mich hier wegbringen?"

Ihr väterlicher Freund zögerte. Er schien nachzudenken. Dann nickte er. „Natürlich, aber nicht jetzt. Das wäre zu auffällig. Schafft Ihr es bei Einbruch der Dunkelheit das Schloss zu verlassen? Ich warte an der alten Eiche auf Euch."

„Gut, ich werde dort sein."

Bis zuletzt hatte Schneewittchen befürchtet, dass ihre Absicht entdeckt werden würde. Beim Abendessen stocherte sie nervös in ihrem Essen herum. Sie war viel zu bedrückt, um Appetit zu haben. Dann fiel ihr zu allem Unglück auch noch die Gabel aus der Hand. Sie merkte, wie die Königin die Augenbrauen hochzog und sie misstrauisch musterte. Ihre kalten Augen schienen Schneewittchen zu durchbohren, und nicht zum ersten Mal fragte sie sich, ob das wirklich ihre Mutter sei. Schließlich erklärte sie, dass sie sich nicht wohlfühle und daher jetzt schon zu Bett ginge. Ihrer Zofe blieb nichts anderes übrig, als sich ihr anzuschließen und ebenfalls ihre Kammer aufzusuchen.

Schneewittchen zog ihr Reitkostüm an, da sich dieses nicht wie ihre Kleider durch einen besonders weiten Rock mit Rüschen aufbauschte, sondern schlicht und praktisch mit einem schmalen kurzen Rock geschnitten war, unter den eine lange Hose gehörte. Dann löschte sie bis auf eine einzelne Kerze alle Lichter, legte sich auf ihr Bett und wartete ungeduldig. Sie hatte ein schlechtes Gewissen und das Gefühl, ihren Vater im Stich zu lassen. Aber tief in ihrem Innersten wusste sie, dass es keine andere Möglichkeit als die Flucht gab, um dem Königreich zu dienen.

Als die Dämmerung hereinbrach, warf sich Schneewittchen ihren dunkelblauen Umhang über die Schultern und zog die hohen Reitstiefel aus feinem Wildleder an. Sie nahm den Beutel, in den sie ihren Schmuck eingeschlagen hatte. Ihr lag nichts an dem glitzernden Tand, aber er würde bestimmt nützlich sein, um Söldner oder andere Helfer damit zu entlohnen.

Leise öffnete sie die Tür einen Spalt breit und sah auf den Gang hinaus. Alles war ruhig. Vorsichtig schlich sie im Dunkeln bis zur Treppe. Nur aus dem Thronsaal drangen gedämpfte Stimmen hinter der geschlossenen Tür hervor. Sonst war alles ruhig.

Der Diener, der mit einer königlichen Livree bekleidet innen vor dem Portal stand, schaute die Prinzessin erstaunt an, als sie auf ihn zukam. Er salutierte und grüßte. Als er keine Anstalten machte ihr zu öffnen, streckte Schneewittchen sich ein wenig, um selbstbewusster und energischer zu wirken.

„Was ist, willst du mir nicht öffnen?"

„Oh, verzeiht Prinzessin, Ihr wollt doch nicht um diese späte Stunde einen Spaziergang machen? Es ist schon dunkel."

„Das geht dich überhaupt nichts an. Öffne!"

Der Mann zuckte erschrocken zusammen und beeilte sich, ihren Wunsch auszuführen.

Schneewittchen fühlte sich nicht gut dabei, unfreundlich zu sein. Das war sonst nicht ihre Art. Aber jede noch so kleine Verzögerung gefährdete ihre Flucht.

Sie ging mit hoch erhobenem Kopf an ihm und an den beiden Bewaffneten vorbei, die vor dem Portal Wache hielten. Als einer davon Anstalten machte sie zu begleiten, winkte sie energisch ab.

Sobald sie sich außer Sichtweite glaubte, begann sie zu rennen. Der Weg war nur schemenhaft zu erkennen, da die hohen Bäume so dichte Baumkronen hatten, dass das Licht des Vollmondes nicht reichte, um ihn auszuleuchten. Bald war sie völlig außer Atem. Jeder Atemzug verursachte ein unangenehmes Stechen in der Lunge. Immer wieder sah sie sich um, ob ihr jemand folgte, aber scheinbar hatten die Wachen keine Meldung erstattet. Es war niemand zu sehen oder zu hören.

Erst als sie am Ende des Weges die alte Eiche stehen sah, verlangsamte sie erleichtert ihre Schritte. Hoffentlich hatte der königliche Oberjäger sein Wort gehalten. Kurz bevor sie ankam, trat er aus seinem Versteck zwischen den Bäumen hervor.

Schneewittchen zuckte zusammen. „Oh, habt Ihr mich erschreckt!"

„Das tut mir leid, aber ich wollte kein Risiko eingehen. Ist Euch jemand gefolgt?"

„Nein, ich glaube nicht."

Er entzündete das Licht einer kleinen Laterne. „Gut, reicht mir bitte Eure Hand, ich werde Euch führen."

Eine Weile folgten sie einem bemoosten, wenig ausgetretenen Pfad über Wurzeln und durch niedriges Gestrüpp bis zu einer kleinen Lichtung, auf der zwei Pferde warteten. Der Jäger half Schneewittchen auf ein Pferd, dann ritten sie auf einem schmalen Weg davon.

Bald hatte sie jegliche Orientierung verloren. Als kleines Mädchen hatte sie zwar gerne den Wald erkundet, aber nur bei Tag. Sie hatte damals keine Angst gespürt und sich nur selten verlaufen. Jetzt aber – im Dunkeln und auf dem Weg in eine ungewisse Zukunft – erschien ihr der Wald neu und unbekannt. Zum ersten Mal erlebte Schneewittchen bewusst, dass dieser Wald düster und unheimlich war. Warum war ihr dies als kleines Mädchen nicht aufgefallen? Oder hatte sich der Wald seither verändert? Überall knackste es, da war ein fremdartiges Keckern zu hören, dort eine Eule, in der Ferne das hohe Heulen mehrerer Wölfe. Wie gut, dass sie nicht alleine war, sondern Meister Jahn nah vor sich wusste.

Der Herrensattel war hart und ungewohnt. Schneewittchen kannte nur gemütliche Ausritte auf einem eleganten Damensattel, auf ordentlichen Wegen, im Schritt, allenfalls im Trab – aber sie war selten im Galopp und auch noch nie so lange zu Pferd unterwegs gewesen. Ihr Po fühlte sich wie eine einzige große Wunde an, als säße sie nur noch auf offenem Fleisch. Sie sehnte sich nach einem heißen Bad und einem weichen Bett, damit ihre steifen Muskeln entspannen konnten. Aber wahrscheinlich würde sie einfach nur froh sein, wenn sie endlich am Ziel – wo auch immer –

angekommen war. Sie wusste längst nicht mehr, wo sie sich befanden, hatten Bergkette um Bergkette passiert, Täler und Wälder, weite Felder und Wiesen durchritten und waren vor Kurzem wieder in einen dichten Wald eingetaucht.

Der Oberjäger verließ nun mit ihr den Weg, und sie ritten ein Stück quer durch das Unterholz. Die Pferde schnaubten nervös, doch dann erreichten sie einen anderen Weg, und bald darauf war der schwache Lichtschein einer Laterne zu sehen, die neben dem Eingang eines Blockhauses hing. Man hatte sie wohl erwartet oder den Hufschlag der Pferde gehört, denn als sie näher kamen, öffnete jemand die Tür.

Meister Jahn sprang von seinem Pferd und half Schneewittchen anschließend von ihrem Pferd herunter. Sie war vom langen Ritt so geschwächt, dass sie sich kaum mehr auf den Beinen halten konnte, sich deswegen an seinen Armen festhielt und in den Knien einknickte.

„Verzeiht", murmelte er, dann nahm er sie kurz entschlossen auf seine Arme und trug sie hinein. Sie war überrascht, wie stark und vital er trotz seines fortgeschrittenen Alters war.

Seine moosgrüne Jacke roch nach Filz und Wald, doch mitten in diesem Duft mischte sich etwas anderes. Noch nie war sie einem Mann so nahe gewesen. Er roch – irgendwie anders. Ehe Schneewittchen sich von ihrer Verwirrung erholt hatte, setzte ihr Retter sie bereits in einem Sessel ab.

„Danke", flüsterte sie benommen und unterdrückte ein Stöhnen. Trotz des weichen Polsters schmerzte ihr wund gerittener Po.

Erst als er sich aufrichtete und ihr Blickfeld frei gab, bemerkte Schneewittchen, dass sie von Gnomen umringt waren, die sich alle ähnlich sahen.

Ein vielstimmiges Willkommen schallte ihr entgegen, und alle schauten sehr freundlich. Sie waren annähernd gleich groß und gleich gekleidet mit moosgrünen Hausanzügen und dicken, braunen Filzpantoffeln. Die Gnome hatten dunkelbraune Haare, durchzogen von grauen Strähnen, einen ebensolchen kurz gestutzten Bart, und alle machten einen sehr gepflegten Eindruck auf sie. Nur den Händen sah man an, dass sie harte Arbeit verrichteten. Sie wirkten abgearbeitet, rau und waren voller Schrunden.

Schneewittchen hatte von den kleinen fleißigen Bergmännern gehört, die im Auftrag des Königs Gold und Edelsteine im Berg abbauten, aber gesehen hatte sie noch keine. Ihre Blicke waren neugierig aber freundlich, und Schneewittchen fühlte sich auf Anhieb wohl.

„Kümmert euch um die Prinzessin. Ist Siebenzahl wie besprochen unterwegs?"

Die Gnome nickten synchron. „Ja, Meister. Eure Eule ist mit der Botschaft angekommen, und Siebenzahl hat sich sofort auf den Weg gemacht."

„Gut. Dann reite ich jetzt gleich zurück, ehe jemand nach mir schickt und es auffällt, dass ich fort bin."

Ehe Schneewittchen dazu kam, etwas zu sagen, war er schon zur Tür hinaus.

„Wo will er denn hin? Was hat er gemeint mit …?"

Einer der Gnome unterbrach sie. „Verzeiht, aber Ihr habt doch bestimmt Hunger? Kommt, setzt Euch an den Tisch und dann beantworten wir gerne Eure Fragen, Prinzessin."

„Danke, das ist sehr lieb von euch. Aber nennt mich doch bitte Schneewittchen." Sie erhob sich aus dem Sessel, und zwei andere Gnome rückten den Sessel näher an den niedrigen Tisch, während alle anderen den Tisch deckten und Teller mit einer heißen wohlriechenden Suppe hereintrugen.

„Ich bin Fünfzahl und das sind …?" Er grinste Schneewittchen schelmisch an.

Sie legte den Finger ans Kinn und den Kopf schräg, als ob sie überlegen müsste. „Lass mich raten – Einzahl, Zweizahl, Dreizahl, Vierzahl und Sechszahl?"

„Genau. Ich sehe schon, wir werden uns gut verstehen."

„Und wohin ist Siebenzahl unterwegs?"

„Zu unseren Verbündeten – wir sind bestens über alles informiert", raunte er, als könnte ihnen jemand zuhören, während Vierzahl den Teller vor ihr abstellte.

Schneewittchen bedankte sich. Dann fragte sie weiter, dämpfte dabei aber ebenfalls ihre Lautstärke. „Welche Verbündete? Wusstet ihr etwa schon, dass die Königin einen Umsturz plant?"

„Gewiss, aber wir dachten, uns bliebe noch etwas mehr Zeit, um alle Getreuen zusammenzurufen. Doch nun esst, ehe die Suppe kalt wird, und dann werde ich Euch zeigen, wo Ihr schlafen könnt."

„Vielen Dank, ihr seid sehr lieb, aber eine Frage habe ich doch noch: Wer sind denn unsere Verbündeten?"

„Lasst Euch überraschen, Prinzessin."

Die Gnome hatten eigentlich kein zusätzliches Bett übrig. Sie schliefen alle in einem großen Zimmer, in dem ein einzelnes und drei Etagenbetten standen, immer einer oben und einer unten. Das einzelne Bett gehörte Siebenzahl, und in diesem sollte Schneewittchen schlafen.

„Ach du meine Güte", stammelte Schneewittchen.

„Es tut mir leid, aber ein größeres Bett haben wir nicht", erklärte Fünfzahl entschuldigend.

„Nein, nein, das ist es nicht, es macht mir nichts aus, dass das Bett so klein ist", erwiderte sie und merkte, wie ihre Wangen zu glühen anfingen. „Aber ich bin es nicht gewohnt zu verreisen, und ich wollte doch auch kein Aufsehen erregen – nun habe ich – ähm, ich habe gar kein Nachthemd dabei." Verlegen schaute sie zu Boden.

„Aber das macht doch nichts", erwiderte Fünfzahl und unterdrückte mühsam ein Kichern. „Wir gehen alle hinaus, und erst wenn Ihr unter der Decke liegt, kommen wir herein und legen uns auch ins Bett."

Schneewittchen beeilte sich. Sie legte ihre Sachen auf einen Hocker, dann kroch sie schnell unter die Decke. Als die Gnome hereinkamen, schlief sie längst, so erschöpft war sie von dem Ritt.

Der Zorn der Königin traf in diesen Tagen jeden im Schloss. Alle Stunde ließ sie sich Bericht erstatten, doch Schneewittchen blieb verschwunden. Die Männer, die das Portal bewacht hatten, waren im Kerker gelandet, und in den umliegenden Dörfern gab es einen Aushang, in dem mitgeteilt wurde, dass derjenige eine üppige Belohnung erhalte, der den Aufenthaltsort der Königstochter melden würde. Aber niemand hatte etwas gesehen oder gehört.

Jeden Abend sperrte die Königin sich in ihrem Schlafgemach ein. Seit Kurzem hing – von einem Tuch geschützt – ein Zauberspiegel an der Wand, den sie vom Anführer der Wralods geschenkt bekommen hatte. Es ging die Kunde, dass ein Blick in diesen Spiegel jeden zu Stein erstarren ließ, weshalb es die Dienstboten, die das Zimmer putzten, nicht wagten, das Tuch zu lüften.

Mittels dieses Spiegels nahm die Königin täglich mit den Verschwörern Kontakt auf. Aber sie vermutete, dass der Dämonenspiegel noch über andere, stärkere Kräfte verfügte, als man ihr verraten hatte. Als Schneewittchen bereits fünf Tage verschwunden war, beschloss die Königin es auszuprobieren und den Spiegel zu befragen. Überlegend verharrte sie vor dem Spiegel, nachdem sie das Tuch abgenommen hatte. Die glänzende Oberfläche des Spiegels schimmerte Schwarz, ohne ihr Bild wiederzugeben.

„Spiegel, sag mir, wo ist Schneewittchen?" Doch der Spiegel gab keinen Mucks von sich.

„Dämonenspiegel, ich weiß, du kannst es. Wo ist meine Tochter?" Wieder erhielt sie keine Antwort.

Bei Menschen erreichte sie alles, indem sie ihnen schmeichelte, sie mit wohl überlegten Worten einwickelte und so ihre eigentliche Absicht verbarg. Vielleicht fiel ja auch der Spiegel darauf herein?

„Spieglein, Spieglein an der Wand, wohin ist mein schönes Töchterlein gerannt?"

Kaum hatte sie die Frage ausgesprochen, klarte der Spiegel auf, ein Rauschen wie von einem Sturm war zu hören. Er zeigte ihr zuerst einen Wald und dann das darin verborgene Blockhaus. Sie erschrak, als der Spiegel auf einmal mit dumpfer, tiefer Stimme zu ihr sprach.

„Weit weg von Euch, Frau Königin, bei den sieben Gnomen ist Schneewittchen viel sicherer als hier." Dann wurde der Spiegel wieder dunkel.

Die Königin ballte wütend die Fäuste. Dieser unverschämte Spiegel wagte es doch tatsächlich, ihr die Wahrheit ins Gesicht zu sagen!

Die Tage schienen nicht zu vergehen. Schneewittchen hätte sich gerne irgendwie nützlich gemacht, aber das Einzige was sie tun konnte, war den Tisch zu decken, das Geschirr abzuspülen oder die Betten zu machen. Kochen oder putzen hatte sie natürlich nie gelernt, und die Gnome wollten auch nicht, dass sie sich ihre zarten Hände ruinierte. Sie verließen früh am Morgen das Haus, um ihrer Arbeit nachzugehen und kamen erst bei Anbruch der Dunkelheit zurück.

Also unternahm Schneewittchen lange Spaziergänge, sah den Vögeln und den Eichhörnchen zu und entdeckte einen Fuchsbau, vor dem fünf kleine Füchse in der Sonne spielten. Am zweiten Tag machten die Gnome ihr abends ein Geschenk. Sie hatten zwei schlichte Kleider, ein paar bequeme Schuhe und ein Nachthemd für sie besorgt. Schneewittchen war außer sich vor Freude.

„Wo habt ihr das denn her, ihr Lieben?"

„Von da und von dort", schmunzelte Zweizahl. „Hauptsache, es ist Euch recht."

„Oh ja, sehr. Es ist doch recht unbequem, immer das Reitkostüm und die Stiefel zu tragen."

Am nächsten Tag hüpfte Schneewittchen ausgelassen durch den Wald. Das neue einfache Kleid trug sich sehr angenehm. Die Zwerge hatten sie zwar gewarnt, sich nicht zu weit von der Hütte zu entfernen, damit sie sich nicht verlaufe. Außerdem wüsste man nie, wer noch im Wald unterwegs wäre. Auch wenn sie überall Spione hätten, wäre es besser, vorsichtig zu sein.

Schneewittchen aber fühlte sich vollkommen sicher. Solange überall Tiere zu beobachten waren drohte ihr bestimmt keine Gefahr. Trotzdem hatte sie ihre Haare zusammengebunden und unter einer Haube versteckt.

Als sie an einen Bach kam, sah sie hinein. Ihr Spiegelbild kam ihr fremd vor, beinahe erkannte sie sich selbst nicht. Sie erschrak, als sie auf einmal direkt hinter sich das Schnauben eines Pferdes hörte, und das Pferd den Kopf senkte, um zu trinken. Sie fuhr herum und blickte in die dunklen Augen eines Mannes, der auf dem prächtigsten Rappen saß, den sie je gesehen hatte.

Der Mann nahm seinen breitkrempigen Hut ab, den eine buschige schwarze Feder zierte und verneigte sich. „Sei gegrüßt, schöne Maid. Hast du dein Spiegelbild bewundert? Das kann ich verstehen – du bist wunderschön."

Schneewittchen brachte vor Überraschung und Verlegenheit kein Wort heraus. Der junge Mann war von einer beeindruckenden Attraktivität. Er hatte ein gut geschnittenes Gesicht, sinnlich geschwungene Lippen, war muskulös und wirkte sehr elegant in seiner schwarzen Kleidung. Seine Lederhose steckte in hohen schwarzen Lederstiefeln. Unter Jacke und Umhang trug er ein weißes Hemd mit wertvollen Rüschen. Er musste gewiss ein Edelmann sein.

„Nun, was ist? Hat es dir die Sprache verschlagen?", lachte er übermütig.

„Was fällt Euch ein, mich …"

Im letzten Augenblick hielt Schneewittchen inne und senkte den Blick. Sie trug ein einfaches Gewand, deshalb ahnte er bestimmt nicht, wen er vor sich hatte, und das war auch besser so. Wer weiß, wer er war. Vielleicht schickte ihn die Königin.

„Verzeiht", murmelte sie. „Aber Ihr habt mich erschreckt."

Sie streckte die Hand nach dem Kopf des Pferdes aus, das inzwischen genug getrunken hatte. Es schnupperte und blies ihr aus seinen Nüstern warmen Atem gegen ihre Handfläche. Schneewittchen streichelte es vorsichtig. Seine Nase war weich wie Samt.

„Du bist sehr schön", erwiderte der Reiter. „Und darüber hinaus musst du etwas ganz Besonderes sein."

„Wie kommt Ihr darauf?" Schneewittchen fühlte ein ihr unbekanntes Prickeln, das bei den Haarwurzeln begann und langsam von oben nach unten ihren Körper überflutete. Ihr wurde dabei ganz warm.

„Mein Rappe lässt sich normalerweise nicht von Fremden anfassen. Er vertraut dir."

„Er ist ein prachtvolles Tier", murmelte Schneewittchen und schaute nun wieder zu dem Reiter auf. Sein Blick ging ihr durch und durch, und ihr Herz schien vor Aufregung zu zerspringen. Was war nur los mit ihr? So etwas hatte sie noch nie erlebt.

„Leider habe ich es eilig, man erwartet mich. Sonst hätte ich gerne noch ein wenig mit dir geplaudert. Aber vielleicht sehen wir uns wieder – verrätst du mir deinen Namen?"

Schneewittchen musterte das Pferd, das wertvolle Zaumzeug und den edlen Sattel. Erst jetzt bemerkte sie, dass der Fremde bewaffnet war. Ihre Zuversicht sank. Eben noch hatte sie gehofft, es würde sich um einen harmlosen Reisenden handeln. Doch nun war sie sich mit einem Mal nicht mehr sicher. An seinem Gürtel trug er ein mächtiges Schwert, dessen Griff mit wertvollen Edelsteinen verziert war. Sie durfte ihm auf keinen Fall ihren Namen verraten. Offensichtlich hatte er sie in ihrer einfachen Kleidung nicht erkannt. Es war besser, wenn dies so bliebe.

„Ich heiße Barbara", behauptete sie so selbstbewusst wie möglich. „Ich wünsche Euch eine gute Reise." Sie drehte sich um, um den Bach zu verlassen und zum Weg zurückzugehen.

„Einen Augenblick noch, nicht so eilig, mein schönes Kind."

Zu Schneewittchens Überraschung sprang der Edelmann von seinem Ross und hielt sie fest. Hatte er nicht eben noch behauptet, dass er es eilig habe? Sie schaute ihn an, wich jedoch einen Schritt zurück, als er näher kam. Doch er war schneller als sie und fasste nach ihrer Hand.

„Du wirkst trotz deiner schlichten Kleidung gar nicht wie ein einfaches Fräulein – wo wohnst du? Wo finde ich dich wieder, sobald mein Auftrag erledigt ist?"

Schneewittchen hätte ihm gerne ihre Hand entzogen, denn die plötzliche Nähe war ihr ein wenig unheimlich, doch gleichzeitig fühlte sie sich zu ihm hingezogen. Es fiel ihr schwer, sich zusammenzureißen und ihm aus lauter Vorsicht eine Abfuhr zu erteilen. Sie legte den Kopf schräg und lächelte.

„Wenn Euch so viel an einem Wiedersehen gelegen ist, edler Herr, dann werdet Ihr mich gewiss wiederfinden. Oder glaubt Ihr, dass ich allzu weit davonlaufen kann? Ihr könnt jeden hier nach Barbara fragen, nicht wahr?"

Scheinbar hatte er eine andere Antwort erwartet, er wirkte verblüfft, zog sie an ihrer Hand näher zu sich heran und studierte aufmerksam ihre Miene. Bewunderung lag in seinem Blick. Seine Nasenflügel blähten sich wie die seines Pferdes auf, und er sog tief die Luft ein. Dann lachte er und beugte sich vor, als wollte er sie auf den Mund küssen, doch Schneewittchen drehte ihren Kopf, und er hauchte ihr stattdessen einen Kuss auf die Stirn.

„Na, so was – du widerstehst der Versuchung? Sehr bemerkenswert."

Er ließ sie los und saß auf. Seine Augen blitzten, als er sie ein letztes Mal anschaute.

„Dann auf bald, keusche Barbara."

Schneewittchen schaute ihm hinterher, als er davonritt. Ihr Puls klopfte, als wollte er ihre Adern sprengen. Ein schöner Mann, ein Ritter, ganz wie sie ihn sich in ihren sehnsüchtigen Träumen wünschte. Schneewittchen seufzte. Wenn sie nur wüsste, auf welcher Seite er stand, und ob sie ihm hätte vertrauen dürfen.

Es war schon spät, als sie zur Hütte zurückkehrte. Sie hatte auf dem Rückweg vor sich hingeträumt und an den Fremden gedacht. Er ging ihr einfach nicht mehr aus dem Kopf. Noch nie war ihr ein Mann begegnet, der ihr Herz so schnell und aufgeregt schlagen ließ.

Als sie eintrat, hörte sie Stimmen. Die Gnome waren also bereits vor ihr nach Hause gekommen. Sie unterhielten sich.

„Dann ist also alles vorbereitet? Es ist bald Vollmond!"

„Ja, ab morgen stehen meine Truppen bereit und euer Bruder wird mit ihnen zurückkehren. Der Arme war ganz erschöpft, als er bei mir ankam."

Also war da noch jemand anderer. Es musste derjenige sein, zu dem Siebenzahl unterwegs gewesen war. Sie zögerte, presste ihr Ohr an die Tür und lauschte weiter. Es war eine angenehme männliche Stimme, die ihr seltsam bekannt vorkam.

„Beinahe hätte ich mich allerdings wegen einer jungen Maid verspätet. Sie war wunderschön."

Ein allgemeines Raunen und Kichern war zu hören. „Aber Durchlaucht, Ihr werdet doch nicht dem Charme eines Mädchens erliegen?"

„Warum nicht? Ich bin schon lange auf der Suche nach einer Braut. Ihr kennt sie bestimmt. Sie sagte, ihr Name wäre Barbara."

„Barbara?", wiederholten Dreizahl und Vierzahl wie aus einem Mund? „Ein Mädchen mit diesem Namen gibt es hier weit und breit nicht."

„Wirklich? Ich dachte, sie müsste von hier sein, so alleine im Wald. Nun, hätte ich es nicht eilig gehabt – ich werde sie suchen, wenn alles vorbei ist. Nun sagt mir aber, wo euer Schützling, die Prinzessin, ist. Wo ist Schneewittchen?"

Als sie ihren Namen genannt hörte, fuhr sie erschrocken zusammen. Langsam schob sie die Tür ganz auf und trat ein. „Guten Abend, ich bin hier." Alle drehten sich um und starrten sie an.

Nicht umsonst war ihr die Stimme bekannt vorgekommen. Es war der fremde Reiter, der nun aus dem Sessel aufstand, in dem sie sonst saß. Galant verbeugte er sich vor ihr. Dann sah er sie an und lächelte ein wenig verwirrt. „Aha, Barbara. So, so. Du warst es also, die mir heute in wenigen Sekunden mein Herz gestohlen hat …" Dabei zog er ihr sanft die Haube von den Haaren. Ihre langen Locken fielen über die Schultern herab.

Schneewittchen sah nur noch ihn. Sie ertrank in seinen glänzenden Augen, nahm nicht mehr ihre kleinen Freunde wahr, die leise kicherten, Witze machten und sich allmählich ganz leise zurückzogen. Sie fühlte sich völlig im Bann des Mannes, dessen Finger vorsichtig ihre Haare durchkämmten und entwirrten.

„Du bist ja noch viel schöner, als man mir erzählt hat", murmelte er verwirrt. Dann zog er plötzlich seine Hand zurück. „Verzeiht, dass ich meine guten Manieren vergesse und Euch nicht …"

„Nein", hauchte Schneewittchen, griff nach seiner Hand und hielt sie fest. „Bitte, werde nicht förmlich. Lass alles so vertraut, wie es bisher war. Sag mir deinen Namen."

Für Sekunden starrten sie sich einfach an, konnten sich an den Augen des anderen nicht satt sehen. Ihr wurde immer wärmer unter ihrem Kleid, aber besonders zwischen ihren Schenkel begann es auf eine Weise zu pulsieren, wie sie es noch nie erlebt hatte. Sie wünschte sich nichts sehnlicher, als in seinen Armen zu liegen, von diesen sinnlich geschwungenen Lippen geküsst zu werden – und dass er sie berührte, wie sie es bislang häufig geträumt, doch niemals erlebt hatte.

„Verzeih, dass ich mich noch nicht vorgestellt habe. Ich bin König Armand de Amaury." Er führte ihre Hand an seine Lippen und gab ihr einen Handkuss. Sein Mund berührte kaum ihre Haut, und dennoch hatte Schneewittchen das Gefühl, es hätte sie ein Vulkan geküsst und sie müsste auf der Stelle lichterloh zu Asche verbrennen.

„Ihr seid – Majestät – Ihr seid der König der Vampire, unser Nachbar aus dem Reich hinter den hohen Schneegipfeln?"

Er lächelte und entblößte dabei eine Reihe weißer, makelloser Zähne, deren Eckzähne besonders spitz waren. „Gewiss. Zu deinen Diensten, Prinzessin. Wollen wir nicht die Förmlichkeiten lassen, so wie du gerade selbst vorgeschlagen hattest?"

Ehe sie es sich versah, saß sie auf seinem Schoß und wurde von ihm zärtlich und doch voller Leidenschaft geküsst. Sie merkte zunächst nicht, wie seine Hand ihren Rock nach oben schob, so süß und innig spielte seine Zunge mit der ihren einen Tanz, dass sie nichts anderes wahrnahm. Doch dann fühlte sie auf einmal seine Finger, wie sie zärtlich ihre Schenkel empor streichelten und sich ihrer Scham näherten. Sie fürchtete sich ein wenig und begann zu zittern.

„Keine Angst, ich werde dich heute nicht deiner Unschuld berauben, Prinzessin", flüsterte Armand. „Aber ich werde dir zeigen, wie schön die Liebe sein kann, und wie sehr ich dich schon jetzt begehre."

Schneewittchen seufzte und schloss die Augen. Seine Stimme klang beruhigend und vertrauenerweckend. Ein männlich herber, betörend sinnlicher Geruch ging von ihm aus. Sein Arm war stark und hielt sie sicher auf seinem Schoß. Sie lehnte ihren Kopf an seine Schulter und kuschelte sich an ihn. Die Geborgenheit, nach der sie sich immer gesehnt hatte, hier gab es sie, und es war ihr im selben Augenblick egal, ob es schicklich war oder nicht, sie brannte lichterloh in seinen Armen und unter seiner Berührung. Es übertraf ihre sehnsuchtsvollen und lüsternen Träume, war noch viel aufregender und schöner, als sie es sich erdacht hatte.

Während seine Finger ihre Perle fanden und liebkosten, stöhnte sie ungeniert und lustvoll. Heiße Blitze durchzuckten ihren Unterleib, raubten ihr den Verstand und versetzten sie in eine andere Sphäre voller Glück und Harmonie. Sinnlich spielte er mit ihrem Körper und entlockte ihm die süßesten Schwingungen, als wäre er ein Musiker, der virtuos mit seinem Instrument umzugehen versteht.

Er streifte ihr das Kleid ab, das weiße Hemdchen, das ihre Brüste bedeckte, schob sie von seinem Schoß auf den Sessel. Seine Lippen waren kühl und zugleich heiß, bedeckten ihre zarten Rundungen, knabberten an ihren rosigen Spitzen, während seine Finger ihre Perle vor Wonne in Flammen aufgehen ließen.

Schneewittchen verlor jegliche Kontrolle, überließ sich völlig seiner kundigen Hand und schrie leise auf, als ihr Höhepunkt kam, und sie in seinem Arm erbebte. Völlig verwirrt von dem eben Erlebten und auf eine angenehme Weise erschöpft hing sie für einen Moment in seinem Arm, dann jedoch siegte die Neugierde. Es gab noch etwas zu erkunden, was sie wohl schon nackt gesehen hatte, wenn auch noch nie aus der Nähe. Zweimal war es ihr bisher durch Zufall gelungen, sich leise an ein Pärchen beim Liebesspiel heranzuschleichen. Einmal war es einer der Pferdeknechte gewesen, der sich im Stall mit einer der Mägde getroffen hatte, ein andermal ihre eigene Kammerzofe, der der Diener eines hohen Gastes schöne Augen gemacht hatte.

Schneewittchen kniete vor Armand nieder, strich über das feste Leder seiner Hose und öffnete seinen Gürtel und die drei Knöpfe an seinem Hosenschlitz. Er schaute verwundert auf sie herab, machte jedoch keine Anstalten, sie daran zu hindern.

Sie schob ihre Hand in seine Hose, schloss die Augen, legte frei, was sie dort fühlte. Nackt, die Haut zart, jedoch die Gestalt hart und aufrecht. Sie seufzte. Zwischen ihren Schenkeln war es warm und feucht. Sie wusste von ihren Beobachtungen, dass das, was sie vorsichtig mit ihren Händen berührte, dorthin gehörte. Aber es gab auch noch andere Lustspiele.

Fest entschlossen wollte sie herauszufinden, ob es ihr trotz ihrer Unerfahrenheit gelingen würde, dem Besitzer dieses prachtvollen Stabes ähnliche Lustlaute zu entlocken, wie er ihr entlockt hatte. Sanft schob sie ihre Lippen über die feuchte Eichel, leckte darüber und spielte mit ihrer Zunge rund um den Kranz.

Armand stöhnte laut auf. Sie fühlte, wie er zuckte. Nun schob sie das Leder noch ein Stück mehr herab und hielt ihn dann mit beiden Händen am nackten Po fest. Es war berauschend, welche Töne er unter dem Spiel ihrer Zunge von sich gab. Mal ein dumpfes Grollen, das bis in ihren Mund hinein vibrierte, dann ein Seufzen, ein lautes Einziehen der Luft.

Schneewittchen ahnte, dass Armand dem Höhepunkt nahe war. Er hatte seine Finger leicht in ihre Haare gekrallt, rief ihr Koseworte zu und feuerte sie an, weiterzumachen. Dann war es so weit. Sein stolzer Penis entlud seinen kostbaren Samen mit kräftigem Schuss in ihren Mund. Schneewittchen schluckte und saugte fester, worauf Armand einen wilden Schrei ausstieß, der die Wände der Hütte erzittern ließ.

Als es vorbei war, sank Armand auf die Knie und schloss sie küssend in seine Arme. Sie ließen sich glücklich und ein wenig benommen an Ort und Stelle auf den Boden fallen. Nach einiger Zeit hob Armand Schneewittchen hoch, stieß die Tür zum Schlafgemach auf und legte sie in ihr Bett.

Im Zimmer war es mucksmäuschenstill. Ob die Gnome wohl schon schliefen? Oder taten sie nur taktvoll so als ob? Das Letzte, was Schneewittchen wahrnahm, war Armands zärtlicher Kuss auf ihre Stirn.

„Wir sehen uns bald wieder. Ich kann es kaum erwarten. Schlaf gut, meine Liebste."

Dann schlief sie mit einem glücklichen Lächeln auf ihren rosigen Lippen ein.

„Spieglein, Spieglein an der Wand, sag mir, was macht Schneewittchen hinter den sieben Bergen bei den sieben Gnomen?"

Der Königin kam es vor, als läge ein zynischer Klang in der Stimme des Spiegels, als er nach kurzem Zögern antwortete.

„Sie vergnügt sich mit einem wahren König edlen Geblüts."

Es dauerte ein paar Sekunden, dann sah die Königin ein küssendes Paar vor sich.

„Aaah!" Wütend schrie sie auf. „Das ist doch Armand Amaury! Diese kleine Schlange gibt sich ihm hin! Das wird sie mir büßen. Na warte. Du gehörst entweder den Wralods oder niemandem, aber auf gar keinen Fall ihm." Unruhig lief sie auf und ab. Es passte gar nicht in ihren Plan, dass Schneewittchen sich möglicherweise mit dem Vampirkönig verbünden würde. Sie musste sich etwas einfallen lassen, was ihn ablenken und sein Interesse an Schneewittchen schwächen würde.

Als Schneewittchen am nächsten Morgen erwachte, waren alle bereits fort. Sie versuchte sich zu erinnern.

War es denkbar, dass gestern Abend davon gesprochen wurde, dass sich heute die Truppen formieren sollten? Hätte Armand die Aufgabe, die Lage zu erkunden und den Kampf vorzubereiten, der in den nächsten Tagen stattfinden sollte? Hatte sie tatsächlich den mächtigen Vampirkönig geküsst?

Bei dem Gedanken an ihn wurde ihr sofort wieder ganz heiß. Sie fuhr sich vorsichtig mit den Fingern über die Lippen. Es war, als fühlte sie noch seinen Mund auf ihrem.

„Ich bin verliebt!", jubelte sie und sprang aus dem Bett. Er oder keiner. Er war ganz anders als die Männer, die auf den Hofbällen um sie geworben hatten. Ihre Wangen glühten vor Aufregung. Sie hatte keine Angst vor den Vampiren. Seit Langem waren sie Verbündete der Allianz gegen die Wralods – nur begegnet war sie ihnen noch nie.

Sie war so in Gedanken versunken, dass sie zunächst nicht bemerkte, dass es klopfte.

Als sie die Tür öffnete, stand ein gebücktes altes Weib davor. „Entschuldige", krächzte diese. „Aber hast du vielleicht einen Schluck Wasser für mich, gutes Kind?"

„Natürlich, komm doch bitte herein, Mütterchen, und setz dich. Du siehst ja ganz erschöpft aus."

Schneewittchen führte die Alte an den Tisch. Dann holte sie einen Becher und den Krug mit Wasser, und goss ihr ein. Die Alte trank langsam und schaute sich um.

„Ah, das tut gut. Ich danke dir. Hübsch hast du es hier. Lebst du hier alleine?"

„Aber nein, Mütterchen. Meine Freunde sind fleißige Bergarbeiter und kommen am Abend nach Hause."

„Dann ist es ja gut. Du bist ein liebes Kind. Schau her, ich verkaufe allerhand hübsche Sachen. Dieser Gürtel würde dir bestimmt sehr gut stehen."

Schneewittchen war entzückt. Der Gürtel war aus feinem weinrotem Leder gefertigt. Sie legte ihn um. „Er ist leider zu eng", bedauerte sie.

„Aber nein, komm ich helfe dir", erwiderte die Alte, und zog den Gürtel zu.

Schneewittchen bekam kaum noch Luft, der Gürtel war viel zu eng, aber sie wollte die alte Frau, die recht ärmlich aussah, nicht enttäuschen. Sie würde den Gürtel wieder ausziehen, wenn sie fort war.

„Was soll ich Euch dafür geben? Ich habe nichts."

„Ach, du kannst ihn ein anderes Mal bezahlen. Behalte ihn, er steht dir vorzüglich. Oh, und was für wundervolle Haare du hast. Warte, ich glaube, ich habe einen schönen Kamm für dich."

„Aber nein, das kann ich doch nicht annehmen", wehrte Schneewittchen ab, als die Alte ihre vom Bett noch zerzausten Haare mit dem edlen Kamm aus Elfenbein zu entwirren anfing. Doch dann dachte sie sich, dass Armand ihr diesen Kamm bestimmt gerne kaufen würde. Ihr wurde ganz schwindlig von dem vielen Striegeln und Zupfen.

„Kommt Ihr auch bestimmt wieder hier vorbei, Mütterchen? Ich möchte Euch gewiss nichts schuldig bleiben."

„Aber natürlich, mein liebes Kind", erwiderte die Alte und gab ihr den Kamm. „Doch nun muss ich weiter. Ach, hier habe ich ja noch etwas für dich." Sie griff in den Korb und reichte Schneewittchen einen Apfel. „Das ist für deine Freundlichkeit. Iss mein liebes Kind. Der Apfel schmeckt besonders gut, ich habe ihn erst heute Morgen frisch gepflückt."

„Danke, Mütterchen." Schneewittchen hatte noch nicht gefrühstückt, und die Alte schaute erwartungsvoll, deshalb biss sie sogleich mit Genuss in den Apfel. Er schmeckte verführerisch süß, und sie biss ein zweites Mal hinein. Doch dann wurde ihr plötzlich schwindlig, die Alte verschwamm auf einmal vor ihren Augen. Bevor sie die Besinnung verlor und zu Boden stürzte, hörte sie als Letztes ein teuflisch böses Lachen. Dann wurde es dunkel um sie herum.

Armand de Amaury lief unruhig auf und ab. Seit Stunden liefen die Vorbereitungen. Seine Spione erstatteten ihm im Zehn-Minuten-Takt Bericht, doch es gab kaum noch

Neuigkeiten. Alle waren auf den entscheidenden Schlag vorbereitet, hatten sich bereits in Position gebracht. Die Armee aus Gnomen und königstreuen Menschen wartete im Wald auf das Zeichen, um das Schloss zu stürmen. Sie hatten sich hoch oben in den Bäumen postiert, damit sie nicht von dem Dämonenheer entdeckt wurden, dessen Ankunft sie kurz vor Mitternacht erwarteten. Armands Vampirbrüder hatten sich hingegen im Morgengrauen ins Schloss geschlichen. Es war ein Kinderspiel gewesen, die Wachen vor den Toren zu verzaubern. In dem Augenblick, als sie dem Vampirgeneral in die Augen sahen, hatten sie vergessen, dass ihnen jemand begegnet war.

Endlich war es so weit. Die Dämonen waren nah. Sie gaben sich nicht einmal Mühe, das Klirren ihrer Waffen zu verbergen. Armand gab das verabredete Zeichen - den Ruf einer Schleiereule. Er selbst würde es übernehmen, die Königin zu überwältigen.

„Halt, wer ist da!", rief ihm eine der beiden Wachen entgegen. Doch ein Blick genügte, und sie schauten an Armand vorbei und ließen ihn passieren. Er ahnte, dass die Dämonen ein ähnlich leichtes Spiel mit ihnen haben würden. Die Flure waren unbelebt. Selbst für ihn, der die Nacht dem Tag vorzog, war dies ein tristes Schloss. Zwar brachte ihn die Sonne entgegen aller Gerüchte nicht um, aber ihr Glanz brannte unangenehm in den Augen, weshalb Armand wie die meisten Vampire vom späten Vormittag bis zum frühen Abend in einem abgedunkelten Raum arbeitete oder schlief.

Er schloss seine Augen, um seine anderen Sinne zu schärfen. Ein leises Trippeln und Fiepen verriet die Mäuse hinter einem alten Wandschrank. Unter der Treppe saß eine Katze und beobachtete ihn, der König röchelte schwer in seinem Bett und – jetzt hatte er entdeckt, was er suchte. Leichtfüßig sprang Armand die breite Treppe hinauf und schlich den Gang entlang zum Zimmer der Königin. Er zog sein Schwert aus der Scheide, dann öffnete er leise die Tür. Die Königin stand vor ihrem Dämonenspiegel und war so beschäftigt, dass sie ihn nicht bemerkte.

„Verdammter Spiegel, sag mir endlich, warum Schneewittchen davongelaufen ist!"

„Sie sucht die Liebe, Hoheit", erwiderte der Spiegel. Armand hörte aus dem Tonfall heraus, dass der Spiegel sich amüsierte. Er würde nicht lügen, doch er würde die Wahrheit nicht direkt sagen.

„Du verfluchter Mistkerl, das kann doch nicht alles sein!" Wütend schlug die Königin mit der Faust gegen den Spiegel. „Sag mir die Wahrheit!"

„Das ist die Wahrheit", erwiderte Armand anstelle des Spiegels. „Schneewittchen ist vor der Aussicht geflohen, mit einem Dämonen verheiratet zu werden."

Die Königin fuhr herum und rannte zu einer Kommod, über der ein Schwert an der Wand hing. Sie riss es an sich und stürmte auf Armand zu. Von draußen waren nun das Brüllen der Dämonen und das Aneinanderschlagen von Schwertern zu hören. Armand sah, wie die Königin blass wurde. Er wusste, dass die Dämonen leichtsinnig waren und vertraute darauf, dass sie schnell überwältigt würden. Die Königin hatte bestimmt nicht damit gerechnet, dass sich jemand einmischte und ihre Pläne zunichte machte. Wie gut, dass ihre eigenen Kundschafter so bestechlich gewesen waren.

Die Klingen der Schwerter von Armand und der Königin schlugen hart aneinander. Die Königin war eine gute Kämpferin, Armand fast ebenbürtig, und der Kampf forderte von beiden die ganze Konzentration. Doch dann sah Armand, dass die Königin fast lautlos Zaubersprüche murmelte, und er wusste, dass er handeln musste. Er drehte sich für sie unerwartet einmal schnell um seine eigene Achse, schlug ihr das Schwert aus der Hand und hielt ihr dann die Spitze seines Schwertes an die Kehle.

„Noch ein Wort und Ihr seid des Todes."

Sie starrte ihn fassungslos an.

Jemand stürzte ins Zimmer herein. „Armand, ist alles in Ordnung?"

Armand erkannte die Stimme seines Cousins. „Ja, nimm sie mit, aber sei vorsichtig!"

Während die Königin hinausgeführt wurde, wandte Armand sich dem Spiegel zu. Er atmete einmal tief durch. „Spieglein, Spieglein, sag mir die Wahrheit. Wen liebt Schneewittchen?"

Der Spiegel lachte leise. „Ist der König der Vampire etwa neuerdings verliebt?"

Armand knurrte. „Sag es mir."

„Ihr kennt die Antwort doch bereits. Sie liebt Ihren Vater."

Armand stöhnte. „Du weißt genau, dass ich eine andere Liebe meine. Sag es mir, und ich schenke dir die Freiheit."

„Ach, die will ich gar nicht. Das wäre viel zu langweilig. Ich gehöre nun Euch. Oder schenkt mich jemandem, der guten Herzens ist, und den ich mit meinen Antworten glücklich machen kann."

„Einverstanden. Nun?"

„Ihr könnt beruhigt sein, Hoheit. Prinzessin Schneewittchen liebt Euch, seit sie Euch das erste Mal sah. Doch jetzt solltet Ihr Euch um ihren Vater - den König - kümmern, ehe es zu spät ist!"

Die Tür des Blockhauses wurde schwungvoll aufgerissen. „Schneewittchen, ich habe gute Nachrichten für …“

Der Rest seines Satzes erstarb in Armands Kehle. Seine fröhliche Miene versteinerte sich. Auf dem langen Esstisch stand ein gläserner Sarg, und inmitten eines Meeres aus weißen und rosafarbenen Blüten lag Schneewittchen aufgebahrt. Doch sie war nicht blass und grau wie eine Tote, sondern sah rosig und lebendig aus, als würde sie nur schlafen. In ihren Händen hielt sie einen angebissenen Apfel und einen Kamm aus Elfenbein.

Schluchzend und die Wangen von Tränen nass sahen die sieben Gnome zu Armand auf, dem ebenfalls bei Schneewittchens Anblick sofort die Tränen in die Augen schossen.

„Nein!“, rief er voller Qual, „was ist geschehen?“

„Wir kamen nach Hause“, erwiderte Sechszahl schniefend, „und da lag Schneewittchen am Boden. Wir wissen nicht, was passiert ist. In der einen Hand hielt sie den Kamm, und der Apfel ist ihr wohl bei dem Sturz aus der Hand gefallen. Wir wollten sie nicht beerdigen, ohne dass Ihr Euch von Ihr verabschiedet habt, Majestät.“

Armand zwang sich ruhig zu bleiben und nachzudenken. „Wann war das? Ich bin vor drei Tagen hier gewesen.“

„Gleich am nächsten Tag, Majestät.“ Dreizahl und die anderen sahen sich gegenseitig an und zuckten die Schulter. Was sollte die Frage? Sie wichen zurück und machten ihm Platz.

Armand streichelte Schneewittchen sanft über Wange und Stirn. „Wenn sie wirklich tot wäre, müsste ihre Haut viel kälter sein“, murmelte er mehr zu sich selbst sprechend, als zu den anderen. „Woher habt ihr diesen Apfel?“

„Wir hatten keine Äpfel im Haus, Majestät“, antwortete Einzahl.

„Und der Kamm – habt ihr den schon mal vorher gesehen? Hat Schneewittchen ihn mitgebracht?“

„Nein, Majestät. Sie hatte Bürste und Kamm zu Hause vergessen. Ich habe ihr meine Sachen geliehen, aber das ist nicht mein Kamm. So etwas Feines gibt es bei uns nicht“, erwiderte Zweizahl.

Armand nahm beides aus Schneewittchens Händen und ging zum Kamin, in dem ein kräftiges Feuer brannte. Er warf die Sachen hinein. Die gelb-roten Flammen wurden leuchtend Blau und formten ein Gesicht, das ein böses Lachen von sich gab.

„Die Königin!“, schrien die Gnome erschrocken durcheinander.

„Diese alte Hexe! Sie war bestimmt in einer anderen Gestalt hier und hat Schneewittchen vergiftet."

Dieses unvorsichtige junge Ding! Sie war also auf einen Trick hereingefallen und wäre dabei fast zu Tode gekommen. Armand fühlte heiße Wut auf die Königin. Sie würde seine Rache noch zu spüren bekommen. Aber er war auch ein bisschen verärgert über Schneewittchen, dass sie so leichtgläubig gewesen war.

„Noch ist es nicht zu spät, noch lebt sie." Sein Blick fiel auf den Gürtel. „Was ist mit diesem Gürtel? Der ist doch viel zu eng und passt auch gar nicht zu Schneewittchens Kleid."

„Ihr habt recht, den Gürtel haben wir auch noch nie gesehen! Den haben wir ihr nicht geschenkt."

Armand wurde mit einem Mal ganz ruhig. Er war sich ziemlich sicher, was er tun musste. Sein Herz klopfte vor Aufregung und Zuversicht viel schneller als sonst. Die Hexe hatte wohl gedacht, sie könnte Schneewittchen mit dem engen Gürtel die Luft abschnüren, aber stattdessen hatte der Gürtel verhindert, dass sich das Gift des Apfels im ganzen Körper ausbreitete. Deshalb lebte Schneewittchen noch, und er besaß selber genügend Zauberkräfte, um ihr zu helfen. Zum Glück hatte sie sehr lange Haare, da hatte das Gift des Kamms kaum etwas ausgerichtet, hatte sich verteilt und nicht ihre Kopfhaut vergiftet. Die Königin schien wohl doch keine so schlaue Hexe zu sein, wie er gedacht hatte.

„Geht bitte hinaus. Lasst uns allein. Was auch geschieht, egal was ihr hört, kommt auf keinen Fall herein!"

Schniefend, aber ein wenig beruhigt und Hoffnung schöpfend verschwanden die Gnome nacheinander im Schlafzimmer.

Armand riss sich Umhang und Jacke herunter, dann hob er Schneewittchen aus dem Sarg heraus, setzte sich und senkte seinen Mund über ihren Hals. Seine Eckzähne schoben sich aus ihren tiefen Zahnfleischtaschen hervor, wurden länger, und vorsichtig biss er in Schneewittchens Hals. Er saugte ein wenig Blut heraus. Dann biss er sich selbst ins Handgelenk und drückte seine offene Wunde auf ihre, damit sich ihr Blut vermischte, und die Kraft seines Blutes sie von dem Gift heilte.

Es dauerte nur einen kurzen Augenblick, da öffnete Schneewittchen ihren Mund und rang nach Luft. Schnell drehte Armand sie um und legte sie über seine Schenkel. Er öffnete die Schließe des Gürtels und schlug ihr kräftig mit der Hand von unten nach oben auf den Rücken, bis sie auf einmal kräftig zu husten anfing und ein Apfelstück ausspuckte. Sie schlug die Augen auf, hob verwundert den Kopf und begann mit den Beinen zu zappeln. Armand zog sie aufatmend in seine Arme.

„Der Magie sei Dank, du bist am Leben!" Er gab ihr einen sinnlichen, zarten Kuss auf ihre weichen Lippen, die von Sekunde zu Sekunde wieder mehr an Farbe gewannen und lächelte sie an.

„Was – was ist denn passiert?"

Armand runzelte die Stirn. „Kannst du dich nicht erinnern?"

Schneewittchen setzte sich auf. „Die Alte – sie gab mir …"

Armands Miene wurde ernst. „Richtig – sie gab dir Geschenke, und alle waren vergiftet. Warum warst du so unvorsichtig und leichtgläubig? Ich sollte dich dafür bestrafen, dass du deinen Freunden und mir so einen Todesschrecken eingejagt hast, am besten …"

Ehe Schneewittchen auch nur ahnte, was er meinte, hatte er sie gepackt, umgedreht und sich über die Schenkel gelegt. Er schob ihren Rock nach oben. Sie seufzte entzückt auf, als sie seine Hand auf ihren Schenkeln spürte, denn unter dem Rock war sie völlig nackt, nicht einmal Strümpfe hatte sie an. Überrascht hielt Armand inne, doch dann begann er mit seiner Hand genüsslich auf ihren schneeweißen wohlgeformten Po zu klatschen.

Schneewittchen versuchte sich umzudrehen und ihn über die Schulter hinweg anzuschauen, was das zu bedeuten hatte, aber Armand drückte sie mit seiner freien Hand auf seine Schenkel herunter. „Halt still, du ungezogene kleine Prinzessin!"

„Aber Armand, was machst du da?"

„Du hast es verdient, dass dein entzückender Hintern versohlt wird! Wieso hast du den Kamm, den Gürtel und den Apfel angenommen?" Aber Armands Stimme klang dabei gar nicht mehr wütend oder vorwurfsvoll.

Schneewittchen wand sich unter der Hand, die sie festhielt, doch sie wehrte sich nicht, sondern seufzte und stöhnte vor Wollust. Sie verstand nicht, was mit ihr geschah oder was seine Züchtigung bezweckte, noch nie hatte sie so etwas erlebt, doch sie fühlte sich alles andere als unwohl dabei. Der süße Schmerz, der ihren Po und ihre Schenkel durchzog, löste zugleich in ihrem Körper ein heißes Verlangen aus.

Sie erinnerte sich kaum, was geschehen war, sie verstand auch nicht wirklich den Inhalt seiner Worte. Aber sie ahnte, dass etwas geschehen sein musste, und sie hörte aus seiner Stimme eine mühsam kontrollierte Verärgerung und Besorgtheit heraus, deren Ursache offenbar sie selbst war.

„Warum?", wiederholte er hartnäckig und hielt inne.

„Die alte Frau tat mir leid. Was ist denn geschehen?", fragte Schneewittchen verwirrt.

Armand drehte sie um, nahm sie in seine Arme und schaute ihr tief in die Augen. „Darüber sprechen wir später", knurrte er. „Aber mach so etwas nie wieder."

„Armand", winselte Schneewittchen demütig, „ich werde bestimmt artig sein und alles machen, was du willst. Ich liebe dich. Aber bitte – was ist denn inzwischen passiert?"

Armand atmete tief durch. „Also, wenn du es unbedingt jetzt wissen willst, obwohl ich mir etwas viel besseres vorstellen könnte …" Er kitzelte sie, bis sie zu lachen anfing und japsend um Einhalt flehte.

„Bitte Armand, halt, ich bekomme keine Luft mehr. Bitte, erzähle."

Er ließ sie sanft herunter, bis sie vor ihm auf dem Boden saß und zu ihm aufschaute. „Also gut, du neugieriges Frauenzimmer", begann er und gestikulierte theatralisch. „Da wir dank deiner Hilfe wussten, dass der Überfall der Wralods beim nächsten Vollmond stattfinden sollte, hatten wir überall im und um das Schloss Stellung bezogen. Den Wachen hatten wir gesagt, sie sollten sich kampflos ergeben, damit niemand unnötig verletzt würde." Er lachte. „Die Wralods sind wirklich dümmer, als ich angenommen hatte. Sie waren so verblüfft, dass es keinen Widerstand gab, dass sie das Schloss stürmten und sich auf der Suche nach Schätzen verteilten. Das war ihr Fehler. Wir waren vorbereitet, und es gelang uns, alle festzunehmen."

Schneewittchen hing wie gebannt an seinen Lippen. „Und mein Vater, meine Mutter?", flüsterte sie ängstlich.

Armand nahm beruhigend ihre Hände in seine. „Deinem Vater geht es bald besser. Ich soll dich von ihm grüßen. Du wirst ihn in wenigen Tagen wiedersehen." Dann wurde seine Miene wieder ernster. „Schneewittchen, deine Mutter – du musst sie nicht mehr Mutter nennen. Sie hat euch alle verhext und betrogen. Deine Mutter ist schon vor Jahren eines natürlichen Todes an einer Krankheit gestorben. Aber ihre Zwillingsschwester hat diese Situation ausgenutzt, hat sie fortgebracht und ihre Stelle eingenommen. Mit einem Zauber hat sie es geschafft, dass keiner von euch es bemerkt hat. Nicht einmal dein Vater. Sie hat nur auf die Gelegenheit gewartet, Verbündete zu finden, um die Macht an sich zu reißen."

Schneewittchen liefen Tränen über die Wangen, als sie hörte, dass ihre wahre Mutter gestorben war. Armand fing die Tränen mit seinen Fingern auf.

„Nicht weinen", sagte er sanft. „Dein Vater lebt und du lebst!" Ein wenig knurrend fuhr er fort. „Allerdings hatte ich gehofft, dass mir eine glückliche Braut dankbar und froh in die Arme fällt. Stattdessen musste ich feststellen, dass sie um ein Haar gestorben wäre!"

Aber Schneewittchen konnte sich kaum beruhigen. Sie ging auf seinen wohlgemeinten Scherz nicht ein, sondern saß mit gesenktem Kopf vor ihm und schluchzte. Ihre Mutter war gar nicht ihre Mutter – noch dazu eine Hexe? Das durfte doch alles nicht wahr sein.

Armand merkte, dass er Schneewittchen unbedingt auf andere Gedanken bringen musste, aber Sex wäre nicht das Richtige, solange sie so traurig war. Ihm fiel wieder ein, dass er ihr ein Geschenk mitgebracht hatte. Er stand auf und holte einen großen, in eine Decke eingewickelten Gegenstand aus dem Vorraum.

„Liebste, ich habe dir etwas mitgebracht. Schau."

Schneewittchen sah kaum auf.

Armand enthüllte den Gegenstand und lehnte ihn genau gegenüber von Schneewittchen an den Sessel.

„Spieglein, Spieglein, klar und rein, von Dämonen befreit, zur Wahrheit bereit."

Die dunkle Fläche des Spiegels fing an hell zu strahlen, als wäre ein Licht in ihm angegangen. „Habt Dank, Meister. Was ist Euer Preis?"

„Hier ist deine neue Herrin. Schneewittchen. Behüte und beschütze sie."

Schneewittchen hatte staunend zugesehen und zugehört. Sie wischte die letzten Tränen weg und fragte neugierig: „Ist der etwa für mich?"

Armand lächelte erleichtert. „Ja. Es ist ein Zauberspiegel. Er wird dir immer die Wahrheit sagen."

Schneewittchen überlegte einen Moment, dann lächelte sie verschmitzt. „Spieglein, Spieglein, sag – liebt Armand nur mich?"

„Schneewittchen bei den sieben Gnomen, Ihr seid noch viel schöner als man sagt."

Schneewittchen kicherte. „Aber – das habe ich dich doch gar nicht gefragt."

„Ich weiß. Aber es ist die Wahrheit. Und die Wahrheit ist auch: Armand liebt keine andere als Euch, Schneewittchen." Bei diesen Worten verblasste das Licht, und der Spiegel wurde wieder dunkel.

„Was – ist jetzt?"

Armand lachte. „Ich glaube, er ist der Meinung, dass für heute genug geredet wurde."

Er senkte seinen Kopf und küsste sie wild und leidenschaftlich. Die Sorge um Schneewittchen verwandelte sich jetzt in eine heiße, verlangende Glut. Seine Hände suchten den Verschluss des Kleides, zerrten es ihr herunter und zu seiner Freude zögerte sie nicht, es ihm gleich zu tun. Von seiner Wildheit angestachelt zerrten ihre Hände an seinem Hemd, bis der feine Stoff nachgab und zerriss. Schon landeten auch seine Stiefel und seine Hose irgendwo im Raum, und sie sanken in tiefer Umarmung seitlich auf dem weichen Fell nieder, das vor dem heiß prasselnden Kamin am Boden lag.

Schneewittchen schlang ihre Beine um Armand, sie küssten sich innig und voller Lust, und Armand nutzte die Gelegenheit, ihr noch einmal auf Po und Schenkel zu klatschen, bis alles rot und heiß glühte. Sie jauchzte und stöhnte, wand sich und bebte in seinen Armen, schrie vor Schmerz und Lust, aber sie flehte nicht, dass er aufhören solle.

Armand zügelte mühsam sein Verlangen. Am liebsten hätte er sofort in ihre jungfräuliche Grotte hineingestoßen. Ihre hemmungslose Leidenschaft verbrannte ihn beinahe. Aber er wollte Schneewittchen auf keinen Fall wehtun. Er küsste ihre Brüste, ihre Kehle und ihre Wangen, dann ihren flachen Bauch hinunter, pustete in ihren Bauchnabel, bis sie zu lachen anfing. Dann schob er sich zwischen ihre Schenkel, und sie gab seufzend nach, spreizte ihre Beine weiter auseinander, kraulte mit ihren Händen zärtlich in seinen Locken, während seine Finger ihre Perle freilegten, und er diese sanft zu lecken und zu saugen begann.

„Ja", seufzte sie und bäumte sich unter ihm auf.

Als Armand sich schließlich vorsichtig in ihre heiße feuchte Spalte versenkte, schrie sie leise auf. Eine kleine Träne löste sich aus ihren Augen, als sie ihn überrascht anschaute. Er wartete einen Augenblick. „Es ist gleich vorbei, es tut nur einmal weh", beruhigte er sie und gab ihr einen Kuss.

„Ich habe keine Angst, es ist alles so wundervoll, viel schöner, als ich es mir vorgestellt hatte."

Er sah es ihr an, dass es so war, wie sie es sagte. Sie strahlte vor Glück und drängte sich ihm entgegen, als er weiter und tiefer hineinstieß, krallte ihre Hände in seine Schultern, bis er stöhnte. Doch genau wie sie heizte ihn ein wenig Schmerz noch mehr an.

Er drehte sich auf den Rücken, zog sie mit sich, so dass sie auf seinem Schoß zu sitzen kam und schaute sie an, während sie instinktiv auf ihm hin und her zu rutschen begann. Dabei jauchzte sie leise entzückt vor sich hin.

„Armand – es ist alles wunderbar. Liebst du mich?"

„Wenn du das jetzt noch nicht weißt …"

Schneewittchen fuhr mit ihren langen Fingernägeln über seine Brust, malte rote Striemen auf seine Haut. „Doch", hauchte sie, „aber ich will es von dir hören." Dabei hob sie ihren Schoß langsam an, bis sein Penis aus ihr herauszugleiten drohte.

„Nein", stöhnte Armand.

Sie hob die Augenbrauen fragend an. „Nein? Du liebst mich also nicht?" Aber ihre süßliche Stimme verriet, dass es ihr nicht ernst damit war.

„Du kleines Biest! Nein heißt: Du sollst nicht deinen süßen Po von mir heben!" Armand lachte amüsiert auf, schnellte vor und klatschte ihr mit beiden Händen fest und laut auf ihren Hintern.

Schneewittchen stöhnte voller Verlangen. „Sag es mir", forderte sie mit blitzenden Augen und zog noch einmal ihre Nägel über seine Brust.

Armand unterstrich jedes seiner Worte mit einem Klaps auf ihren Po. „Ich – liebe – dich. Und wenn du es nicht glaubst, dann frag doch deinen neuen Spiegel. Der lügt niemals."

Doch der Spiegel mischte sich von alleine ein.

„Besiegelt den Bund Eurer Liebe mit Eurem Blut", flüsterte er.

Armand hielt überrascht inne, Schneewittchens Nippel zu liebkosen. Sie hob fragend die Augenbrauen. „Ich hätte den Spiegel wohl besser zudecken sollen", seufzte er. „Er spricht auch ungebeten." Dann lachte er leise.

„Was auch immer mein Spiegel gemeint hat – ich will es", sagte Schneewittchen mit lüsternem Blick.

Armand setzte sich auf, legte seine Hände auf ihre Pobacken und zog sie so nah an sich heran, dass sich fast ihre Nasenspitzen berührten. „Ich will dich. Heirate mich. Für immer und ewig."

Schneewittchen nahm sein Gesicht in beide Hände und wiederholte seine Worte feierlich, mit Zittern in der Stimme. „Für immer und ewig. Königin und König deines und meines zukünftigen Reiches."

Armand strich ihre Haare zur Seite, entblößte seine Zähne und roch an ihrem Hals. Der Duft ihres Blutes war berauschend und wirkte auf ihn wie ein Aphrodisiakum.

Vorsichtig senkte er seine Zähne in ihre Halsader und begann zu trinken – nur wenig, aber genug, um sein Geschlecht heftig in ihrer Spalte pulsieren zu lassen. Stöhnend vor Lust begann sie sich vor und zurück zu bewegen.

Armand biss sich ein kleines Loch in sein Handgelenk und hielt es ihr vor den Mund. Neugierig, doch ohne Zögern presste sie ihre Lippen darüber und saugte das hervorquellende Blut von seiner Haut.

Als sie sich ansahen, trugen beide ein wenig Blut des anderen an ihren Lippen. Sie küssten sich stürmisch und im selben Augenblick, indem sich ihr Blut mit dem des anderen auf Zungen und Lippen vereinte und einen unlösbaren Bund der Ewigkeit schloss, besiegelte auch der gemeinsame Höhepunkt, der sie mit der Macht eines Vulkans ereilte, ihre Leidenschaft füreinander.

Im selben Moment trat ein Glanz in ihre Augen, der ihre ganze Liebe und Leidenschaft ausstrahlte, und er las in ihrem Blick, dass sie füreinander bestimmt waren und glücklich miteinander werden würden. Ihr ganzes Leben lang.

Rotkäppchen und der böse Wolf

VON KIRA MAEDA

Es war einmal ein junges Mädchen, das lebte allein mit seiner Mutter in einem kleinen Haus. Das Mädchen wurde von allen geliebt, und weil seine Mutter ihm so einen schönen roten Mantel mit passendem Hütchen geschenkt hatte, nannte man sie nur Rotkäppchen.

„Hallo, Oka-san!" Akai Langfelds Ruf hallte durch den Hausflur. Sie streifte den dicken Wintermantel ab und hängte ihn auf den Haken. Obwohl auf ihre Begrüßung keine Antwort kam, wusste sie, dass ihre Mutter sie im Wohnzimmer erwarten würde. Meist hatte sie verschiedene japanische Süßigkeiten und passenden Tee auf dem Tisch stehen und wartete mit einem Lächeln auf ihre Tochter. Sie lebten nicht zusammen, hatten aber ihre Wohnungen im gleichen Haus und Akai, genannt Aki, besuchte ihre Mutter regelmäßig. Midori Langfeld war seit zehn Jahren Witwe. Sie war als junge Frau aus Japan der Liebe wegen nach Deutschland gezogen und in diesem Land geblieben, auch dann noch, nachdem ihr Mann an Krebs gestorben war.

Kurz nach dem Tod ihres Vaters hatte Aki ihre Mutter näher zu sich geholt; sie war immerhin die einzige lebende Verwandte, die sie noch hatte – dachte Aki zumindest.

Diesmal saß auf dem Sofa im Wohnzimmer nicht nur ihre Mutter, sondern auch eine fremde Frau. Sie hatte eine gewisse Ähnlichkeit mit der asiatischen Zerbrechlichkeit, die ihre Mutter immer zur Schau stellte. Das schwarze Haar fiel ihr in dichten Locken bis auf den Rücken und glänzte blauschwarz. Sie trug eine elegante Bluse und nickte Aki zu, als sie den Raum betrat.

„Da bist du endlich!" Midori hob die Hand und winkte Aki heran. „Komm her, du musst deine Tante kennenlernen."

Aki musste aufpassen, dass sie nicht zu ungläubig aussah. Ihre Mutter hatte niemals eine Schwester erwähnt, und ihrem Aussehen nach konnte sie niemals mit ihrem verstorbenen Vater verwandt sein. Dennoch verneigte sie sich höflich vor der fremden Frau. „Guten Tag, ich bin Akai Langfeld", stellte sie sich vor. Die angebliche Tante hob die Augenbrauen. „Dein Name bedeutet ‚rot'? Wie ungewöhnlich", sagte sie anstelle einer Begrüßung. Aki spürte, wie ihre Wangen zu glühen begannen. Diese alte Kindergeschichte war ihr bis heute peinlich, aber das hinderte ihre Mutter nicht daran, sie immer wieder zu erzählen. Diese Frage stellten ihr viele Japaner, die ihr in Deutschland begegneten. Midori lachte verlegen. „Ah, du warst ja nicht hier, als sie geboren wurde. Wir haben den Namen ausgesucht, weil Patricks Mutter ihr einen roten Strampelanzug mit Mützchen genäht hatte, die ihr die Krankenschwester dann sogleich anzog. Ein richtiges kleines Rotkäppchen!", erklärte ihre Mutter.

Akis Gesicht wurde noch röter. Ihre Tante bemerkte das und fasste ihre Hand. „Dich nennen bestimmt alle Aki, nicht wahr?"

Aki nickte und ließ sich auf die Aufforderung ihrer Tante hin neben ihr auf dem Sofa nieder. „Mein Name ist Miza Yamashida", fuhr sie fort. „Ich bin die ältere Schwester deiner Mutter."

Aki hob den Kopf. Miza sah nicht älter aus als ihre Mutter, im Gegenteil. Sie hätte eher gedacht, dass Midori die jüngere der beiden Schwestern war.

„Onee-san ist erst seit einigen Tagen in Deutschland, weil sie hier eine neue Stelle angetreten hat", erklärte Akis Mutter. „Ich wusste auch nicht, dass sie kommt, aber ihre Stelle ist tatsächlich nur wenige Straßen von hier entfernt."

„Was machst du denn genau, Tante Miza?", fragte Aki und bemerkte das verärgerte Stirnrunzeln ihrer Mutter. Ihre Tante allerdings auch. Sie zog die Mundwinkel hoch, aber es hatte nicht viel von einem Lächeln. „Das erkläre ich dir besser ein andermal", sagte sie mit bitterem Unterton und warf Midori einen strengen Blick zu, dem die nicht standhielt.

Aki war verwundert. Mizas Job schien ihrer Mutter ganz und gar nicht zu gefallen. Hing ihr Schweigen über ihre ältere Schwester damit zusammen? Zumindest die freundliche Atmosphäre im Zimmer war merklich gesunken, und Midori saß mit fest zusammengepressten Lippen auf dem Sofa, nicht gewillt, etwas zu sagen.

Miza nahm eine schmale Handtasche hervor und stand auf. „Ich melde mich noch einmal bei dir", verabschiedete sie sich von ihrer Schwester und nickte Aki zu. „Begleite mich doch noch hinaus."

Midori schien protestieren zu wollen, aber Aki kam ihr zuvor, in dem sie aufstand und rasch in Richtung des Flures lief. Ihre Neugier auf die Schwester ihrer Mutter war geweckt, und sie wollte mehr erfahren. Miza folgte ihr und nahm ihre Jacke. „Anscheinend hat sie mir immer noch nicht verziehen", sagte sie mit einem schwachen Lächeln und streifte die Jacke über, wobei ihr Aki half.

„Ich hätte wohl nicht nach deinem Beruf fragen sollen", antwortete Aki verlegen. „Aber ich konnte nicht damit rechnen, dass es deswegen zwischen euch böses Blut gab."

Miza hob Akis Kinn an und tätschelte ihr auf sehr tantenhafte Weise über die Wange. „So ein liebes und hübsches Mädchen", lachte sie leise. „Du brauchst dich deswegen nicht schuldig zu fühlen. Wie ich Midori kenne, hat sie meine Existenz bis jetzt sorgfältig geheim gehalten." Sie zog aus ihrer Handtasche eine Visitenkarte. Die Karte zierte eine silbergraue Silhouette eines Waldes, auf der die schwarze Schrift dennoch gut zu sehen war. „Miza Yamashida", stand darauf und eine Handynummer. Mehr nicht. „Ruf mich an, ich würde dich gerne besser kennenlernen." Ihr Blick wanderte zum Wohnzimmer, in dem es auffällig still war. Aki nickte leicht und steckte die Karte ein. Ihre Tante lächelte ihr zu und verließ das Haus.

Aki ging zurück zu ihrer Mutter und setzte sich ihr gegenüber. Zwischen ihnen dampfte noch die Teekanne, aber Aki hatte keine Geduld für Tee. „Warum hast du nie von ihr gesprochen?!", platzte es aus ihr heraus.

Midori mied ihren Blick und drehte immer wieder ihre Tasse in den Händen. Aki fielen zum ersten Mal bewusst die grauen Strähnen ihrer Mutter auf und die Falten, die sich in ihr Gesicht gegraben hatten. Sie schien durch diesen kurzen Besuch um Jahre gealtert zu sein.

„Ich habe sehr lange versucht, sie zu vergessen."

Das Drehen der Tasse machte Aki wahnsinnig. Sie nahm sie behutsam aus den Händen ihrer Mutter und fasste beruhigend nach deren Hand. „Sie ist deine Schwester. Ich dachte immer, wir hätten gar keine Familie mehr. Und plötzlich taucht diese Frau auf, und du sagst mir, dass sie meine Tante sei. Was ist da passiert, Oka-san?", fragte sie sanft.

Ihre Mutter entzog ihr die Hand und sah auf. Zwischen ihren dünnen gezupften Augenbrauen war eine steile Falte zu sehen. „Sie hat die Familie entehrt", sagte sie heftig. „Ich habe mein Gesicht verloren, als ich hörte, was sie tut, und in welchen Kreisen sie sich herumtreibt!"

Überrascht über diesen heftigen Gefühlsausbruch wich Aki zurück. Ihre Mutter verlor niemals derart die Fassung, zumindest hatte sie das bis jetzt nicht getan. „Was hat Tante Miza denn getan, dass du so wütend bist?", bohrte sie weiter.

Midori presste die Lippen so fest zusammen, dass sie wirklich kaum noch zu sehen waren.

„Ist sie eine Prostituierte?", wagte Aki als nächste Frage. Das Auftreten ihrer Tante hatte weder billig noch anzüglich gewirkt, aber Aki konnte sich kaum etwas anderes vorstellen, was ihre Mutter derart in Rage bringen würde. Auf ihre Moralvorstellungen hielt sie viel, und Miza musste in irgendeiner Art dagegen verstoßen haben. Wahrscheinlich hatte sich Akis Mutter auch nur deshalb überreden lassen, wieder mit ihrer Schwester zu sprechen, weil die Ältere von beiden nicht mehr im fernen Japan, sondern jetzt direkt in ihrer Nähe war.

Midoris dunkle Augen wurden zu schmalen Schlitzen. „Schlimmer", stieß sie aus und griff wieder nach ihrer Tasse. „Viel schlimmer." Sie schenkte sich Tee ein und machte eine abwehrende Handbewegung. „Aber du musst von solchen Dingen nichts wissen. Wir werden Mizas Beruf nie wieder erwähnen." Und damit war das letzte Wort gesprochen.

In ihrer eigenen Wohnung ließ Aki dieses seltsame Geschehnis nicht los. Sie ließ sich ein heißes Bad ein und entkleidete sich sorgsam im Schlafzimmer, während sich die Wanne mit warmem Wasser und angenehm duftendem Schaum füllte. Als sie sich gerade vor ihrem großen Spiegel nach neuer Unterwäsche bückte, blieb ihr Blick an ihrem nackten Körper hängen, und sie richtete sich auf. Ihr kurz geschnittenes Haar verlieh ihrem Gesicht – das sonst eher weich und mädchenhaft wirkte – einen frechen Ausdruck. Es betonte auch den langen, schlanken Hals. Aki hatte sich die Haare erst neulich so kurz schneiden lassen und war bis heute sehr zufrieden mit dem Ergebnis. Als kleines Mädchen hatte sie immer versucht, ihre japanische Abstammung herunterzuspielen. Sie wollte nicht anders sein, als die anderen Kinder im Kindergarten und später in der Schule. Gegen die auffallend großen und schrägstehenden Augen und die hohen Wangenknochen hatte sie natürlich nichts tun können und so manche Hänselei ertragen müssen. Erst viel später, mit ihrem ersten Freund, tastete sich Aki langsam an ihr Erbe heran, und lernte es zu akzeptieren. Sie seufzte leise bei der Erinnerung daran. Jan war der erste Mann gewesen, der sie jemals als Frau wahrgenommen hatte. Ihr Blick glitt zurück zum Spiegel, und ihre Hand fuhr über ihr glattes Dekolleté. Unter ihren Fingerspitzen sah sie deutlich den dunklen Vorhof ihrer Brustwarzen und die kleinen festen Brüste. Allein ihr Blick und der Gedanke an Jans Berührungen erregten sie genug, damit die Brustwarzen sich zusammenzogen und steif abstanden. Neugierig und ein wenig verschämt strich sie mit der Fingerspitze um einen Nippel und legte ihre Fingerkuppen darum. Sie schloss die Augen und dachte an Jan.

Er hatte es geliebt, sich ihren Brüsten zu widmen und immer wieder in das feste Fleisch zu beißen. Ohne ihr bewusstes Zutun kniff sie sich selbst in den steifen Nippel und stöhnte auf. Sie hatte nach ihrem ersten Freund noch andere Liebhaber gehabt, aber keiner von ihnen hatte sich derart zielstrebig genommen, was er wollte, so wie ihr ehemaliger Freund Jan. Vielleicht hielten sie sie wegen ihrer zarten Statur für zu empfindlich oder zu zerbrechlich, aber Aki hatte es jedes Mal genossen, wenn Jan ihr deutlich zeigte, wie sehr sie ihn erregte, und wie sehr er es liebte, den Ton anzugeben. Allerdings hatte er dieses Verhalten auch später außerhalb des Bettes für normal gehalten, was sie schlussendlich dazu gebracht hatte, die Beziehung zu beenden.

Sie seufzte und wollte sich jetzt nicht von solchen Gedanken ablenken lassen. Lieber richtete sie ihre Aufmerksamkeit auf die andere Brust, die ebenso begierig darauf wartete, liebkost zu werden. Aki zupfte sacht an dem spitzen Nippel und sog scharf die Luft ein. Sie verstärkte ihre Bemühungen, kniff wieder zu und stöhnte diesmal heiser auf. Zwischen ihren Beinen begann es zu prickeln; Aki ignorierte es absichtlich. Die quälende Vorfreude verstärkte ihre Erregung, und sie wollte das auskosten. Die schwarzen Wimpern lagen – bedingt durch ihre halbgeschlossenen Augen – fast auf ihren Wangen, und sie sah die sich windende Frau im Spiegel nur noch verschwommen. Ihre Rechte wanderte immer wieder abwechselnd zwischen beiden Brustwarzen hin und her, bis sie rot waren. Akis Beherrschung schmolz dahin. Ihre linke Hand stahl sich zwischen ihre Schenkel und fand ohne langes Zögern die weiche Spalte dazwischen. Sorgsam achtete sie immer darauf, dass das buschige Dreieck an dieser Stelle kurz geschnitten und gepflegt war. Sie hasste übermäßige Körperbehaarung und öffnete die Augen weiter, um genau zu beobachten, wie Zeige- und Mittelfinger zwischen den glänzend schwarzen Löckchen verschwanden. Aki stellte ihre Füße weiter auseinander, um besseren Zugang zu ihrer eigenen Scham zu haben und schrie überrascht auf, als ihre Fingerkuppen unversehens dabei ihren angeschwollenen Kitzler streiften. Die Überraschung intensivierte das Gefühl, und Aki umkreiste die angeschwollene Knospe mit beiden Fingerkuppen. Sich selbst dabei zusehen zu können, wie sie immer erregter wurde, verschaffte ihr einen besonderen Kick, und sie zwang sich, mit offenen Augen ihr Spiegelbild zu betrachten. Mittlerweile glitzerte es zwischen den schwarzen Locken immer wieder auf. Akis Nässe ließ sich kaum mehr verbergen, aber wer, außer sie selbst, sollte es schon sehen? Sie lächelte bei dem Gedanken und gab sich ganz dem Anblick im Spiegel hin. Es war nicht mehr sie, die dort mit ihren Fingern ihre Perle umkreiste und wieder und wieder in sich selbst eindrang. Das dort war eine Fremde, die sich vollkommen gehen ließ, in dem Bewusstsein, dass ihre Lust nur ihr gehörte. Sie wusste genau, wo sie sich selbst berühren musste, an welchen Stellen sie fest und hart gerieben werden wollte, und an welchen nur ein zartes Streicheln nötig war, um sie vor Erregung beben zu lassen.

Dieses Zuschauen ließ Aki immer wieder aufkeuchen. Ihre Bemühungen um sich selbst wurden heftiger, sie selbst immer lauter. Schlussendlich hielt sie ihren eigenen Kosungen nicht mehr stand und legte den Kopf in den Nacken, um den Höhepunkt ihrer Lust herauszuschreien. Ihre Knie wurden weich, und Aki sackte auf den Bettrand. Sie fiel einfach hintenüber und sah an die Decke. Das hatte gut getan. Lächelnd drehte sie den Kopf zur Seite. Leises Rauschen ließ sie wieder aufschrecken. Die Badewanne! Sie sprang auf und lief schnell ins anliegende Zimmer. Noch gerade rechtzeitig konnte sie den Wasserhahn zudrehen. Der Wasserstand war schon gefährlich hoch, deswegen ließ sie etwas Wasser ab. Als sie anschließend in der Wanne lag und sich weiter entspannte, wanderten ihre Gedanken wieder zu ihrer Tante Miza. Die Japanerin hatte eine Souveränität ausgestrahlt, die Aki nicht kannte, und sie konnte sich einfach nicht vorstellen, wie diese Frau die Familie entehrt haben sollte. Eine Hure konnte sie unmöglich sein. Oder etwa doch?

Die Großmutter des Mädchens lebte am anderen Ende des Tals, am Rand des dunklen Waldes. „Hüte dich vor dem dunklen Wald", sagte ihre Mutter immer wieder zu ihr. „Wenn du vom rechten Pfad abkommst, lauern dort finstere Gestalten auf dich, die dir Böses wollen."

Es dauerte zwei weitere Tage, bis Aki die Zeit und auch den Mut fand, die Nummer auf Mizas Visitenkarte zu wählen. Sie befand sich in ihrer Mittagspause und hatte etwas Zeit zu überbrücken, da ihr nächstes Meeting erst in zwei Stunden stattfand. Aki saß deshalb im Park, hatte das Handy am Ohr und lauschte auf das Tuten. Der Tag war angenehm, und wäre sie nicht so aufgeregt wegen ihres Anrufs gewesen, hätte Aki die letzten Strahlen der Herbstsonne sicherlich genossen. Jetzt aber war sie ganz auf das Telefonat konzentriert. So sehr, dass sie zusammenzuckte, als sich jemand meldete. „Yamashida", sagte eine dunkle Stimme, und Aki atmete tief ein. „Tante Miza?"

„Aki-chan, schön, dass du mich doch anrufst."

Aki lächelte unwillkürlich. Aki-chan hatte sie außer ihrer Mutter noch nie jemand genannt „Ich wollte es schon früher tun, aber bisher war es zeitlich etwas eng", begann sie sich zu entschuldigen, auch wenn dafür überhaupt kein Anlass bestand. Sie biss sich schnell auf die Lippe, um nicht weiter in diese devote Haltung zu fallen. „Eigentlich wollte ich dich gerne zum Essen einladen"

„Was heißt ‚eigentlich'?", fragte Miza am anderen Ende der Leitung amüsiert.

Aki fuhr sich über das Gesicht. „Uneigentlich natürlich auch", sagte sie etwas gequält. „Mir geht es einfach darum, dich besser kennenzulernen, denn Mama hat dich nie erwähnt", fuhr sie ehrlicher fort.

„Natürlich", erwiderte Miza ohne den amüsierten Ton aus ihrer Stimme zu verlieren. „Wie sieht es mit jetzt aus? Hast du Zeit?"

Das kam unerwartet. „Ja", erwiderte Aki überrumpelt.

„Wunderbar! Treffen wir uns doch zu einem verspäteten Mittagessen. Ich lade dich ein. In zwanzig Minuten im ‚Fahrenheit'?"

Aki öffnete den Mund. Das ‚Fahrenheit' war ein teures Restaurant in der Nähe der Kö, Düsseldorfs Edelmeile. „Ich glaube … "

„Ich möchte dich gerne einladen", unterbrach Miza sie, bevor Aki weitersprechen konnte. „Du bist meine einzige Nichte, und ich möchte dich gerne verwöhnen."

„Tante Miza", setzte Aki ein weiteres Mal an – aber anscheinend nicht energisch genug – denn Miza tat, als hätte sie diesen Einwand gar nicht gehört. „Gut, in zwanzig Minuten am ‚Fahrenheit'", sagte sie fröhlich und legte auf. Aki starrte das Handy in ihrer Hand an, das nur noch leise tutete. Seufzend drückte sie die rote Hörertaste und steckte es wieder ein. Anscheinend war Tante Miza kein Mensch, mit dem man sich streiten sollte.

Kurze Zeit später wartete sie vor dem Restaurant. Sie war zu früh dran, wollte aber nicht alleine hineingehen. So lief sie also immer wieder den Bürgersteig entlang und hielt Ausschau nach der schlanken Silhouette ihrer Tante.

Ein lautes Motorengeräusch ließ sie aufsehen. Das Geräusch stammte von einem schwarzen Mercedes, der gerade in die Straße einbog. Der Fahrer hatte anscheinend Schwierigkeiten mit dem edlen Wagen, denn er ruckte und bewegte sich nur abgehackt. Aus dem Aufheulen wurde ein gequältes Kreischen. Aki verzog das Gesicht. „Sachte mit der Kupplung", murmelte sie und beobachtete, wie sich das Fahrzeug langsam dem Restaurant näherte. Hinter dem Steuer erkannte sie einen Mann, der immer wieder mit der Kupplung hantierte. Da er sich kaum auf die Straße, sondern mehr auf die Technik des Autos konzentrierte, konnte sie sein Gesicht nur im Profil sehen. Er fluchte lauthals, und seine Beifahrerin lachte herzlich über seinen Ärger. Aki verwunderte es nicht, dass es sich bei der Dame um ihre Tante Miza handelte.

Der Mercedes glitt schließlich an den Bordstein und blieb stehen. Die Beifahrertür wurde schwungvoll aufgerissen, und Miza stieg aus. Die schwarzen Locken hatte sie zu einem lässig aussehenden Pferdeschwanz zusammengebunden und sich selbst in einen Dufflecoat gehüllt. Auf ihrer schmalen Nase prangte eine übergroße Sonnenbrille, die fast ihr gesamtes Gesicht verdeckte. Als sie Aki erspähte, nahm sie sie ab und strahlte. „Aki-chan", rief sie zufrieden und kam auf die Angesprochene zu, um sie zu umarmen und auf die Wange zu küssen. „Schön, dass du da bist."

Aki lächelte – halb aus Verlegenheit, halb aus Freude. Miza war ganz anders als ihre Mutter, und es fühlte sich seltsam, aber sehr gut an, eine andere Seite ihrer japanischen Herkunft kennenzulernen. Anscheinend waren nicht alle Frauen aus ihrem Heimatland so streng und auf ihren Ruf bedacht wie ihre Mutter. Aki war in Deutschland aufgewachsen, und so kam es immer wieder vor, dass sie neue Facetten am Herkunftsland ihrer Mutter entdeckte.

Sie wollte den Gruß gerade erwidern, als sich auch die Fahrertür des Wagens öffnete, und der Mann mit dem Schaltproblem ausstieg. Er wirkte noch immer wütend auf den Wagen, aber es kleidete ihn. Sein Unmut verlieh seinem kantig geschnittenem Gesicht den Touch eines tragischen Helden, und sein leichter Drei-Tage Bart unterstrich das, als wäre es Absicht gewesen, dass er sich über sein Auto ärgern würde. Ähnlich wie Miza war er ansprechend, aber nicht zu schrill gekleidet. Über der einfachen Hose und dem grauen Pullover trug er einen weinroten Schal und einen schwarzen Mantel. Die steile Zornesfalte zwischen seinen dichten braunen Augenbrauen verschwand, als sein Blick auf Aki fiel. Er kam näher und nickte ihr leicht zu. Sie konnte nicht anders; sie musste das Lächeln einfach erwidern.

„Lucius, ich will dir meine Nichte vorstellen", strahlte Miza und deutete auf Aki. „Akai Langfeld. Aki, das ist mein Chef, Lucius Wiesmann."

Das Lächeln des Mannes vertiefte sich, er reichte Aki die Hand, die sie ergriff und leicht schüttelte. „Sehr erfreut", murmelte sie.

„Ganz mein Vergnügen", schmunzelte er. „Miza hat bisher niemals eine Nichte erwähnt."

„Wir haben uns erst vor Kurzem … kennengelernt", erwiderte Aki und schlug innerlich die Hand vor die Stirn.

Wir haben uns vor Kurzem kennengelernt.

Welche Art von Antwort war das denn?! Lucius schien es ihr aber nicht übelzunehmen, seine Augen funkelten amüsiert. „Interessante Art, Verwandtschaft zu machen", sagte er, und der tiefe, weiche Klang seiner Stimme jagte einen heißen Schauer über ihren Rücken. Sein Blick lag aufmerksam auf ihr, und für einen kurzen Augenblick meinte sie, etwas Leuchtendes – wie hellen Bernstein – in seinen Augen zu sehen.

„Die Verwandtschaft würden wir jetzt gerne vertiefen", fuhr Mizas Stimme dazwischen und zerriss den Bann, in dem Aki sich befand. Sie räusperte sich und senkte den Blick. Lucius wandte sich an Miza. Er sagte leise etwas zu ihr, bevor er sich wieder Aki zuwandte und ihr abermals zunickte. „Auf Wiedersehen … Aki."

„Auf … auf Wiedersehen." Sie lächelte schwach und sah ihm nach, wie er in den Mercedes stieg und davonfuhr.

„Er wird es nie lernen", seufzte Miza, während sie Aki in das Innere des Restaurants führte. Sie hatte bereits im Voraus einen Tisch bestellt. Dort wurden sie direkt hingeführt und sahen durch das Fenster dem Treiben auf der Kö zu.

„Was meintest du damit, er würde es nie lernen?", fragte Aki, während Miza sich zurechtrückte.

„Mhm? Oh, seine Fahrkünste. Lucius hat die letzten Jahre in seiner Heimat Amerika verbracht und hat dabei wohl verlernt, wie man einen Wagen ohne Automatik fährt. Aber als Dickkopf, der er ist, muss er in Deutschland ja unbedingt eine Gangschaltung haben", schmunzelte sie und nahm die Karte entgegen, die der Kellner ihr reichte. Aki tat es ihr nach und warf einen Blick hinein. Beim Anblick der Preise musste sie schlucken. Trotzdem wagte sie einen neuen Versuch: „Tante Miza, was die Einladung angeht … "

Die schüttelte den Kopf und sah Aki sehr ernst an. „Man redet nicht über Geld", sagte sie. „Und wenn du eingeladen wirst, solltest du das annehmen." Das klang streng und war ein Ton, der eindeutig bewies, dass Midori und Miza Schwestern waren. Aki seufzte leise und hob die Karte wieder an. Sie bestellte ein leichtes Fischgericht. Miza schwatzte ihr noch eine überteuerte Vorspeise auf und bestellte auch den passenden Wein dazu. Aki fühlte sich dabei unwohl, aber nach der Rüge wagte sie nicht noch einmal, das Thema anzuschneiden. Miza schien es ebenfalls für beendet zu sehen, denn sie stützte ihr Kinn auf ihre verflochtenen Hände und sah Aki fröhlich an. „Du hast sicher Fragen, oder?", begann sie sanfter als erwartet.

Aki lächelte und nickte. „Ich bin mir nicht sicher, wie weit ich nachfragen kann. Anscheinend gab es zwischen dir und meiner Mutter viel böses Blut."

Über das schöne Gesicht ihrer Tante huschte ein Schatten. „Sie hat mich niemals erwähnt, nehme ich an", sagte sie und räusperte sich. Aki nickte. „Ich bin bisher der Meinung gewesen, dass ich außer meiner Mutter keine lebenden Verwandten mehr habe."

„So schlimm war es also." Miza sah nicht auf, als der Kellner ihnen den kühlen Riesling einschenkte und dann wieder verschwand. „Deine Mutter und ich haben seit fast zwanzig Jahren kein Wort mehr miteinander gewechselt", sagte sie schließlich. Aki schluckte. Der Bruch zwischen den Schwestern schien sehr tief zu sein, wenn sie so lange keinen Kontakt gehabt hatten. Nicht einmal die Geburt ihrer Tochter schien Midori dazu bewegt zu haben, sich bei ihrer älteren Schwester zu melden. ´

„Ich war damals sehr jung, gerade sechzehn Jahre alt. Wir lebten in einem Vorort von Tokio. Warst du schon einmal dort?"

Aki nickte. „Zwei- oder dreimal, als mein Vater noch lebte."

„Dann hast du vielleicht mitbekommen, wie es in den Familien dort zugeht. Zu der Zeit, als Midori und ich in die Pubertät kamen, war es sehr streng. Ich hatte oft das Gefühl zu ersticken, eingeklemmt zwischen prügelnden Lehrern und unseren Eltern, die uns bei jedem Schritt kontrollierten. Ich wollte selbstständig werden und meine", sie lächelte, „innersten Bedürfnisse ausleben. Also verließ ich unser Zuhause und zog mit meinem damaligen Freund zusammen."

„Und deswegen ist meine Mutter so wütend auf dich?", fragte Aki verwirrt und nippte probeweise an ihrem Wein. Er prickelte auf der Zunge, und sie nahm noch einen Schluck.

„Nein, nicht nur deswegen. Dass ich sie einfach verließ war schlimm für sie, aber nicht so schlimm, dass sie zwei Jahrzehnte kein Wort mehr mit mir wechseln würde. Was sie derart verärgerte, und was auch unsere Eltern dazu bewog, mich innerhalb der Familie nicht mehr zu erwähnen, war mein Beruf. Ich sagte dir ja, dass ich besondere Bedürfnisse hatte. Also suchte ich mir eine Arbeit, in der ich mich ausleben konnte."

Aki runzelte die Stirn. Ihre Tante lachte bei dem Anblick. „Was denkst du?"

„Du wurdest zur Hure?", rutschte es Aki heraus. Sie wurde rot. „Entschuldige, ich wollte nicht … "

„Du liegst nicht ganz falsch", erwiderte Miza ruhig. „Ich arbeitete als professionelle Domina."

Aki wäre fast das Glas aus der Hand gefallen, und sie starrte die elegante Frau vor sich groß an. Tausend Fragen lagen ihr auf der Zunge – aber alles, was sie hervorbringen konnte war: „Domina?"

Miza schien sich an ihrer Fassungslosigkeit zu weiden. „Ja, Domina", erwiderte sie.

„Das … also … " Aki trank hastig noch einen Schluck Wein. Sie war nicht so entsetzt, wie ihre Tante es vielleicht gerade annahm. Vielmehr spürte sie eine leise Faszination in sich erwachen.

„Das heißt, du peitscht Männer aus und folterst sie?", fragte sie dennoch skeptisch. Miza schüttelte den Kopf. „Es ist kein sinnloses Verprügeln und Quälen, wenn es um die Beziehung einer Domina und ihrem Herrn geht", sagte sie sehr ernst. „Im Gegenteil – diese Beziehung basiert zu allererst auf Vertrauen. Vieles geschieht im Kopf. Das muss ich in meinem Beruf steuern können."

Aki legte den Kopf leicht schief. „Und Lucius ist dann dein Zuhälter?"

Wieder schüttelte Miza den Kopf. „Lucius ist der Besitzer eines Clubs, für den ich arbeite. Er bietet an den Wochenenden Veranstaltungen für die besser betuchten Bürger an und engagiert feste Mitarbeiter, die auf diesen Veranstaltungen den Gästen, nun ja, zur Hand gehen und das Abendprogramm bestreiten."

„Klingt für mich doch nach Bordell", erwiderte Aki.

„Du solltest es dir vielleicht selbst anschauen, damit du siehst, was für eine Art Club es ist", schlug Miza vor. Aki fuhr zurück, und diesmal war es an ihr, heftig den Kopf zu schütteln. „Nein. Nein, das ist nichts für mich."

„Du solltest das nicht zu schnell sagen", beruhigte Miza sie. „Ich möchte es dir nur anbieten, damit du dir selbst einen Überblick verschaffen kannst. Und natürlich ist Lucius da."

Aki fühlte sich ertappt, weil ihre Tante zu deutlich bemerkt hatte, dass der große, breitschultrige Mann nicht ganz ohne Wirkung auf Akis Gemütszustand gewesen war. „Ich weiß nicht", murmelte sie trotz allem. Miza sah auf, weil ihnen in diesem Augenblick ihr Essen serviert wurde. „Fühl dich nicht unter Druck gesetzt", sagte sie und zog einen Notizblock aus der Tasche. Sie kritzelte etwas darauf und reichte den zusammengefalteten Zettel ihrer Nichte. „Dort steht der Termin der nächsten Party und die Adresse", sagte sie. „Wenn du Lust hast, komm einfach hin und schau es dir an, wenn nicht, lass es einfach bleiben." Sie zwinkerte Aki aufmunternd zu. „Die Hauptsache ist, dass du keinen zu großen Schreck bekommen hast, um deine Tante genauso schnell wieder zu vergessen, wie es deine Mutter getan hat."

Aki schmunzelte. „Keine Sorge, das wird ganz sicher nicht geschehen."

Miza zwinkerte und begann zu essen.

Das Datum auf dem Zettel war der kommende Freitag. Aki trug ihn in ihrer Manteltasche und hatte den Rest der Woche das Gefühl, als würde das Papier aus glühender Kohle bestehen und eine unwirkliche Hitze in ihrer Tasche verbreiten. Sie hatte ihn immer wieder hervorgeholt: Bei der Arbeit in einer ruhigen Minute, während der Fahrt in der Bahn, oder wenn sie abends allein zu Hause war. Ihrer Mutter hatte sie nichts von ihrem Treffen mit Miza erzählt und auch mit ihren Freundinnen, mit denen sie sich im Laufe der Woche traf, sprach sie nicht darüber. Mizas Worte hatten sie neugierig gemacht, und der Hinweis auf Lucius übte einen ganz besonderen Reiz aus. Aki musste bei der Erinnerung an seine eher spärlichen Künste am Steuer lächeln. Sobald sie aber an seinen Blick dachte, mit dem er sie gemustert hatte, wandelte sich das Lächeln zu Schaudern. Da war etwas Hungriges in seinen Augen gewesen, und Aki wurde das Gefühl nicht los, dass ein Raubtier hinter diesen Augen lauerte, deren Farbe sich einfach nicht genau bestimmen ließ.

Sie war die Beute, aber nur, wenn sie es selbst wollte. Das spürte sie genau.

Freitagnachmittag war sie nervöser denn je. Sie hatte sich noch immer nicht bewusst für oder gegen die Party entschieden und traute sich auch nicht, Miza anzurufen. Würde sie zusagen und dann doch nicht kommen, wäre ihr das unsäglich peinlich, und sie würde ihre Tante enttäuschen. Würde sie absagen, wäre Miza sicher von vornherein enttäuscht. Außerdem würde sie sich selbst wie ein Feigling fühlen. Aber wollte sie wirklich in diesen Club? Was, wenn Lucius sich als perverser Lederkerl entpuppte, der wild die Peitsche schwingend durch den Club lief, und Miza einfach die weibliche Variante zu ihm darstellte? Das Bild war albern und reizte Aki zum Lachen, aber ihre Sorgen blieben. Sie sah auf den Zettel, den sie vor sich auf dem Küchentisch ausgebreitet hatte. Die Adresse des Clubs war nicht allzu weit entfernt. Sie konnte einen kleinen Spaziergang machen, sich den Club von außen ansehen und dann wieder verschwinden. Niemand würde sie sehen, und sie könnte sich einen flüchtigen Eindruck verschaffen. Es hieß ja nicht, dass sie deswegen gleich hineingehen musste!

Der Gedanke beruhigte sie. Genau so würde sie es machen. Sie ging ins Bad, schminkte sich und zog dann ihre einfache Hauskleidung aus. Sie entschied sich jetzt für ein rotes Kleid, das ihre schlanke Figur betonte. Ein Push-up sollte von ihren ein wenig zu klein geratenen Brüsten ablenken. Als sie sich so sah, runzelte sie die Stirn.

Irgendetwas fehlte. Sie konnte nicht genau benennen was, aber das kurze Kleid und die passenden Pumps verlangten nach mehr. Aki wandte sich vom Schlafzimmerspiegel ab und holte ihre Schminktasche aus dem Bad. Hastig kramte sie darin herum und förderte schließlich einen roten Lippenstift zutage. Sie drehte ihn nahezu ehrfürchtig auf und malte ihre vollen Lippen mit der sinnlichen Farbe an. Prüfend musterte sie sich ein zweites Mal im Spiegel und nickte zufrieden. Das war der richtige, letzte Akzent gewesen.

Eines Tages wurde Rotkäppchen geschickt, um ihre Großmutter zu besuchen. „Aber hüte dich vor dem dunklen Wald", ermahnte sie die Mutter noch einmal, „und lass dich nicht vom rechten Pfad abbringen."

Das Mädchen nickte gehorsam. Aber auf ihrem Weg sah sie ein paar hübsche Blumen und verließ den Pfad, um sie sich genauer anzuschauen. Immer weiter entfernte sie sich vom schützenden Pfad und begegnete im tiefen, dunklen Wald dem Wolf ...

Aki wickelte den Mantel fester um sich und merkte selbst, wie ihre Schritte immer langsamer wurden. Sie war ihrer Mutter im Treppenhaus begegnet und hatte sich möglichst schnell wieder verabschiedet. Midori hatte misstrauisch ausgesehen, aber Aki war verschwunden, ehe ihre Mutter sie festnageln konnte. Jetzt war sie fast vor dem Club. Ihr Mut sank mit jedem Schritt. Was, um Himmels Willen, wollte sie hier? Es war bereits nach zehn Uhr – noch war es nicht zu spät umzukehren und sich die Schminke aus dem Gesicht zu waschen. Gegen einen ruhigen Abend auf der Couch war nichts einzuwenden ...

Ein Auto fuhr heran und hupte. Aki ging einen Schritt zur Seite, um dem Fahrer Platz zu machen, aber das schien ihm nicht zu reichen. Er hupte noch einmal. „Ich bin schon … ", setzte sie zu einem wütenden Kommentar an und brach ab, als sie den Wagen erkannte. Nur hatte er bei ihrer letzten Begegnung schmerzlich aufgeheult. Der Motor wurde abgestellt, und die Fahrertür öffnete sich. Lucius sah noch genauso atemberaubend aus, wie Aki ihn in Erinnerung hatte. Er trug einen burgunderfarbenen, dünnen Rollkragenpullover und darüber ein braunes Jackett. Die dunklen Haare hatte er sich aus der Stirn gekämmt, aber einige vorwitzige Strähnen hingen ihm trotz allem noch über den Augenbrauen. Er lächelte, und selbst aus der Entfernung zwischen ihnen sah sie die winzigen Grübchen. Er kam auf sie zu, und einmal mehr blitzte das geschmeidige Raubtier vor ihrem inneren Auge auf, das sie auch bei ihrem ersten

Zusammentreffen gesehen hatte. Ein Tiger vielleicht, oder … nein, ein Wolf. Ein großer, mächtiger Wolf, dessen grün-goldene Augen sie fixierten, und der sie zu ihrer nächsten Beute auserkoren hatte – Aki schauderte.

Lucius blieb vor ihr stehen. „Eine angenehmere Überraschung hätte ich mir für heute Abend nicht wünschen können", sagte er. Der leise Spott in seiner Stimme nahm seinen Worten das Glatte. Doch sie spürte, dass darin ein Quäntchen Wahrheit steckte.

Vielleicht sogar mehr als ein Quäntchen, hoffte sie und erwiderte sein Lächeln.

„Kommen Sie jetzt besser mit Ihrem Wagen zurecht?"

Seine Miene bekam etwas Gequältes, und er rieb sich verlegen über das Ohrläppchen. „Ah, anscheinend hat Miza schon meine schlechten Fahrkünste hervorgehoben?"

„Eigentlich habe ich mir schon selbst einen ganz guten Eindruck verschaffen können", lächelte sie.

„So schlimm?"

„Das Auto tat mir leid."

Er seufzte leise. „Bringen Sie mir bei, wie es besser geht", sagte er freundlich und fasste ihre Hand. Diese winzige Berührung reichte aus, damit sich Akis Nackenhaare aufstellten, und sie ungewollt tiefer einatmete. Die Reaktion blieb ihm nicht verborgen. Sein Lächeln vertiefte sich, und er drückte leicht ihre Finger, während er sie zu seinem Wagen führte. „Sie wollten doch sicher ins ‚Dark Forrest'", plauderte er freundlich und öffnete die Beifahrertür, um die vollkommen gebannte Aki Platz nehmen zu lassen. Sie ließ sich auf den hellen Ledersitz sinken und wartete, bis auch er wieder am Steuer saß. „Eigentlich war ich mir noch nicht sicher", antwortete sie wesentlich kleinlauter als noch zuvor.

„Wir sind fast da – also, wie fange ich an?", fragte er und ignorierte offensichtlich ihr Unbehagen.

Aki sah ihn an, als ob er den Verstand verloren hatte, aber er grinste nur leicht und entblößte damit zwei übermäßig spitze Eckzähne. Nicht unnatürlich groß, aber sie waren spitz und fielen dadurch auf. Aki senkte den Blick. „Starten Sie den Wagen."

Er drehte den Schlüssel im Zündschloss und nahm dann ihre Hand, um sie auf seine zu legen, die den Schaltknüppel umfasst hielt.

„Und nun?"

Bei diesem neuerlichen Hautkontakt schauderte sie abermals und drückte ihre Hand fester auf seine. Sie wusste erst nicht ganz, was er wollte, aber als er aufmunternd auf ihre Hände deutete, bewegte sie ihre nach links und nach oben. Der erste Gang rastete ein, und er betätigte die Pedale, so dass sich die teure Karosserie bewegte. Er beschleunigte, Aki schob seine Hand sanft weiter – erst in den zweiten und als er schneller fuhr, in den dritten Gang.

Es dauerte nicht lange, und sie erreichten eine alte Fabrik. Die Außenfassade zeigte die Spuren von jahrzehntelangem Ruß und Qualm, die Umgebung war reines Brachland. Einige dürre Sträucher und hartnäckiges Gras sprossen aus dem Boden. Der Parkplatz war voll mit teuren Wagen, die vor dem Eingangstor standen. Es war fest verschlossen, aber eine Traube von Menschen stand davor. Die verschlossene Tür öffnete sich in unregelmäßigen Abständen und einige der Leute wurden hereingelassen, während andere herauskamen.

Lucius fuhr den Mercedes ohne weitere Schwierigkeiten in eine etwas abseits gelegene Parklücke und schaltete den Motor ab. Aki öffnete ihre Tür und stieg aus. Kalter Wind empfing sie und ließ sie frösteln. Dann stand er an ihrer Seite und fasste ihren Arm. „Gleich wird es wärmer werden", versprach er und bot ihr seinen eigenen Arm an. Seine Augen blitzten dabei, und Aki konnte noch immer nicht genau sagen, ob sie grün oder bernsteinfarben waren. Sicher war nur, dass sein Blick ausreichte, um ihre Knie zittern zu lassen.

Er führte sie über den Parkplatz an den wartenden Menschen vorbei und hielt vor dem Tor. Mit der Faust klopfte er einen kurzen Schlagrhythmus, und die Stahltür schwang auf. Durch den offenen Spalt quoll angenehm warmes Kerzenlicht. Mit ihm kam auch wummernder Bass, so laut, dass Aki ihn eher spürte, als hörte. Selbst ihre Absätze vibrierten.

Sie traten ein und wurden von einem bulligen Türsteher begrüßt. Er nickte Aki freundlich zu und murmelte etwas in Richtung Lucius, der feine Ohren zu haben schien, denn für Aki gingen die Worte im Bass der Musik verloren. Aber ihr Begleiter nickte, beugte sich vor und antwortete in das Ohr des Türstehers. Dann zog er sie sanft mit sich, tiefer in das Innere der Fabrik hinein.

Sie befanden sich in einem Vorraum. Die Decke war hoch, der Raum selbst aber eher klein und kreisrund. Direkt vor ihnen versperrte ein roter, schwerer Samtvorhang den Weg. Ein kleiner Alkoven befand sich neben ihnen, in dem ein junger Mann stand. Lucius ließ Aki los und trat hinter sie, um ihr den Mantel abzunehmen. Sie versteifte sich, aber der Wollmantel rutschte schnell von ihren Schultern. Lucius gab ihn an den jungen Mann und schob dann den Vorhang beiseite. Der Lärm der Musik steigerte sich abrupt, und Aki sah jetzt auch den Grund dafür. Hinter dem Vorhang befand sich eine der ehemaligen Produktionshallen, brechend voll mit zuckenden Körpern, die sich im Takt der Musik bewegten und sich in Ekstase tanzten. An der Stirnseite befand sich das Pult des DJs, der immer neue Klänge unter den gleichbleibenden Beat mischte, und Laserlichter tanzten durch die ansonst dunkle Halle. Es war ein scharfer Kontrast zu dem kerzenbeleuchteten Vorraum, und der Lärm, die Musik und die tanzenden Clubbesucher trafen Aki wie eine Wand. Lucius Lippen streiften ihr Ohr. „Das Tagesgeschäft", raunte er und zog sie weiter. Er musste Augen wie eine Katze haben, denn ohne Mühe führte er sie an den schwitzenden und stampfenden Leibern vorbei zu einer weiteren Tür. Er öffnete sie und schob Aki hindurch. Als sie hinter ihnen beiden wieder ins Schloss fiel, war der Lärm wie mit einem Messer abgeschnitten. Die plötzliche Stille dröhnte in ihren Ohren.

Aki kam gar nicht dazu, sich umzusehen. Sie lehnte mit geschlossenen Augen an der Wand und versuchte ihren Atem zu beruhigen. In ihrem Kopf drehte sich alles.

„Bleib wach, Rotkäppchen", hörte sie plötzlich Lucius Stimme, und sie schlug die Augen auf. „Rotkäppchen?"

„Ist das nicht der Ursprung deines Namens?" Er war unglaublich nah bei ihr. Sie konnte die winzigen Haarstoppel auf seinen Wangen sehen, und die Mischung seines Körperdufts und seines Aftershaves stieg ihr in die Nase. Die Mischung war wild, herb und würzig. Seine Lippen waren einen Spaltbreit geöffnet und glänzten feucht.

Akis Augen verengten sich leicht. „Was hat dir meine Tante noch erzählt?", flüsterte sie.

Lucius stützte seine Hand gegen die Wand und beugte sich tiefer. Würde Aki sich ihm entgegenneigen, hätte sie ihn ohne Mühe küssen können. Sie senkte den Blick. Diesen Mann sah sie zum zweiten Mal in ihrem Leben, wie konnte sie da an seine Küsse denken?

Lucius schien zu spüren, dass der Bann gebrochen war und richtete sich wieder auf. Jetzt erst nahm sie den Raum, in dem sie sich befanden, wirklich wahr. Er war hell ausgeleuchtet. Außer einigen großen roten Sesseln und einer gepolsterten Liege befand sich nichts darin. Eine schmale Wendeltreppe führte aus dem Raum nach oben. „Komm, ich zeige dir den Club", sagte Lucius und bot ihr seine Hand an. Vertrauensvoller als noch zuvor ergriff Aki sie und ging mit ihm die Treppe hinauf. Oben kamen sie an einer Art Balkon heraus. Sie befanden sich nun hoch über den Köpfen der tanzenden Meute. Aki konnte von ihrer Position aus auf die tanzende Menge heruntersehen. Neben ihnen war eine niedrige Mauer, die sich, je weiter sie gingen, absenkte. Endlich konnte sie darüber hinwegsehen und bekam große Augen. Auch auf der rechten Seite des Balkons befand sich eine Halle mit tanzenden Menschen, aber die Kleidung und die Unterhaltung unterschieden sich deutlich. Wo das Outfit der tanzhungrigen Clubbesucher knapp und sexy war – aber alles bedeckte – schien der Dresscode auf der anderen Seite der Halle eher darauf abzuzielen, die körperlichen Vorzüge der Gäste hervorzuheben. Unterwäsche und Dessous sollten nicht verdecken, sondern lenkten den Blick gezielt auf Brüste, Schwänze und offene Spalten jeder Art. „Wir haben die große Halle damals teilen lassen", sagte Lucius über den Lärm hinweg. „So haben sowohl normale Besucher als auch spezielle Kunden etwas von der Musik."

Aki konnte den Mund gar nicht mehr schließen. Sie war stehen geblieben und starrte auf die Tänzer unter sich. Einige Lautsprecherboxen waren an der Stirnseite der Halle aufgestellt, die die Musik aus der Nebenhalle übertrugen. An den Seiten waren schmale Bühnen aufgebaut. Auf beiden befanden sich zwei Andreas-Kreuze, an denen jeweils ein Mann und eine Frau befestigt waren. Sie hatten einen Gummiball im Mund, der an einer Schnur befestigt war. Neben dem Mann befand sich eine in schwarz und rotes Leder gekleidete Domina und fuhr ihm spielerisch mit dem Griff ihrer Peitschte über die Nippel, nur um sie einen Wimpernschlag später lang zu ziehen. Die Frau an dem Andreas-Kreuz wurde von einem breitschultrigen Mann mit den Fingern bearbeitet. Er schien sie schon weit getrieben zu haben, denn ihr Kopf bewegte sich wild hin und her.

Lucius berührte sie wieder am Arm. „Das ist nur ein Vorgeschmack – ich möchte dir etwas anderes zeigen", sagte er. Aki wusste nicht, ob es sein heißer Atem auf ihrem bloßen Nacken oder seine Worte waren, die ihr eine Gänsehaut verursachten. Sie ließ sich aber gehorsam führen, bis sie das Ende des Balkons und der Halle erreichten. Dahinter befand sich ein größerer Raum. Er war dunkel. Nur einige Monitore verbreiteten flackerndes Licht, die kreisförmig an der Decke befestigt waren. In der Mitte des Zimmers befand sich ein bequemer Sessel. Lucius bat Aki sich zu setzen, und sie machte es sich bequem. Er blieb hinter ihr stehen und drehte den Sessel zu einem bestimmten Monitor hin. Darauf war ein Mann zu sehen, der auf einer Art improvisiertem Frauenarztstuhl festgeschnallt war. Er war nackt, und sein Körper zeugte von intensivem Sport. Die Muskeln glänzten im Licht der Lampe. Seine starken Schenkel wirkten viel zu groß für die Schalen, in denen sie steckten, aber er schien seine Behandlung zu genießen. Sein Gesicht spiegelte deutlich seine Lust wider, ebenso wie sein Penis, der steif zwischen seinen gespreizten Beinen emporragte. Anscheinend war an diesem Muskelmann nichts klein.

Aki wurde rot, als sie diese Szenerie sah und wollte den Blick abwenden, aber Lucius hielt ihr Kinn fest und dirigierte ihren Blick zurück auf den Monitor. „Ich dachte, du würdest gerne deine Tante sehen", sagte er. Tatsächlich trat – wie auf Kommando – Miza aus einer dunklen Ecke zu dem angeschnallten Mann hin. Sie trug einen Catsuit aus grünem Latex und eine schwarze Taillencorsage, die ihre schlanke Figur noch zierlicher und fraulicher wirken ließ. Ihre Locken fielen weich über ihren Rücken, und ließen sie zehn Jahre jünger aussehen.

Auch der Mann hatte jetzt ihr Kommen bemerkt. Er sah sie mit großen Augen an, und sein zitterndes Glied verriet seine Vorfreude. Miza stellte sich zwischen seine Beine. Sie sagte etwas, aber der Monitor gab keinen Ton wieder.

„Willst du zuhören?" Lucius hatte die Arme auf der Lehne des Sessels gekreuzt und sah auf Aki hinunter. Die war vollkommen gebannt von dem Geschehen auf dem Bildschirm und schreckte auf. „Zuhören?", hauchte sie. Lucius lachte leise und öffnete eine der Armlehnen des Sessels. Darin befand sich eine Fernbedienung. Er betätigte einen Knopf und schweres Atmen erfüllte nun den Raum. Miza hatte inzwischen den langen Penis des Mannes gepackt und strich daran auf und ab. „Habe ich dir erlaubt, deinen jämmerlichen Schwanz so groß werden zu lassen?", fragte sie mit eisigem Ton. Ihr Opfer wand sich dagegen umso hitziger unter ihren Händen.

„Habe ich es dir erlaubt?!" Mizas Stimme wurde schneidend.

„Nein, Herrin", wimmerte der Mann und stieß seine Hüften immer wieder gegen ihre Hand.

„Und was ist dann das hier?", fuhr sie in gleichem Tonfall fort, ohne ihr Reiben zu unterbrechen.

„Mein … mein Schwanz", keuchte der Mann unter ihr. Sein Gesicht lief rot an, und sein Penis schien in Mizas Händen noch einmal an Umfang und Länge zuzunehmen. Er stand kurz vor seinem Höhepunkt.

Miza ließ ihn urplötzlich los und trat einen Schritt zurück. Er knurrte frustriert auf und hob den Kopf an. „Herrin", wimmerte er bettelnd.

Aki presste ihre Schenkel zusammen. Ihre Tante, die zierliche, kleine Miza beherrschte diesen Hünen vollkommen. Er war ein bettelndes, sich windendes Häuflein Lust. Der Kontrast ließ sie feucht werden, und Aki musste sich eingestehen, dass sie sehen wollte, was Miza weiter vorhatte. Dass diese ihre Tante war, und dass Lucius hinter ihr stand, hatte sie vollkommen vergessen. Sie konzentrierte sich nur noch auf die Hitze in ihrem Schoß und das Geschehen auf dem Bildschirm.

Miza hatte mittlerweile eine kurze Peitsche hervorgeholt. Andere Spielzeuge hingen an der Wand gegenüber des Stuhls, fein säuberlich an Haken aufgehängt. Die Peitsche in Mizas Händen bestand aus vielen kurzen Lederriemen, nicht länger als ihr Unterarm. Der Anblick des Schlaggerätes ließen dem angeschnallten Mann die Augen übergehen. Miza näherte sich ihm wieder und strich mit den losen Enden über sein zitterndes Geschlecht. Er japste und kämpfte erstmals gegen seine Fesseln an. Zwecklos.

Miza streichelte ihn weiter. Dann zog sie in einer geübten Bewegung die Riemen der Peitsche lang, holte aus und ließ sie wieder auf das pochende, heiße Fleisch fallen. Der Schlag war nicht sehr fest ausgeführt – er machte kaum ein Geräusch. Aber der pochende Schwanz des Hünen war übersensibel, und der Mann heulte laut auf. Das Geräusch ließ Aki zusammenfahren; Miza aber stachelte es nur an, den Schlag zu wiederholen. Diesmal traf er die prall abstehenden Hoden. Das Heulen wiederholte sich und wurde zu lautem Stöhnen. Mizas Arm bewegte sich nun in kurzen, schnellen Abfolgen und traf gezielt die Oberschenkel, den Bauch und immer wieder den zuckenden Penis des angeschnallten Mannes. Er gab heisere, raue Laute von sich und bewegte sein Becken in pumpenden Bewegungen, als würde er in eine Frau stoßen. Tatsächlich reckte er sich aber nur weiter den Schlägen entgegen.

Nach einer Weile ließ Miza von ihm ab. Sie brachte die Peitsche zurück an ihren Platz und ließ ihrem Sklaven so die Möglichkeit, wieder zu Atem zu kommen. Er war noch nicht gekommen, noch immer stand sein Penis zwischen seinen Beinen steif empor. Die Peitsche hatte rote Male hinterlassen, aber sie verblassten bereits wieder. Miza hatte vollste Kontrolle über ihre Schläge gehabt. Sie kam wieder zurück, die Hände hinter dem Rücken versteckt, so dass weder der Mann noch Aki im Monitor etwas sehen konnte. Auf dem Gesicht der Domina lag ein leichtes Lächeln. „Du hat deine Strafe wie ein Mann genommen", sagte sie zufrieden und brachte ihre Hände nach vorn. Darin hielt sie etwas, was wie eine Schlange mit Kugeln aussah, und eine Tube mit durchsichtigem Inhalt. Die harte Bauchdecke des Mannes hob und senkte sich in raschem Rhythmus. Er gab ein erwartungsvolles Wimmern von sich, und sein durchtrainierter Körper spannte sich an. Miza tätschelte seine Erektion wie einen Hund. „Gut machst du das", schnurrte sie und streifte sich ein schwarzes Paar Latexhandschuhe über. Das Spielzeug hatte sie auf seinem Bauch abgelegt, und er atmete möglichst flach, um es nicht herunterfallen zu lassen.

„Was ist das?", fragte Aki atemlos, als Miza das schlangenähnliche Ding nahm und es mit dem Inhalt der Tube einrieb.

„Eine Analkette", erwiderte Lucius. „Die Kugeln sind aus Metall und werden zum Ende hin immer dicker."

„Anal … sie will doch nicht etwa … " Aki blieb der Mund offen stehen.

Lucius Hand senkte sich auf ihre Wange. „Jonas ist Leiter einer Bankfiliale", raunte er dabei, während das Schmatzen des Gleitgels aus dem Bildschirm drang. „Er lässt sich ab und an gerne daran erinnern, dass er nicht immer die Zügel in der Hand hält."

„Aber … steht er nicht auf Frauen?", fragte Aki, noch immer entsetzt und fasziniert von dem Gedanken, dass sich ein Mann etwas in den Hintern schieben ließ.

„Das hat damit nichts zu tun", lachte Lucius leise. „Sieh genau hin, Rotkäppchen. Sieh dir an, wie er Miza anschaut."

Mit einem letzten Streicheln über ihre Wange dirigierte er Akis Blick wieder auf den Monitor. Sie sah jetzt genauer hin, beobachtete das Mienenspiel Jonas', als Miza seinen Anus zu massieren und zu weiten begann. Gier leuchtete in seinen Augen auf, ebenso wie Bewunderung und grenzenloses Vertrauen. Aki hätte diesen Blick niemals bei einem Mann erwartet, der gerade eine Frau ansah, die ihn Minuten vorher noch ausgepeitscht hatte. Aber die Übertragung dieses Mienenspiels sprach eine deutliche Sprache.

Miza führte behutsam die erste und kleinste der Kugeln in Jonas' vorbereiteten Hintern ein. Er biss die Zähne zusammen und stemmte sich in die Beinschalen, die ihn hielten. „Sch", schnurrte seine Herrin leise und streichelte mit der Hand sein zuckendes Glied.

„Darum geht es", drang wieder Lucius Stimme an Akis Ohr. „Vertrauen. Wer sich in die Hände eines Herrn oder einer Herrin begibt, der erhält die Garantie, sich vollkommen fallen lassen zu können. Sie stürzen dich in die tiefsten Tiefen, nur, um dich im rechten Augenblick aufzufangen."

Lucius Stimme war immer leiser geworden, aber Aki verstand ihn noch immer gut genug, denn sein Mund hatte sich einmal mehr ihrem Hals genähert. Sie schauderte, wagte aber nicht die Augen zu schließen, um ja nichts auf dem Monitor zu verpassen. Miza führte dort gerade zwei weitere Kugeln ein, und Jonas wand sich. Sie streichelte ihn unablässig, und Aki ahnte, dass er kommen würde, noch bevor Miza die letzte Kugel gesetzt haben würde.

Tatsächlich zögerte Miza es weiter hinaus, indem sie eine der Kugeln wieder herauszog und zwei weitere hineinstieß. Jonas brüllte und keuchte.

„Willst du dich auch fallen lassen, mein schönes Rotkäppchen?", flüsterte Lucius verführerisch an Akis Halsschlagader. Seine Hände hatten sich unbemerkt zu ihren Schultern geschmuggelt und massierten ihre nackten Oberarme. „Willst du auch, dass ich dich hinabstoße?"

Aki atmete schwer, die Augen immer weiter auf den Monitor und das Geschehen darauf gerichtet. Aber vor ihrem inneren Auge sah sie ganz andere Bilder: Lucius, dessen Gier vollkommen entfesselt war und sie als sein vertrauensvolles Opfer. Hilflos, gefesselt, nass, gefingert und bereit, sich ihm vollkommen hinzugeben. Die Lust, die sie durchflutete, war übermächtig. Sie war zu groß; auf so etwas war sie nicht vorbereitet.

Aki schüttelte heftig den Kopf. Aus dem Monitor ertönte ein heiserer Schrei, als Jonas endlich zum Orgasmus kam. Sie schauderte und sprang auf. Heftig den Kopf schüttelnd lief sie aus dem Raum, ohne auch nur noch einen Blick zurückzuwerfen.

Der Wolf ließ Rotkäppchen gehen und machte sich auf zum Haus der Großmutter. Die Alte war allein und schutzlos. Der Wolf fraß sie und legte sich an ihrer statt ins Bett. So wartete er auf das Mädchen.

Lucius spielte mit dem Kugelschreiber. Es klackerte leise, wenn er ihn in seinen Fingern drehte und dabei manchmal gegen seine Knöchel stieß. Den Kopf gegen seinen Bürosessel gelehnt, hing er seinen Gedanken nach. Sie wanderten immer wieder zu Aki, wie sie erhitzt und mit geröteten Wangen zugesehen hatte, wie Miza einen Kunden bediente. Ein bezaubernder Anblick. Er hatte ihre Unschuld fast schmecken können, und ihr unterdrücktes Verlangen war nur zu deutlich spürbar gewesen. Aber es hatte sie verängstigt. Vielleicht war es zu schnell gewesen. Ihre Neugier war geweckt, aber er hatte zu viel auf einmal gewollt.

Lucius seufzte und ließ den Stift fallen. Er stand auf und trat an die Fensterfront seines Büros, die den Blick auf die Tanzhalle frei gab. Er sah den Leuten einige Momente lang zu, ohne wirklich etwas zu sehen. Sein Arm stützte sich gegen den Rahmen des Fensters, und er lehnte seine Stirn an die Scheibe. Eine Woche war es nun her, dass Aki aus seinem Club gestürmt war, und seitdem hatte sie sich nicht gemeldet. Er hatte gewartet, dass sie zu ihm zurückkam, aber wie es schien, hatte ihre Scham wieder die Oberhand über ihr Verlangen gewonnen. Lucius hatte sich oftmals verflucht, dass er Aki derart gedrängt und damit verscheucht hatte. Sie war eine zarte, aber scheue Beute. Er konnte sie nicht einfach nehmen. Er musste sie anlocken und dann fangen.

Die Tür seines Büros öffnete sich, und Miza trat ein. Ihr Anblick ließ ihn lächeln – sie hatte eine Vorliebe für elegante Kleidung. Obwohl sie für sich entschieden hatte, an diesem Abend nicht zu arbeiten – weil Reisevorbereitungen sie riefen – stellte selbst ihr Freizeitdress nahezu jede andere Frau im Club in den Schatten.

„Was tust du hier? Ich hatte erwartet, du triffst dich zu einem kleinen Flirt mit einem deiner Verehrer?", zog er sie sanft auf.

Miza verdrehte die Augen und machte eine wegwerfende Handbewegung. „Dafür ist später noch genug Zeit. Vor meinem Abflug muss ich erst noch ein kleines Problem lösen."

Er stieß sich vom Fenster ab und steckte seine Hände lässig in die Hosentaschen. „Ein Problem?", fragte er kritisch.

Miza verzog die vollen Lippen zu einem spöttischen Lächeln.

„Ja, wie ich meinen unruhigen Wolf wieder ruhig stelle."

Lucius musterte ihr sphinxhaftes Lächeln und runzelte die Stirn. „Was bringt dich auf die Idee, ich wäre unruhig?"

Miza wanderte im Büro umher. „Du bist geistig abwesend, auch wenn man dich anspricht", begann sie aufzuzählen, „du fährst ohne Grund durch die Stadt, du kannst dich nicht lange in einem Zimmer oder an einem Ort aufhalten, du ... "

Lucius hob die Hände. „Schon gut, du hast mich durchschaut", lachte er leise. „Ich wusste nicht, dass es so offensichtlich ist."

„Für andere vielleicht nicht", zwinkerte die Japanerin. „Aber ich kenne dich nun schon ein bisschen länger, mein Lieber."

„Also, wie willst du dein Problem lösen?", fragte er und ließ sich wieder in seinen Sessel sinken. Miza trat an den Schreibtisch heran und beugte sich, die Hände auf der Platte abgestützt, vor. „Aki ist meine Nichte", sagte sie mit einem mal sehr ernst. „Ich habe sie erst vor Kurzem wiedergefunden, und ich werde nicht zulassen, dass irgendjemand ihr in irgendeiner Weise schadet."

„Denkst du ernsthaft, das könnte ich?", knurrte Lucius, verärgert durch den indirekten Vorwurf.

„Ich weiß, dass du den Frauen keine Schmerzen zufügst", lenkte Miza ein. „Meine Sorge galt Akis Herz."

Er brummte leise. „Sie ist unschuldig, Miza", murmelte er. „Hungrig und unschuldig. Ich kann nicht aufhören an sie zu denken."

Auf Mizas schönem Gesicht breitete sich ein Lächeln aus. Sie zog ihr Handy aus der Tasche und wählte eine Nummer. Lucius beobachtete sie, wie sie an die Fensterfront trat und hinuntersah. Es klingelte eine Weile, dann begann sie zu sprechen. „Aki-chan! Ja, richtig, hier ist Miza. Entschuldige, dass ich dich nicht angerufen habe. Lucius hat mir erzählt, dass du im Club warst … ja, genau. Du hast deinen Mantel hier vergessen."

Anscheinend schien Aki einige Ausflüchte zu machen, denn Mizas Rücken spannte sich an, wodurch ihre ganze Wirkung strenger wurde. Lucius musste schmunzeln. Er kannte diese Haltung gut genug; Miza nahm sie immer während der Arbeit ein, oder wenn sie ihren Kopf durchsetzen wollte.

„Ich werde es nicht mehr schaffen, ihn dir vorbeizubringen", fuhr Miza fort, nachdem Aki wohl mehrere Vorschläge gemacht hatte, wie sie den Mantel zurückbekommen konnte, ohne dass sie wieder einen Fuß in den Club setzen musste. „Ich fliege in zwei Tagen in die Staaten und habe vorher leider alle Hände voll zu tun. Komm doch heute vorbei und hol ihn dir ab, ja?"

Miza grinste triumphierend und drehte sich zu Lucius um. Er lächelte.

„In Ordnung, Aki-chan, ich bin hier und warte auf dich. Sag einfach dem Türsteher Bescheid."

Miza legte auf und steckte das Handy weg. „Rotkäppchen kommt und bringt der Großmutter Wein und Kuchen", sagte sie. „Alles Weitere liegt bei dir."

Aki trat unruhig von einem Fuß auf den anderen. Es war kalt, und sie hatte nur eine dünne Jacke an. Seit einer Woche schwor sie sich schon, sich nicht wie ein ängstliches Kaninchen zu benehmen und einfach ihren Mantel abzuholen. Schlussendlich hatte es aber doch den Anruf ihrer Tante gebraucht, um den Club aufzusuchen. Aki schwankte zwischen Wut auf sich selbst, weil sie ein derart feiges Huhn war – der Unsicherheit Lucius gegenüber und der Neugierde, die die Bilder im Club in ihr ausgelöst hatten. Sie hatte sie immer wieder in ihren Gedanken hervorgeholt und neu betrachtet. Eigentlich hatte sie erwartet, dass der Effekt mit der Zeit verblassen würde, aber die Lust war noch immer genauso intensiv wie beim ersten Mal; und über allem lag Lucius Stimme, die sie einlud, sich vollkommen fallen zu lassen.

Aki gab sich einen Ruck und klopfte in schneller Folge gegen das Tor. Es wurde geöffnet, und der Türsteher dahinter sah sie düster an, denn es war nicht das Klopfzeichen, das die üblichen Gäste benutzten. Aki wich zurück. „Ich möchte zu Miza Yamashida."

„Und du bist?"

„Akai Langfeld."

Die buschigen Augenbrauen des Türstehers wanderten nach oben. „Ah, du wirst erwartet." Er winkte sie herein und nickte einem Mann zu, der auf sie zu warten schien. „Alex bringt dich hin."

Es klopfte wieder an der Tür, und der Türsteher wandte seine Aufmerksamkeit anderen Dingen zu. Aki blieb nichts anderes übrig, als Alex zu folgen. Er führte sie durch die Tanzhalle, brachte sie aber dann zu einem anderen Durchgang als den, den sie mit Lucius gegangen war. Dieser führte durch einen langen Gang und endete an einer weiteren Tür. „Hier ist sie", sagte Alex und deutete ein Kopfnicken an. „Brauchen oder wünschen Sie noch etwas?"

„Ich … nein", sagte sie. „Ich werde ohnehin gleich wieder gehen."

Er nickte abermals und verschwand wieder im Flur. Aki drückte die Türklinke herunter und fand sich in einem dunklen Zimmer wieder. Nur eine einzelne Kerzenflamme brachte etwas Helligkeit in die Finsternis. In ihrem Schein sah Aki das Kopfende und den Pfosten eines Himmelbettes. Ein Stück eines Vorhangs war ebenfalls zu sehen. Er war dunkelblau, bestickt mit kleinen goldenen Sternen. „Miza?", fragte sie unsicher in die Dunkelheit hinein. Jemand atmete tief aus. Aki fasste sich ein Herz und trat auf das Kerzenlicht zu.

„Nein." Die Antwort war tief, ein wenig heiser, aber wundervoll weich. Aki schluckte.

„Wo ist Miza?"

Das Kerzenlicht bewegte sich. Es wanderte durch den Raum und entzündete nach und nach weitere Dochte. Mit jedem weiteren Licht sah Aki mehr. Sie hatte richtig gesehen: Vor ihr stand ein großes Himmelbett – eine Spielwiese. Blauer Stoff bedeckte den oberen Teil und hing dann an beiden Seiten wie ein Vorhang herab. Die Stoffbahnen waren mit einer Kordel an den vier Bettpfosten festgeschnürt, damit man auf das Bett sehen konnte.

Diverse Kommoden und niedrige Tische komplettierten das Bild. Auf ihnen standen verschiedene Kerzenständer mit mehreren Armen. Lucius entzündete jede einzelne Kerze darin, bis der Raum in weiches, orangefarbenes Licht getaucht war.

Als es hell genug für ihn war, stellte er die Kerze zur Seite und sah Aki an. Er trug nichts außer einer schwarzen engen Hose. Sein nackter Oberkörper wirkte geschmeidig, und die breiten Schultern luden dazu ein, gekost und berührt zu werden – ebenso wie seine Brust danach schrie, von Aki erkundet zu werden. Seine Haare hingen ihm wild ins Gesicht, und die Flammen spiegelten sich in seinen Augen. Ein leichter Bartschatten lag auf seinem Gesicht. Er lächelte. „Falscher Text", sagte er und überwand den Abstand zwischen ihnen mit zwei Schritten. Aki blinzelte. „Was für ein Text?"

„Rotkäppchen fragt an dieser Stelle: ‚Großmutter, warum hast du so große Ohren?'", antwortete er und strich ihr zärtlich die kurzen Haarsträhnen hinter die Ohren. Die Berührung erschien ihr vollkommen natürlich. Es war richtig, dass sie ihn auf diese Weise spürte.

Akis Anspannung löste sich ein wenig durch ihr Lachen. Sie war gefangen von seinen Augen und seiner Berührung.

„Großmutter, warum hast du so große Ohren?", wiederholte sie leise seine Worte.

Er schien mit der Reaktion zufrieden zu sein und küsste sie als Belohnung erst auf das linke, dann das rechte Ohrläppchen.

„Damit ich dich besser hören kann."

Sie schauderte leise und sah auf.

„Großmutter, was hast du für große Augen?", führte sie das Spiel fort. Lucius lächelte und küsste ihre geschlossenen Augenlider.

„Damit ich dich besser sehen kann."

Seine Hände legten sich auf ihre Hüften, und Aki berührte seine Brust. Die Haut unter ihren Fingerspitzen war glatt und warm. Sie gab ihrem aufkeimenden Verlangen nach und hauchte einen Kuss darauf.

„Und warum hast du so große Hände, Großmutter?"

Er griff fester zu und zog sie mit einem Ruck ganz zu sich heran. Ihr Unterleib wurde gegen den seinen gedrückt, und etwas anderes drückte sich hart und fordernd gegen ihren verhüllten Schamhügel. Aki keuchte auf.

„Damit ich dich besser packen kann, wenn du mich noch einmal Großmutter nennst, Rotkäppchen", knurrte er gutural an ihren Lippen. Das entlockte ihr ein Kichern, was aber schnell durch einen Kuss von ihm erstickt wurde. Es war kein sanftes erstes Tasten wie andere erste Küsse. Lucius drang in ihre Mundhöhle ein, eroberte sie und machte sie zu seinem Besitz. Aki seufzte in den Kuss und erwiderte ihn so gut sie es vermochte. Lucius schien damit zufrieden zu sein. Seine Hände wanderten weiter zu ihren Pobacken und kneteten sie, während er ihre Hüften immer wieder gegen seine rotieren ließ.

„Es war ein Trick … um mich herzulocken, oder?", keuchte sie, als ihre Angst und ihre Widerstände unter seinen Berührungen dahinschmolzen. Lucius küsste ihr Kinn und dann die dargebotenen Lippen. „Wie sonst hätte ich dich zurückholen können?", fragte er mit leisem Lachen und streifte ihr ihre Jacke ab.

Aki schauderte, hielt ihn aber nicht zurück. Stattdessen trat sie selbst einen Schritt zurück und kreuzte die Arme, um ihren Pullover ausziehen zu können. Lucius kniete vor ihr nieder und streichelte ihre Taille, ihren flachen Bauch. Seine Lippen wanderten über ihre nackte Haut, und er öffnete rasch den Knopf ihrer Hose. „Lucius", sagte Aki leise und fuhr mit ihren Fingern durch sein Haar. Er sah nicht auf, drückte sie nur an den Schenkeln näher zum Bett hin, damit sie sich setzte. Aki ließ es zu, ebenso, dass er ihr Hose und Slip abstreifte. Sanft nahm er ihren linken Fuß, streifte die Socke ab und küsste ihren Spann. Er tat es auch mit dem anderen Fuß und zeichnete mit seiner Zungenspitze eine feuchte Spur hinauf bis zu ihrem Knie. Aki trug keinen BH, ihre Brüste waren klein genug, dass sie darauf verzichten konnte. Sie war jetzt vollkommen nackt, als er sie musterte. „Aki", sagte er leise und streichelte die Innenseiten ihrer Schenkel. Sie senkte verlegen den Blick, aber er richtete sich auf und hob ihr Kinn an, um sie küssen zu können. „Keine Angst", murmelte er. „Nicht vor mir."

Sie nickte und spreizte langsam, quälend langsam ihre Beine. Er belohnte sie dafür, indem er ihre Brüste in seine großen Hände nahm, sie knetete und massierte und kleine Bisse in die Nippel setzte. Aki schrie erregt auf und krallte sich in sein Haar. Aber Lucius verweilte nicht lange, er wollte sie endlich ganz schmecken. Sein Weg führte ihn tiefer bis zu dem gestutzten Dreieck zwischen ihren Schenkeln.

Sie kicherte leise.

„Und warum hast du so einen großen Mund?", fragte sie schmunzelnd. Lucius sah auf und erwiderte ihren Blick mit einem wölfischen Lächeln. „Damit ich dich besser fressen kann", antwortete er, bevor er sich vorbeugte und seine Zunge unerwartet tief zwischen ihre Schamlippen stieß. Aki warf den Kopf zurück und schrie spitz auf.

Lucius ließ ihr keine Zeit, um die Lust abklingen zu lassen. Kundig umkreiste er ihren angeschwollenen Kitzler mit der Zungenspitze und drang mit seinen Fingern in ihre mittlerweile nasse Spalte ein. Aki sank rücklings auf das Bett und bewegte ihr Becken in kreisenden Bewegungen, murmelte wieder und wieder Lucius Namen, während er ihren Schoß erforschte und ihre Scheide leckte. Kurz vor ihrem Orgasmus löste er sich und sah auf sie herunter. Der Wolf in ihm war stärker geworden, seine Gier deutlicher. Dennoch blieb er behutsam, und Aki spürte eine Woge von Dankbarkeit in sich aufsteigen. Er beugte sich zu ihr und streichelte ihr Gesicht.

„Erinnerst du dich, was ich dir sagte?", flüsterte er. „Dass ich dich auffangen will? Ich will es immer noch."

Sie sah auf und musterte sein Gesicht. „Was willst du mit mir tun?", fragte sie leise.

Er küsste ihre Fingerspitzen. „Ich will dir zeigen, dass du mir vertrauen kannst. Dass du dich mir hingeben kannst, Aki. Jederzeit."

Es war ein Versprechen, und etwas in ihr sehnte sich danach, dass er es einlöste. Noch bevor sie selbst es wirklich wusste, hatte sie auch schon genickt. Lucius küsste sie, wesentlich sanfter als noch zuvor, und stand dann auf. „Warte hier", wies er sie an und ging zu einem der Schränkchen. Aus einer breiten Schublade zog er eine schwarze Gerte und ein Halsband hervor.

Aki öffnete den Mund, als wollte sie protestieren, aber in Wahrheit rauschte ihr Blut in den Ohren. Was hatte Lucius vor?

Er kniete sich zu ihr auf das Bett und streichelte ihren Hals. „Eine so kostbare Beute wie dich", raunte er – Aki spürte kühles Leder an ihrem Nacken – „muss man festbinden, damit sie nicht mehr entkommen kann."

Der Verschluss klimperte, und das Leder zog sich zu. Um Akis Hals lag nun ein blaues Lederhalsband, an dessen Vorderseite ein Messingring eingezogen war. Sie tastete darüber. Es fühlte sich nicht unangenehm, jedoch ungewohnt an.

Lucius küsste die Haut über und unter dem Halsband. „Dreh dich auf den Bauch", sagte er, und Aki folgte seiner Aufforderung. Ihre Beine wurden auseinandergeschoben, sobald sie bäuchlings auf dem überdimensionalem Bett lag. Riemen legten sich um ihre Schenkel, und etwas drückte gegen ihre Kniekehlen. Sie sah über die Schulter: Es waren Fesseln, die Lucius rasch an ihren Knien befestigte. Sie hielt ihre Beine gespreizt – für ihn. Aki spürte, wie ihre Wangen sich röteten. Die Fesseln wurden an den unteren zwei Bettpfosten befestigt und entblößten sie vollständig. Aki richtete sich auf alle viere auf.

„Warte noch, ich bin noch nicht fertig", erwiderte Lucius und streichelte ihren glatten Rücken hinauf. Im Nacken verharrte er und drückte ihren Kopf tiefer. Vor Akis Augen tauchte ein Karabinerhaken auf, den Lucius am Ring ihres Halsbandes einrasten ließ. Das andere Ende befestigte er an einem weiteren Ring am Kopfende des Bettes. Aki war nun vollkommen fixiert. Trotzdem nahm ihre Lust nicht ab – im Gegenteil. Kühle Luft strich über ihre weit entblößte Scham, und sie stöhnte leise in das Kissen unter sich. Das Laken war ebenso kühl, und der Duft darin peitschte ihr Begehren an.

Ohne Vorwarnung klatschte Lucius Hand auf ihren ausgestreckten Po und rieb über die runden Halbkugeln. „Bist du bereit?", fragte er leise.

Aki hatte bei seinem Schlag aufgeschrien. Nicht vor Schmerz, sondern weil sie zu deutlich spürte, wie ihr eigener Saft an ihren Oberschenkeln hinablief.

„Was auch immer du vorhast – tu es, bitte!", wimmerte sie gequält. Seit sie sich auf ihn eingelassen hatte, wuchs ihre Sehnsucht ständig an und erreichte durch ihre Fesselung einen neuen Höhepunkt.

Lucius kniete sich hinter sie, und Aki spürte die Gerte über ihren Rücken streicheln. Sie wimmerte, streckte ihren Hintern noch weiter heraus. Lange musste sie nicht warten. Der Schlag hinterließ ein scharfes Brennen auf ihrer linken Pobacke. Lucius wartete ab, schien sich vergewissern zu wollen, dass Aki sich nicht unbehaglich fühlte. Hätte er gewusst, wie sehr dieser eine Schlag sie bereits in Aufruhr versetzt hatte, wäre er sicherlich nicht so nachsichtig gewesen. Als sie aber keine Zeichen von Unwohlsein zeigte, holte er wieder aus.

Sie wand sich, krallte sich immer wieder in die Matratze des Bettes und schrie ihre Lust hemmungslos hinaus. Ihr Hintern brannte. Dort, wo es anfangs noch vereinzelte Striemen gewesen waren, war ihre Haut nun am Po ein einziges Inferno, aber sie genoss es.

Als der Schmerz intensiver und fast unerträglich wurde, hörte Lucius auf. Aki hörte es klappern, als die Gerte neben das Bett fiel. Das Geräusch vermischte sich mit ihrem eigenen stoßweise gehenden Atem und seinem leisen Keuchen. Wieder strichen seine Hände hungrig über ihren Rücken, ihre Seiten, packten ihre Brüste. Lucius öffnete den Reißverschluss seiner Hose, und einen Augenblick später drang er heiß und hart in ihre nasse Scheide ein.

Aki zerknüllte das Laken und rang nach Atem. Aber anstatt weiter zuzustoßen, spürte sie seine Brust auf ihrem Körper. „Jetzt gehörst du wirklich mir", murmelte er. Sie packte sein Handgelenk und führte es zwischen ihre Beine. „Ja", hauchte sie willig.

Das war ihm Bestätigung genug. Er stieß zu und massierte ihre Perle mit seinen Fingerkuppen. Bei jedem Stoß rieben seine Lenden über ihren wunden Po, und seine Finger ließen sie vor Ekstase taumeln. Aki verlor sich in diesem Gefühl. Sie ließ ihre Hüften kreisen, glaubte Lucius stöhnen zu hören und übertrat die Schwelle. Ihr Höhepunkt traf sie, und Aki schrie laut und lang ihre Lust hinaus.

Schlaff lag sie anschließend auf dem Bett. Lucius glitt aus ihr und löste die Fesseln. Sie fielen neben die Gerte, ohne weiter beachtetet zu werden. Aki ging für ihn in diesem Augenblick vor. Er zog sie an sich und ließ ihr Zeit, um wieder zu Atem und zur Besinnung zu kommen. Alles wirkte noch verschwommen – aber das Gefühl seiner Nähe und seine streichelnden Hände halfen ihr, sich wieder zu sammeln. „So ist es also?", fragte sie schließlich nach einer Weile, „wenn man sich fallen lässt?"

Er küsste ihren Scheitel und fuhr mit dem Handrücken über ihren nackten Bauch. „Es wird noch viel besser werden", sagte er lächelnd und hauchte ihr einen Kuss auf die Lippen. „Es gibt vieles, was ich dir noch zeigen möchte. Dinge, die dich dazu bringen, mir noch mehr zu vertrauen."

Aki lachte ungläubig und drückte sich an seine breite Brust. „Und du willst mir all das wirklich zeigen?"

„Ich zeige dir, was immer du willst, Rotkäppchen", neckte er sie, und sie kniff ihn als Antwort in die Brust. Er knurrte, drückte sie wieder fester in die Kissen und küsste sie leidenschaftlich. Diesmal hielt sie seinem Kuss schon besser stand, und er wollte ihn gerade vertiefen, als es klingelte.

Entnervt drückte er einen Knopf am Bettpfosten. „Was ist?", blaffte er in den leeren Raum hinein, und Aki hob überrascht den Kopf.

„Polizei, Chef", erklang die Stimme des Türstehers aus einem unsichtbaren Lautsprecher. „Nennt sich Herr Jäger."

„Was will die Polizei von dir?", flüsterte sie an seinem Ohr. Lucius Augenbrauen rutschten tiefer. „Die tauchen alle paar Monate hier auf", sagte er leise. „Irgendein Nachbar, zwei Strassen weiter, beschwert sich, dass sich auf unserem Parkplatz angeblich irgendwelche Autofreaks zu illegalen Rennen treffen sollen."

Wieder klingelte es, und Lucius fuhr auf. „Ich komme", knurrte er und ließ den Knopf wieder los. Bedauernd sah er auf Aki herab. „Ich wollte mich eigentlich dir noch weiter widmen", seufzte er und hauchte ihr einen Kuss auf die Nasenspitze. Aki tastete über den Boden und griff nach der Gerte. „Mhm, vielleicht kannst du das auch noch", sagte sie verschmitzt und lachte leise, als sie seinen verwirrten Gesichtsausdruck sah.

„Was meinst du damit?"

Aki legte ihren freien Arm um seinen Nacken. „Vielleicht sollte ich mal mit dem Jäger ausprobieren, wie viel Talent ich von meiner Tante habe."

Er lachte, als er verstand und küsste sie. Aki lächelte in ihren Kuss und ließ die Gerte fallen, um sich ganz seinen kundigen Lippen hinzugeben. So wie sie es auch in Zukunft tun würde– für ihren bösen Wolf.

Epilog

Aki verschloss den Koffer. Es kostete sie einige Mühe, und sie musste ein wenig hantieren, bis die Verschlüsse endlich zuschnappten. Ihre Mutter hätte ihr sicherlich zum wiederholten Mal erzählt, dass sie die Hosen so hineinlegen sollte, damit sie die Unterwäsche und Strümpfe dann dazwischenstopfen konnte.

Allein bei dem Gedanken daran verdrehte sie die Augen, lächelte aber dabei. Als Midori erfahren hatte, dass Aki mit einem Mann zusammenlebte und eine Hochzeit nicht auszuschließen war, hatte die Zahl ihrer guten Ratschläge rapide zugenommen. Das typische Verhalten einer japanischen, glücklichen Mutter.

„Was ist so lustig?", ertönte Lucius dunkle Stimme. Er lehnte im Türrahmen und grinste, als er Aki vor ihrem Koffer sah.

„Ich musste nur gerade an etwas denken", lachte sie leise und nahm den Koffer. Er trat zu ihr, nahm ihr das Gepäck ab, wobei er ihre nahe Position ausnutzte, um sie sacht auf die Lippen zu küssen.

„Ich hoffe doch an mich."

„An dich und deine überaus bescheidene Art", schnurrte sie und zog ihn zu sich heran, um sich einen tieferen Kuss zu stehlen. Lucius tat ihr den Gefallen gerne und schmunzelte, als sie sich löste.

„Und deine Mutter hat wirklich nichts dagegen, dass wir deine Miza in Amerika besuchen?", fragte er zum wiederholten Mal. Aki schüttelte den Kopf. „Ich sagte dir doch, meine Mutter ist ihr so dankbar, dass sie uns verkuppelt hat, so dass sie ihr nun nicht mehr böse ist."

Natürlich wusste Midori nicht, was Aki und Lucius privat oder im Club taten, sonst wäre es mit dem Frieden schnell wieder vorbei gewesen.

„Dann komm, das Flugzeug wartet nicht", sagte er und trug den Koffer hinaus. Aki folgte ihm. Jetzt und auch später.

Der Schneekönig

VON ASTRID MARTINI

Es war einmal … das ist der Satz, der Märchen und Geschichten einleitet – nicht alle, aber doch einige.

Die Geschichte, die ich hier niederschreibe, hat sich jedoch noch gar nicht zugetragen. Sie wird erst in ferner Zukunft passieren, dann, wenn das Rad der Zeit sich entgegen des Uhrzeigersinns zu drehen beginnt und vieles, was seit langen Zeiten unumstößlich ist, veränderte Vorzeichen bekommt. Ursprung von all dem ist eine mächtige Herrscherin – die Schneekönigin.

Dort, wo Frost und Endlichkeit sich begegnen, wo Nacht und Norden enden, wo Schnee und Eis sich gute Nacht sagen und zur Ewigkeit verschmelzen liegt ihr eisiges Reich. Ihr Palast thront auf einer der nördlichsten und höchsten Klippen, umgeben von silbernem Mondlicht und dem betörendem Glanz unzähliger Eissterne.

Seit Anbeginn der Zeit und Kälte herrscht sie über ihr Imperium: Mächtig, stolz, erhaben und wunderschön. Jedes Jahr bringt sie Eis und Schnee in die Welt, bläulich schimmernde Schneeflocken, die sich im Laufe der Zeit immer unbarmherziger und endlos auf alles legen, was ihnen unterkommt.

Schneewehen, immer härter werdende Winter, die keine Gnade in sich tragen, vernichtend klirrendes Eis und flirrende Eiskristalle, die vom Himmel fallen, und jeden vor Frost erstarren lassen, der von ihnen getroffen wird.

Leid, Angst, eisige Nächte begleiten alle durch die der Schneekönigin innewohnende Kälte, die mehr und mehr aus ihr herausfließt und wie ein gieriger Schlund nach allem greift, was auch nur ein Fünkchen Wärme in sich trägt. Ihre Macht, diese um sich greifende Eisigkeit wohldosiert in die Schranken zu weisen, übt sie schon lange nicht mehr aus. Zu tief sitzt der abgrundtiefe Zorn auf die Menschheit, der bereits seit Jahrhunderten währt.

Es scheint, als wolle sie sich rächen, Stück für Stück erobern, was bisher nicht unter dem ewigen Mantel des Eises verschwunden liegt.

Niemand kann mehr so genau sagen, was ihren tief sitzenden Zorn weckte … ein Zorn, der bis heute ungebrochen ist und von Jahr zu Jahr intensiver in Erscheinung tritt.

Man munkelt, es solle etwas geben, das sie gnädig stimmen könnte … einen Zauber … eine Urkraft … etwas, das ebenso mächtig ist wie sie – leider alles Visionen, die im Nichts verlaufen.

Einige Wagemutige hatten den Weg zu ihr gesucht, um den Schlüssel zu finden, der ihre Unbarmherzigkeit brechen würde. Bisher ist es jedoch niemandem gelungen. Man sah diese Reisenden nie wieder, und es gilt als gegeben, dass ihre bemitleidenswerten Seelen und Herzen von der gierigen Eiseskälte der Schneekönigin verschlungen wurden.

Während ich diese Zeilen niederschreibe, dreht sich die Welt weiter. Was für mich eine Ewigkeit, ist für das Rad der Zeit nur ein Wimpernschlag. Und so wird genau in diesem Augenblick aus Zukunft Gegenwart und aus Gegenwart Vergangenheit.

Während meine tintengetränkte Feder das Pergament berührt, ich Buchstabe für Buchstabe an Ort und Stelle setze, wird bereits Vergangenheit sein, was demnächst geschehen wird …

Der Ort Birkenfels erhob sich auf neun Hügeln, und jeder Hügel wirkte wie bestickt mit den Farben der vier Elemente. Jeden Gipfel zierte eine Kapelle, sanft aufgerichtetes Gras verneigte sich spielerisch im Wind, und das sich zwischen den Hügeln befindliche Tal strahlte Ruhe und Behaglichkeit aus.

Amelie stand auf einem der Hügel mit Aussicht auf die Dächer des Dorfes und blickte in die Ferne. Obwohl ihr die Morgensonne bereits den Nacken liebkoste, glitzerte noch immer Schnee auf den zerklüfteten Bergspitzen.

Die Bewohner des Ortes lagen noch im Halbschlaf. Eine weiche Nebelschicht dämmte alle Laute, verschleierte den Blick zum Fluss, der sich gemächlich durch das Tal zog. Ein friedliches Bild. Ebenso friedlich und beschaulich wie das Dorf selbst.

Auf der Suche nach den ersten sich entfaltenden Wildblumen war sie bereits seit den frühen Morgenstunden unterwegs. Sie war froh, wieder draußen in den Wiesen zu sein, die liebliche Luft tief einzuatmen, dem Klang der Vögel zu lauschen und sich der milden Natur mit allen Sinnen hinzugeben.

Es war ein strenger Winter gewesen, ein Winter, der dazu zwang, sich in warmen Stuben aufzuhalten, hinter zugefrorenen Fenstern auf den Frühling zu warten und sich die eisigen Hände am Kamin zu wärmen.

Und nun endlich stand der Frühling vor der Tür, hatte den Winter mühsam vertrieben und ließ die Knospen sprießen.

Amelies Blick begann zu leuchten, als er, jenseits des nördlichsten Hügels in eine Richtung fiel, in der sich ein zwischen uralten, hochaufragenden Bäumen windender Weg befand, dessen Verlauf man, selbst wenn man unmittelbar davorstand, nur erahnen konnte. Und doch wusste jeder, wo er hinführte. Laut einer Sage führte er ins Reich der Schneekönigin. Am Ende des Weges, der bis zu der Stelle führte, an der sich eine aus Frost und Zauber erbaute Brücke befand, sollte ein schimmernder See ruhen, der sich bis hoch zum Norden zog und dann urplötzlich hunderte von Metern hinabfiel, zu Tausenden von Eiskristallen gefror, die das Schloss der Schneekönigin umgaben. Und wer einmal den Weg durch den Wald über die Kristallbrücke bis zum Eissee und weiter bis zum Palast beschritten hatte, kehrte nicht wieder zurück, denn wer sich nicht in den Tiefen des Waldes verirrte und dort umkam, wurde im Reich der Schneekönigin festgehalten und erstarrte zu ewigem Eis.

Schon als Kind wurde Amelie immer vor dem Wald und dem, was dahinter lag, gewarnt. Und waren Furcht und Vorsicht auch stark genug, dem Reiz des Verbotenen nachzugeben, so schwelte dennoch eine Flamme der Neugier in ihrem Inneren. Eine Neugier auf diesen geheimnisvollen Ort, in dessen Zentrum ein bizarres Schloss aus Eiskristallen stehen sollte, das unter dem Schein von zwei Silbermonden in allen Spektralfarben leuchtete.

Amelie wandte ihren Blick ab, streifte weiter über Wiesen, auf denen der Tau im saftig grünen Gras glitzerte. Vorbei an hohen Hecken, in denen es geheimnisvoll raschelte – zu ihrer Lieblingsstelle, einem Jahrhunderte alten Steingrab, das sich inmitten von Wildblumen und Brombeerhecken befand.

Ihr Gesicht den zarten Sonnenstrahlen entgegengestreckt, die Augen geschlossen, gab sie sich dem Zauber des Moments hin, losgelöst vom Hier und Jetzt. Einfach nur den Augenblick genießend – bis sie spürte, dass etwas nicht stimmte.

Feiner Gesang war zu hören, glockenhell und klar. Amelies Blick wanderte suchend umher. Sie blinzelte erstaunt, als der Horizont sich schlagartig zu verfärben begann. Statt lieblichem Frühfrühlingsblau war von einer Minute auf die andere eine weiße, leicht violett schimmernde Nebelfront zu sehen, die sich gleich einem Vorhang zu teilen begann.

Der eisgraue See, der dahinter zum Vorschein kam, wirkte so real, dass Amelie meinte, Seeluft auf ihren Lippen zu schmecken. Still und schimmernd schmückte er das Firmament, so klar und rein wie das feinste Glas. Geheimnisvoll schimmernd ruhte er am fernen Horizont. Das Wasser kräuselte sich sanft.

Für den Bruchteil einer Sekunde tauchte ein greller Blitz auf, versetzte den See in Aufruhr. Inmitten der Schaumkronen stieg eine Insel aus dem Wasser, in deren Mitte ein prachtvoller Eispalast thronte. Gewaltig, groß und majestätisch. Die eisblau schimmernden Schneemauern waren mit vielen Simsen und Fensterbögen versehen. Obwohl sie aus Schnee und Eis waren, wirkten sie stark und sicher. Blass-lilafarbene Ranken wuchsen an den Mauern entlang und ein unwirklich fahles, einem mystischen Nebel ähnliches Licht leuchtete hinter den Fenstern. Ein faszinierendes Bild, das Amelie magisch in den Bann zog.

Die Insel war über und über mit Eiskristallen bedeckt. Eiskristalle, die das edle Gebäude sowohl schmückend als auch schützend umgaben.

Ungläubig bestaunte Amelie die bizarre Schnee- und Kristalllandschaft, die – seltsam verschwommen und doch so klar – das Firmament bedeckten, beschienen von den beiden Silbermonden, deren Strahlen sich an einem Punkt vor dem Palast zu kreuzen begannen.

Inmitten dieses geisterhaft mystischen Lichts tauchte eine Gestalt auf, strahlend schön, in eine weiße Robe gehüllt, die über und über mit silbernen Eisblumen bestickt war.

Die Schneekönigin, schoss es Amelie einem Stromschlag gleich durch den Kopf. Die Herrscherin des Eises, überirdisch schön – aber auch kalt und abgrundtief böse. Mit ihren Händen begann sie ein Netz aus blendend weißen Fäden in die Luft zu weben. Flink wie eine Spinne spann sie ihr Netz, ein filigranes Gebilde aus winzigen, funkelnden Kristallfäden, die sich schließlich langsam spiralförmig vom Horizont aus ins Dorf hinab auf ein bestimmtes Ziel zu bewegten.

Gebannt beobachtete Amelie das fremdartige Schauspiel, musste aber schon bald geblendet die Augen schließen. Sie blinzelte und konnte gerade noch erkennen, wie die Kristallfäden gebündelt auf eines der Dächer trafen. Dann war der Spuk vorüber und an der Stelle, wo eben noch die Schneekönigin inmitten ihres Reiches am Himmel zu sehen war, war nur noch strahlend blauer Himmel zu sehen, durchzogen von ein paar Zuckerwatte-Wolken, die nur wenig Ähnlichkeit mit der verschwundenen Schneelandschaft hatten.

Erst jetzt bemerkte Amelie die Anspannung, die ihren Körper durchfuhr. Vorsichtig blickte sie sich um und war sich nicht sicher, ob sie soeben einer Sinnestäuschung erlegen war.

Ihr Blick fixierte den Horizont, irrte suchend umher, konnte jedoch keine verräterischen Spuren mehr entdecken.

In einem mit Pelz gefütterten Umhang und wundervollen Lederstiefeln schwebte die Frau an Simon vorbei in die Werkstatt. Sie trug einen alten Spiegel und reichte ihm diesen mit dem bezauberndsten Lächeln, das er je gesehen hatte, und bat ihn, den wurmstichigen Holzrahmen zu erneuern.

Simon, in Birkenfels geboren und aufgewachsen, war Tischler. Wie gebannt hing sein Blick an den vollen, verführerisch glänzenden Lippen der Fremden.

Diese schien sein Interesse zu spüren, denn sie warf ihm einen bedeutungsvollen Blick zu, trat mit einem atemberaubenden Hüftschwung auf ihn zu.

Simon, sonst stets Herr der Lage und das Interesse schöner Mädchen gewöhnt, spürte wie seine Knie weich wurden. Ein Blick dieser Frau genügte, um ihn zu verzaubern. Etwas Derartiges hatte er nie zuvor erlebt. Als sie so nah vor ihm stand, dass kaum noch eine Hand zwischen sie passte, schloss er für einen Moment die Augen. Ihr blumiger Duft und ihre Nähe betörten ihn.

Eine weiche Hand legte sich auf seine Wange, dann hörte er sie flüstern: „Du bist so voller Leben. Warm, lebendig. Wärst du bereit, diese Wärme mit mir zu teilen?"

Simon schluckte, nickte … sprachlos. Alles um ihn herum schien anders, so neu, aber war doch gleich geblieben. Etwas hatte sich verändert. **Er** hatte sich verändert!

Vorsichtig strich ihr Finger an der Kontur seiner Lippe entlang. Sie umrundete ihn mit einer Hand auf seiner Schulter und ließ ihn nicht aus den Augen. Einem Stromschlag gleich spürte Simon, wie etwas, das von ihr ausging, durch seinen Körper zu zucken begann. Ein seltsames Kribbeln kroch durch seine Adern.

Der Glanz, der von ihren Augen ausging, tauchte den Raum in ein Licht, das er nie zuvor gesehen hatte. Begierig wie ein Verdurstender trank er von diesem Licht und glitt hinüber in eine sinnliche Trance.

„Glaubst du an die Liebe auf den ersten Blick?" Ihre Stimme riss ihn aus dem Schwebezustand, in dem er sich befunden hatte. „Ja … nein ... vielleicht … ich denke schon." Atemlose Worte, die aus ihm hervorsprudelten.

Ihre Blicke streichelten ihn. Vorsichtig strich sie ihm eine Haarsträhne, die jungenhaft in sein Antlitz fiel, aus dem Gesicht und flüsterte: „Sei bereit ... für mich."

Er zog sie zu sich heran, hielt sie fest, wollte sie nie wieder loslassen, ergötzte sich an der Süße dieses Moments, bekam nicht genug von ihrer Nähe.

Etwas schien nach seinem Herz zu greifen, ließ es noch rasanter schlagen, als es ohnehin schon schlug.

„Bist du bereit?"

„Ja, ich bin bereit."

„So nimm es an, das Geschenk des Schicksals. Lass den Mann, der du bist, zurück und tauche ein in meine verzauberte Welt. Sei der Gefährte, der mich und mein Herz erwärmt. Lass dich einhüllen von dem Zauber des Augenblicks. Sei mein Mann für die Ewigkeit."

Ein kalter Schauer rann ihm über den Rücken. Dieser Moment würde alles – sein Leben, sein Denken, sein Fühlen – vollkommen verändern.

Wollte er das?

Ja, er wollte!

Er schaute zu Boden, ihr Blick blendete, schien ihm bis auf den Grund seiner Seele zu schauen. Als er den Kopf wieder hob, wusste er, wie das Paradies sich anfühlen musste. Zu spüren, wie die eigene Energie aus seinem Körper wich, bekümmerte ihn nicht. Das herrlichste Geschöpf der Welt lag in seinen Armen, füllte ihn auf mit neuer Energie, und nur das zählte. Er schloss sie noch fester in die Arme und rief. „Ich will derjenige sein, der dich bis in alle Ewigkeit wärmt."

„Bist du sicher?"

„Ich bin sicher!"

„Dann tanz mit mir!"

Eine süße Melodie erfüllte den Raum. Simon spürte eine unsichtbare Macht, die ihm die noch vorhandenen Sinne raubte. Verzückt schloss er die Augen, führte die schöne Fremde, die sein Herz erobert hatte, galant über die alten Holzdielen. „Lege ab dein Gefühl für dein bisheriges Leben. Lege ab all die Lasten und Freuden, und lege ab den Wunsch, das, was dich bisher erfüllte, zu erhalten. Du bist für mich bestimmt. Nur für mich." Zärtlich strich sie ihm über die Wange, legte ihren Kopf in den Nacken, lächelte einladend." Nur sehr wenigen Menschen ist eine Verbindung wie die unsrige vergönnt. Erweise dich würdig dem Geschenk des Schicksals."

„Ich werde dieses Geschenk würdigen, denn es verbindet mich mit dir." Simon lachte glücklich, wirbelte sie tänzerisch im Kreis und rief: „Es ist, als würde ich die Welt völlig neu entdecken."

„Das freut mich. Willkommen mein Gefährte der Ewigkeit. Ich hoffe, uns wird nie wieder etwas trennen!"

„Nichts wünsche ich mir mehr." Zur Besiegelung seiner Worte setzte er dazu an, sie zu küssen – leidenschaftlich zu küssen. Doch sie entwand sich seiner Liebkosung, legte ihm den Zeigefinger auf die Unterlippe, schüttelte lächelnd den Kopf und setzte sich auf eine Holzbank, die ganz in der Nähe stand.

Die schimmernde Morgensonne fiel durch das Fenster, tauchte ihr Antlitz in ein goldenes Licht. Sie hatte die Beine übereinandergeschlagen, wippte verführerisch mit dem rechten Fuß und deutete ihm an, sich neben sie zu setzen. Er nahm an ihrer Seite Platz, saugte ihren Duft fast gierig ein. Sie roch wunderbar.

Mit ihrer Hand zog sie eine sanfte Linie über ihre Schultern, ihren Hals, ihre Wange, legte sich die Fingerspitzen schließlich auf ihren sinnlichen Mund. „Bald, schon sehr bald wirst du vom Tau meiner Lippen kosten dürfen. Du wirst sie so oft liebkosen und küssen können, wie du willst. Mich ganz und gar besitzen. Doch zunächst einmal muss ich fort – nicht lange, nur für eine Weile. Wirst du auf meine Rückkehr warten?"

„Ich warte!"

Nachdenklich schlug Amelie den Weg zum Dorf ein, überquerte einen halb überwucherten Bachlauf und lief eiligen Schrittes die Böschung hinab, bis die Wiesen und Weiden hinter ihr zurückblieben und die ersten Häuser zum Greifen nahe schienen. Sie überquerte verwinkelte Gassen in Richtung Marktplatz und erkannte auf den ersten Blick, dass etwas nicht stimmte. Irgendetwas war anders als sonst, auch wenn sie es nicht erfassen und beschreiben konnte.

Inmitten des Marktplatzes stand eine hohe Birke, daneben befand sich der uralte Dorfbrunnen. Eine Handvoll Frauen saß auf der Brunnenmauer, doch statt sich wie sonst einem angenehmen Plauderstündchen hinzugeben, steckten sie hektisch ihre Köpfe zusammen und tuschelten aufgeregt. Und die Leute, die sich sonst um diese Stunde des Vormittags bei der Arbeit in der Schmiede, den Werkstätten, der Weberei, Näherei und der Molkerei befanden, hatten sich nun in Gruppen vor der Dorfkirche versammelt, aufgeregt gestikulierend und unheilvoll raunend.

Der Bürgermeister von Birkenfels, ein stämmig gebauter Mann, teuer gekleidet, mit goldenem Geschmeide, das auffallend und im Überfluss um seinen Hals lag, stand inmitten des hektischen Treibens. Als er Amelie erblickte, hob er die mit zahllosen Ringen bestückte Hand, kam aufgeregt auf sie zu.

Von allen Seiten trafen sie finstere Blicke, nichts Ungewohntes für sie, denn sie war nicht besonders beliebt. Amelie galt als eigensinnig, dickköpfig und kratzbürstig.

Man duldete sie im Ort, in dem sie seit Jahren den Haushalt für sich und ihren Bruder Simon führte, seit ihre Eltern bei einem Unfall ums Leben gekommen waren. Bis auf ihren Bruder hatte sie keine weiteren Verwandten. Dieser hatte sich als Tischler selbständig gemacht und war, im Gegensatz zu ihr, allseits beliebt und gern gesehen. Besonders die Mädchen des Dorfes waren ihm fast schon unterwürfig zugetan, erlagen seinem Charme reihenweise und lasen ihm seine Wünsche von den Augen ab.

Amelie konnte ihn inmitten der Menschenmenge nicht entdecken, obwohl er sich sonst stets unter das Volk mischte, wenn der Marktplatz bevölkert war und es etwas gab, das die Beschaulichkeit des Ortes aus dem Dornröschenschlaf riss.

Das große Doppeltor seiner Tischlerei stand offen, erlaubte den Blick ins Innere. Holz, Werkbänke, Hobel und eine Taube, die gemächlich durch die auf dem Boden liegenden Holzspäne stolzierte Amelie runzelte irritiert die Stirn. Normalerweise ließ ihr Bruder seine Werkstatt nicht aus den Augen oder verriegelte zumindest das Tor.

Ihr Blick wanderte nach links zur Backstube, in der die Bäckersfrau und ihr Mann mit Teigrolle, Mehl, Eiern und Formen für Gebäck hantierten. Der Duft von frisch gebackenem Brot und Teigwaren durchzog die Luft. Doch davon hatte sich Simon anscheinend nicht locken lassen, denn auch dort war keine Spur von ihm zu sehen.

Mittlerweile hatte der Bürgermeister sie erreicht. Er wollte gerade das Wort an sie richten, da entdeckte Amelie einen Gegenstand aus Metall auf dem Boden. Ein Schlüssel. Der Schlüssel zur Tischlerei, wie sie bemerkte, denn sie erkannte den Schlüsselanhänger aus Filz.

Sie ignorierte den Gesprächsversuch des Bürgermeisters und bückte sich, um den Schlüssel aufzuheben, als ihr jemand zuvorkam. Blitzschnell schoss eine Hand vor, legte sich über den Schlüssel und riss ihn vom Boden hoch.

Als Amelie aufschaute, stand Simon vor ihr und hatte die Hand um den Schlüssel zur Faust geballt. Er verzog die Mundwinkel – jedoch nicht zu einem Lächeln, sondern zu einer eiskalten Grimasse. Amelie erschrak und erhob sich. Ihr Bruder war eine Frohnatur, negative Gefühle waren ihm fremd, und ihr war er besonders herzlich zugetan. Und nun dieser frostige Blick, der sie bis ins Mark erschauern ließ.

„Was …", setzte sie an, brach aber sofort ab, denn ihr Bruder spuckte ihr vor die Füße, wandte sich ab und ließ seine Schwester sprachlos zurück.

Eine sonderbare Veränderung schien mit ihrem Bruder vorgegangen zu sein. Eine Veränderung, die ihn wie eine Mauer aus Eis umgab.

Die Dorfbewohner, die die Szene beobachtet hatten, begannen erneut zu tuscheln. Und dann endlich gelang es dem Bürgermeister, die Aufmerksamkeit Amelies zu erlangen. Er begann von der in kostbare Gewänder gekleideten Dame zu erzählen, die, in gleißendes Licht getaucht, am Morgen urplötzlich auf dem Marktplatz gestanden, ihren Bruder aufgesucht, und ihm einen alten Spiegel gebracht hatte. Stundenlang sei sie bei ihm in der Werkstatt gewesen. Ihr glockenhelles Lachen war durch das geschlossene Tor bis zum Waldrand hin zu hören gewesen, und ein kalter Nebel sei aufgezogen. Niemand hatte die weiß gekleidete Frau wieder fortgehen sehen, jedoch hatte jeder gespürt, welche Veränderung seitdem mit Simon vorgegangen sei.

Amelie erfuhr von wilder Zerstörungswut und wüsten Beleidigungen ihres Bruders den Mitbürgern gegenüber. Von Kunden, die er grundlos vor die Tür gesetzt und beschimpft hatte, weil er seine Ruhe haben wollte, von in Tausend Scherben zerbrochenes Geschirr, weil eine der Töpferinnen ihn freundlich gegrüßt und ihm dies missfallen hatte. Ja, er hatte gar sämtliche Tulpen, auf die sich seine Schwester jedes Jahr so freute, aus dem heimatlichen Garten herausgerissen.

All das, was ihn charakterlich immer positiv auszeichnete, hatte sich zum Negativen gewandelt. Aus einem fröhlichen, unbeschwerten und stets zuvorkommenden jungen Mann wurde ein ungehobelter, übel gelaunter Zeitgenosse, der nur eines im Sinn hatte: Zerstören!

Simon stand im offenen Tor seiner Werkstatt. Funkelnde und keineswegs freundliche Blitze schossen aus seinen Augen, fixierten Amelie und den Bürgermeister. Noch einmal kreuzte sein Blick den seiner Schwester, dann wandte er sich ab, eilte in seine Werkstatt und schlug das Tor laut krachend hinter sich zu.

Nun hatte sich auch Simon unbeliebt gemacht, den Unbill der Dorfbewohner auf sich gezogen, und das auf eine Art und Weise, die Amelie das Blut in den Adern gefrieren ließ.

„Man sollte euch aus dem Dorf jagen", fauchte eine Wäscherin im Vorübergehen, stellte einen Eimer neben dem Brunnen ab und gesellte sich zu den anderen Frauen.

Amelie nahm die empörten Rufe aus der Menschenmenge nur am Rande wahr.

Die Blicke der Dorfbewohner ignorierend schritt sie zur Werkstatt, begann entschlossen gegen das Tor zu hämmern. Laut rief sie nach ihrem Bruder, aber nichts rührte sich.

„Was ist los mit dir? Und wieso lässt du mich nicht rein?"

Keine Antwort.

„Simon, so rede doch mit mir. Mach auf, bitte! Ich mach mir Sorgen."

Noch immer blieb es still in der Werkstatt.

Amelies Unruhe wuchs. Was zum Teufel ging hier vor?

Die verwunderten und argwöhnischen Blicke der Dorfbewohner, die sich im Halbkreis um sie versammelt hatten, spürte sie wie Nadelstiche.

Erneut pochte sie gegen das Tor, rief immer wieder seinen Namen.

„Verschwinde", hallte es schließlich zurück. „Du nervst. Ich will dich nie wieder sehen."

Der Schmerz, der in ihrem Innern wuchs, war entsetzlich. Was sagte er da? Und wieso? Nie hatten sie gestritten, waren stets ein Herz und eine Seele gewesen.

Ihren Kummer hätte sie nicht in Worte zu fassen vermögen, so überwältigend, allumfassend erschien er ihr.

Sie hatte das Gefühl, als sei die Mauer, die Simon um sich herum zu bauen begann, zu einem unüberwindbaren Hindernis geworden. Kälte stieg in ihr auf, eisige Kälte, die ihre Adern unangenehm durchflutete. Alles erschien ihr dunkel und traurig.

Waren bis dahin noch alle Blicke auf sie gerichtet, so änderte sich das schlagartig, als der Hufschlag eines mächtigen Pferdes durch die Wälder rings um Birkenfels hallte. Das Gemurmel der Dorfbewohner verstummte … bis auf die trommelnden Hufe war nichts zu hören. Selbst die Amseln brachen ihr liebliches Frühlingslied ab.

In der Ferne sah man weiße, schimmernde Schemen zwischen den Bäumen dahinziehen, gefolgt von einem funkelnden Gefährt.

Von einer Sekunde zur anderen überzog sich der Himmel mit schweren Wolken. Blitze zuckten, und dann, nach einem kurzen Moment Dunkelheit und windgepeitschtem Schneefall, brach Sonnenlicht hervor, liebkoste das von der plötzlich eingebrochenen Kälte erzitterte Dorf und ließ schließlich keine Spur dieses kurzen, aber heftigen Unwetters zurück.

Bald darauf kam ein prächtiger Schimmel vor der Tischlerei zum Stehen und mit ihm ein blendend weißer Schlitten, der den Boden nicht zu berühren schien. In der Sonne glitzernde Schmucksteine schmückten das opulente Gefährt, das mit kornblumenblauem Samt ausgeschlagen war.

Die Frau, die wie dahingegossen im Schlitten saß, war schön, wunderschön. Ihr langes Haar schimmerte silberblond. Ihr Haupt wurde von einem Kranz aus weißen Lilien geschmückt, und jedes einzelne Blütenblatt war mit einer Perle verziert. Sie trug nichts, außer einem schneeweißen Pelzmantel, der halb offen stand. Die rosigen Lippen waren voll und einladend, und ihre Haut so zart und weiß wie Milchcreme.

Das flimmernde Sonnenlicht spiegelte sich in ihren eisblauen Augen und auf ihren vollen Brüsten, die unter dem weichen Pelz hervorblitzten. Sie war so schön und fein – und wirkte doch gleichzeitig kalt wie Eis. Die Augen blitzten wie zwei klare Sterne, aber es war keine Wärme in ihnen.

Der kostbare Mantel, wie aus Millionen sternartiger Flocken zusammengesetzt, lag sanft und aufreizend um ihre Schultern. Der blumige Duft, der sie umgab, verteilte sich wellenförmig und kroch in jeden Winkel des Dorfes.

Wie gebannt starrte ein jeder sie an, unfähig, sich vom Fleck zu rühren.

Das wohlklingende Lied, das sie zu singen begann, untermalte den Zauber, der von ihr ausging, und kaum hatte sie begonnen, flog auch schon das Tor der Tischlerei auf und Simon eilte heraus, geradewegs in die Arme der fremden Schönheit. Mit entrücktem Blick kniete er neben ihr auf der großen Sitzbank, wo sie, auf einen Ellbogen gestützt in einem Blütenmeer badete. Als er den Pelz noch ein Stück weiter beiseiteschob, ihre nackten Hüften umfasste und sich vorbeugte, um seine Lippen gierig an ihrem Hals zu vergraben, lachte sie triumphierend auf. Seine Hände umfuhren immer wieder die Konturen ihrer weichen Brüste, wagten es aber nicht, die einladenden Brustwarzen zu erkunden.

Wie gelähmt musste Amelie mit anschauen, wie diese Frau ihren Bruder mehr und mehr in ihren Bann zog, wie sie nichts außer Simon und seine heißen Küsse, mit denen er nicht sparte, wahrzunehmen schien.

Amelie spürte Übelkeit in sich aufsteigen. Angst kroch durch ihr Herz, ließ ihr das Blut in den Adern gefrieren und breitete sich ebenso brennend in ihrem gesamten Körper aus wie der Wunsch, Simon aus den Klauen dieser Person zu befreien. Doch sie konnte sich ebenso wenig rühren wie jeder andere, der wie festgefroren auf dem Marktplatz stand.

Das ist sie ... die Schneekönigin ... hörte Amelie es ringsherum wispern.

Die Herrscherin der Kälte und des Eises ...

Diese streckte Simon fordernd ihre Brüste entgegen, die er daraufhin laut aufstöhnend mit seinen Händen fest umschloss. Die harten Nippel schauten einladend zwischen seinen Fingern hervor und warteten nur darauf, liebkost zu werden. Spielerisch tippte seine Zunge erst die eine, dann die andere rosige Spitze an. Aber dann wollte er mehr. Er wollte die Knospen fest mit seinen Lippen umschließen. Daran saugen, knabbern und neckisch hineinbeißen. Seine Hände wanderten an ihren Hüften abwärts, und während sie ihr Gesäß umfassten, saugte er voller Hingabe erst die eine, dann die andere steil aufgerichtete Brustwarze in seinen Mund hinein. Der Honig ihrer Haut betörte ihn, sandte ein gewaltiges Prickeln in seine Lenden und steigerte sein Verlangen nach ihr.

Ungeduldig öffnete er seine Hose, warf sich über sie und drang in sie ein. Wie eine Flamme schlug die Leidenschaft über ihm zusammen, als sie ihre Schenkel um seine Lenden schlang und ihn tief in sich aufnahm. Und während er in einem teuflischen Liebestaumel versank, setzte sich der Schimmel in Bewegung. Er zog den Schlitten zweimal um den Marktplatz herum, beschleunigte und bald war nur noch ein weißer Nebel zu sehen, der die Schneekönigin und das Opfer ihrer Begierde mit sich forttrug.

Es ging rascher und rascher, hinein in die nächste Straße, schließlich empor in die Lüfte über Hügel und Wälder, weit hinfort zu einem starr ruhenden See.

Der Schlitten setzte zur Landung an, der Schnee knisterte. Eisgraue, schreiende Krähen flogen über ihnen hinweg. Hoch oben schienen zwei Silbermonde so sanft und klar, schickten ihre Strahlen hinab und leiteten sie zur Kristallbrücke, die geradewegs ins Reich der Schneekönigin führte.

Die Schneeflocken setzten sich ins Haar, auf die Wimpern und Wangen. Simon barg sein Gesicht im duftigen Tal zwischen ihren weichen Brüsten. Liebesfunken entfachten ein heißes Feuer in ihm, flogen auf ihn zu und lullten ihn ein wie schwerer Rotwein, der langsam durch die Blutbahn kroch und trotz der Eiseskälte für ein wohlig warmes Gefühl sorgte.

„Friert es dich?", flüsterte sie, und küsste ihn ins Haar. Doch er spürte nichts von der Kälte ringsumher, während seine Hände unermüdlich über ihren Körper glitten und seine Hüften zwischen ihren bebenden Schenkeln vor- und zurückschnellten.

Alles in ihm verzehrte sich nach ihr, bekam nicht genug, wurde und wurde nicht satt.

Sein Atem ging unregelmäßig. Kleine Seufzer der Erregung verließen seine Lippen, verwandelten sich in lustvolles Stöhnen und liebestolles Raunen.

Wie trunken warf er den Kopf in den Nacken, spreizte ihre Beine noch ein Stückchen weiter und wünschte sich nur noch eines: Sie ohne Unterlass zu berühren, zu lieben und bis zum Anschlag auszufüllen. Sämtliche seiner Sinne drängten darauf, ständig von ihr zu kosten – sie zu riechen, zu schmecken und zu fühlen.

Sie flüsterte seinen Namen, bog sich unter ihm. Ihre Nägel gruben sich in seinen Rücken. Und während sie sich in voller Harmonie seinem Rhythmus anpasste, brach sie in triumphierendes Gelächter mit wildem Blick und kalt blitzenden Augen aus.

Weit draußen hinter dem siebten Hügel war das Gras so leuchtend wie Smaragde, und der Himmel so klar wie das reinste Glas. Verborgen hinter kirchturmhohen Eichen, umgeben von Ranken aus wilden, schneeweißen Rosen lebte die Zauberin Walburga in einem windschiefen Haus, umgeben von einem Garten, in dem die wundersamsten Blumen und Pflanzen wuchsen, so bunt wie ein Regenbogen und so geschmeidig, dass sie sich jeder Bewegung eines Vorübergehenden anpassten, ganz so, als ob sie lebten und auf diese Weise in harmonischen Kontakt treten wollten.

Bunte Vögel, klein, groß, frech und gesprächig flogen im Haus der Zauberin ein und aus, einem Haus aus Mauern, die blank wie Marmor und rot wie Rubine waren. Lange spitze Fenster aus Kristallen, ein Dach aus Muschelschalen, die sich öffnen und schlossen, je nachdem wie der Wind um das Haus fegte.

Diese Zauberin beschloss Amelie aufzusuchen, denn nur sie kannte den genauen Weg zum Reich der Schneekönigin. Und genau dort wollte Amelie hin.

Seit ihr Bruder mit der Schneekönigin auf und davon gereist war, hatte sie ein Gefühl in ihrer Brust, als sei ihr etwas herausgerissen worden, und ließ sie in tiefe Trauer versinken.

Die Sonne ging auf, vertrieb die Dämmerung. Amelie stand reglos am geöffneten Fenster und blickte hinaus, ohne etwas zu sehen. Sie wusste, dass sie ihren Bruder finden musste, um die erbarmungslose Schwere von ihrer Seele zu vertreiben.

Orangerot und rund tauchte die Sonne hinter dem Wald am Horizont auf. Langsam stieg sie höher, erhellte die Umgebung, und während ihre Strahlen mit dem Blattwerk der Bäume zu spielen begannen, griff Amelie nach ihrem Mantel, dem am Vorabend gepackten Rucksack und schloss das Fenster. Es war noch frisch, und sie hatte sich warm eingepackt, um für das Reich der Schneekönigin gerüstet zu sein. Dicke Strümpfe, ein kuscheliges Oberteil, darüber gleich noch eines, warme, gefütterte Stiefel, ihren langen selbst gestrickten Schal und kunterbunte Handschuhe. Ihr honigblondes Haar hatte sie zu einem Zopf im Nacken zusammengefasst. Mit geröteten Wangen, die grauen Augen entschlossen dreinblickend, machte sie sich auf den Weg.

Amelie war nicht hübsch im üblichen Sinne, aber ihr herzförmiges Gesicht und die blitzenden Augen verliehen ihr einen ganz eigenen Charme, fern von jeglichem Schönheitsideal.

Sie war schon viele Stunden über Wiesen und durch Wälder unterwegs, vorbei an Bächen und Seen, als alles übermannende Erschöpfung von ihr Besitz ergriff. Sie ließ sich neben einem Holunderbusch nieder, und schon bald fielen ihr die Augen zu.

Sie erwachte von einem kühlen Windhauch. Fröstelnd setzte sie sich auf. Silberne Mondstrahlen brachen durch das Blätterdach, eine Eule schrie. Längs des Weges, an dem Amelie tagsüber hübsche Sträucher gesehen hatte, wirkten diese nun wie geheimnisvolle Gestalten in lauernder Stellung, ganz so, als warteten sie nur darauf, sich auf sie zu stürzen.

Ihr klopfte das Herz bis zum Hals, dennoch packte sie ihr Bündel, erhob sich und setzte ihren Weg fort.

Vollmond. Es war Vollmond, und nur dann, wenn der Mond in seiner ganzen Pracht am Himmel zu sehen war, war es möglich, die Zauberin des Waldes um Rat zu bitten.

Der Kiesweg glänzte im Mondschein. Sie lief an einer alten, bedrohlich wirkenden Friedhofsmauer vorbei und fragte sich, wieso sie nicht einfach umkehrte, und sich in ihrem behaglichen Zuhause verkroch.

Jedoch immer, wenn sie diese Anwandlungen zu übermannen suchten, sah sie Simons Gesicht vor sich und wusste, dass sie nicht aufgeben durfte. Endlos kamen ihr die Stunden der Wanderung vor. Die Hügel im Osten erschienen ihr dunkel und drohend wie eine Gewitterfront. Doch genau in diese Richtung musste sie gehen – dorthin, wo eine finstere Kälte die silbernen Mondstrahlen zu verschlingen drohte.

Amelie lauschte. Was war das? Es klang wie ein leises Rufen ... jedoch keine menschlichen Laute. Sie erschauerte. Heiße Angst stieg in ihr hoch.

Da war es wieder – dieses Wispern, einem Rufen gleich. Amelie rannte, stolperte, stürzte voran. Längst wusste sie nicht mehr, wo sie war, eilte weiter und blieb abrupt stehen, als weißes schimmerndes Gefieder ihre Wangen berührte, zu Boden flatterte und die weisen, klugen Augen einer Eule sie zu fixieren begannen.

Regungslos saß die Schneeeule vor ihr, blickte umher, dann fuhr sie blitzschnell mit dem Schnabel in ihr Gefieder, packte eine samtige Feder und riss sie sich aus. Sie flog auf, schüttelte ihre Schwingen aus, umkreiste Amelie dreimal und hielt ihr die Feder auffordernd hin.

„Das wird dir Glück bringen", wisperte sie fast unhörbar.

Als sie die Feder an sich nahm, wies die Eule mit dem Schnabel in eine Richtung, von der Amelie unwillkürlich spürte, dass es die richtige war.

Mit der gefiederten Gefährtin an der Seite schritt sie weiter den Pfad entlang, der sich durch den finsteren Wald wand, vorbei an glänzendem Efeu und zotteligen Sträuchern, bis sie schließlich – auf seltsame Weise aufgeregt – auf einer smaragdgrünen Lichtung stand, die das Licht des Vollmondes förmlich zu trinken schien.

Verborgen hinter drei kirchturmhohen Eichen sah sie ein von Rosenranken umgebenes, windschiefes Haus, dessen Schornstein tiefblauen Rauch in den Nachthimmel blies. Ein Garten umgab das Haus, dessen Fenster weit geöffnet waren, sodass unzählige Vögel ein- und ausfliegen konnten. Der Garten lud zum Näherkommen ein, und als sie an den Blumen und Pflanzen vorüberging, streckten diese sich ihr sanft entgegen.

Die Eule ließ sich auf einem Ast nieder und blinzelte Amelie noch einmal zu. Dann breitete sie ihre Schwingen aus und flog dem Mond entgegen.

Zögernd stieg Amelie die Stufen zum Eingang hinauf und betätigte den eisernen Türklopfer, der die dunkelrote Haustür schmückte.

Im gleichen Moment hörte sie eine Stimme: „Die Tür ist offen!"

Ein wenig befangen betrat sie die große Wohnküche, in deren Mitte ein riesiger Kessel über einem heimeligen Feuer hing.

Wenige Schritte daneben standen zwei dunkelrote Hocker und ein Holztisch. An der Wand hing ein Regal, auf dem Kübel, Flaschen und Glasgefäße in unterschiedlichen Größen standen. Ihre Inhalte schimmerten dunkelrot. Ein dicker Samtvorhang links von ihr teilte sich, und vor ihr stand die durchscheinend schimmernde, silbrige Gestalt einer alten Frau.

„Ich weiß schon, was du willst!", sagte sie mit melodiöser Stimme. „Das ist zwar gefährlich, aber du sollst deinen Willen haben."

Die Frau führte Amelie zu einem Stuhl. „Du willst ins Reich der Schneekönigin, um deinen Bruder zu finden." Sie scheuchte einen kleinen, frechen Vogel fort, der ihr neckisch ins Ohr pickte, und lächelte. „Du kommst gerade zur rechten Zeit, denn wenn der Morgen graut, werde ich dir erst wieder helfen können, wenn ein weiterer Monat ins Land gezogen ist."

Langsam umkreiste sie den Feuerkessel, ließ Amelie nicht aus den Augen. Dabei bewegte sie ihre rechte Hand entgegen des Uhrzeigersinns über dem Kessel, indem eine rote Flüssigkeit blubberte. Ein roter Sternenregen stieg auf. Während Amelie noch staunte, tauchte die Zauberin eine Schöpfkelle in die dampfende Flüssigkeit, zog sie wieder heraus und reichte ihr das Gebräu.

Amelie war schwindelig vor Angst und Aufregung.

„Trink! Lass dir allerdings gesagt sein, dass es nur dann ein gutes Ende für euch geben kann, wenn du es schaffst, die Aufgabe, die dir die Schneekönigin bei deiner Ankunft stellen wird, innerhalb von sieben Tagen zu lösen. Sollte es dir innerhalb dieser Frist nicht gelingen, seid ihr für immer verloren und – sobald die Strahlen des silbernen Doppelmondes das Wasser des Eissees liebkosen – zu Statuen im ewigen Eis werden, die keine Macht der Welt jemals wieder erlösen kann. Na? Willst du es dir nicht lieber noch einmal überlegen?"

Amelie begann am ganzen Leib zu zittern. Dennoch schüttelte sie entschlossen den Kopf und trank einen Schluck der Flüssigkeit. Leichter Schwindel erfasste sie. Sie fand sich in einem Tunnel wieder, der sie weit und weiter nach Irgendwo führte. Und plötzlich verwandelte sich das allumfassende Dunkel in flackerndes Licht. Sie erblickte einen schwimmenden Eisberg inmitten eines riesigen Sees und sah blaue Blitze im Zickzack in das schimmernde Wasser einschlagen.

Der ruhig schimmernde See begann sich zu kräuseln, schäumte schließlich auf, und aus den Schaumkronen erwuchs eine Insel, in deren Mitte ein prachtvoller Eispalast thronte. Gewaltig, groß und majestätisch. Die eisblau schimmernden Schneemauern waren mit vielen Simsen und Fensterbögen versehen. Obwohl aus Schnee und Eis wirkten sie stark und sicher. Blass-lilafarbene Ranken wuchsen an den Mauern entlang und ein unwirklich fahles, einem mystischen Nebel ähnliches Licht leuchtete hinter den Fenstern hervor.

Haargenau dasselbe Bild, das Amelie an dem Morgen in den Himmel gezeichnet sah, an dem ihr Bruder mit der Schneekönigin verschwand.

Eine Treppe führte sie zum Wasser und geradewegs zur Kristallbrücke, die sie zur Insel führte. Während die eisige See die großen Eisblöcke hoch emporhob und sie in strahlendem Blau erglänzen ließ, zog ein Silberschweif den Horizont entlang und hoch über ihr leuchtete ein Stern. Die Luft war eisig. Amelie war froh, an einen dicken Mantel gedacht zu haben, als sie ihr Bündel gepackt hatte. Schneeflocken flogen gegen ihr Gesicht, blieben an ihren Wimpern hängen und begannen sofort zu gefrieren.

Sie stapfte voran und wusste, dass ihr Bruder am Ende der Schneeflocken warten würde. Und die Aufgabe der Schneekönigin, die sie lösen musste, ob sie wollte oder nicht.

Es roch nach Schnee, nach Winter, nach Einsamkeit – aber auch nach Hoffnung, und war sie auch noch so klein.

Als sie endlich den ersten Fuß auf die Insel setzte, glänzte der Himmel ganz hell und war durchzogen von Nordlichtern. Die Schneeflocken fielen weich und lautlos hinab und wurden größer, je näher sie dem Schloss kam.

Hoch über sich sah sie die zwei Silbermonde, von denen sie schon so viel gehört hatte. Sie blinkerten wie verschwörerisch zu ihr hinab, hüllten sie in sanftes Licht. In der Ferne erblickte sie wunderschöne Eisnymphen, die in einem grün schimmernden Tümpel badeten. Schlanken, vor Anmut schimmernde Gestalten, die sich alle friedlich summend im Tanz wiegten. Schwebend, einander an den Händen gefasst, und sich dann doch wieder loslassend.

Den Schal mehrfach um den Hals geschlungen, die Hände wohlig in den weiten Manteltaschen versenkt, die Haare über und über mit Schneeflocken bedeckt, schritt sie tapfer weiter. Ihre festen Schritte wurden von der weichen Schneedecke geschluckt. Immer wieder sank sie knietief ein, als sie vorwärtshastete. Es war zu kalt zum Schlendern, und da war noch etwas anderes, was sie immer weiter vorantrieb – ein bisschen Hoffnung inmitten der Eiskristalle und der eisigen Schneemassen. Als sie sich für einen Moment umwandte, sah sie ihren Schatten, der sich auf bizarre Weise auf einem der Eiskristalle abzeichnete. Schneewehen ließen ihre Füße tiefer und tiefer einsinken. Die Zehen spürte sie bereits nicht mehr, die Sicht verschwamm, und hinter ihren Lidern entstand wohlige Schwärze, der sie nachzugeben drohte.

Die letzte Kraft mobilisierend, marschierte sie weiter, obwohl die Kälte sie fast verzehrte. Scharfkantige Umrisse des Palastes, die wie Messer in den Schneehimmel ragten, tauchten schemenhaft vor ihr auf.

Ein flackerndes Licht begann die Schneeflocken zu teilen. Es war, als würde jemand einen Vorhang vor ihren Augen auseinanderziehen.

Sie gelangte zu einem großen Garten mit violett schimmernden und dunkelblauen Bäumen. Deren Früchte strahlten wie Silber, und die Blumen ringsherum waren aus Eis.

Inmitten des wundersamen Gartens stand prächtig und glanzvoll der Eispalast.

Amelie sah ein in gleißendes Licht getauchtes, schönes Wesen, das einen jungen Mann in die kalte Unendlichkeit des prächtigen Schlossgartens führte. Das durchsichtige Gewand dieser filigranen Nymphe war reich verziert mit kostbarem Geschmeide, das im Glanz der beiden Monde funkelte und blitzte. Anmutig setzte die betörende Gestalt einen Fuß vor den anderen. Dabei gab der seitliche, hüfthohe Schlitz des Gewandes den Blick auf ihre langen Beine preis. Sie lächelte, warf dem Mann neben sich einen verführerischen Blick zu und schmiegte ihren Körper mit eleganten Bewegungen an den seinen. Ihre Gestik zeigte, dass sie genau wusste, wie sie ihren Körper einsetzen musste, um ihr Gegenüber zu bezaubern, und so hob sie zärtlich die Hand und strich ihm mit ihren feingliedrigen Fingern durch das Haar. Dabei klimperten die Armbänder an ihren Handgelenken wie ein Glockenspiel weit über die unzähligen Kristallhügel hinaus und gaben kurz darauf ein feines Echo wieder. Lächelnd stellte sich die anmutige Gestalt auf Zehenspitzen und rieb ihre Brüste – die nur spärlich mit dem zarten Gewand bedeckt waren – aufreizend an seinem Oberkörper. Es war nur unschwer zu erkennen: Der Mann war Wachs in ihren Händen.

Dies war der Ort der Nymphen und Sirenen, die nichts anderes im Sinn zu haben schienen, als Männer zu erobern. Und die Schneekönigin war die Gierigste von allen, die Skrupelloseste, Raffinierteste, mit einem Herz aus Eis.

Die Nymphe legte eine Hand auf die Wange ihres Opfers, während sie die andere zwischen seine Beine schob und schließlich ungeduldig seine Hose zu öffnen begann.

Amelie wandte den Blick ab. Schmerzhaft musste sie daran denken, wie ihr Bruder sich von der Schneekönigin hatte betören und in ihr Reich locken lassen.

Auf einem der im See treibenden Eisblöcke saß ein weiteres Zauberwesen. Mit silbernem Kamm fuhr sie durch ihr fliederfarbenes Haar. Ihr Gesang tönte weit über die Schneelandschaft hinaus, eine liebliche Stimme, deren süßer Klang Männer aus nah und fern blind vor Verlangen herbeilockte.

Amelie näherte sich dem Schloss. Uneinnehmbar und unvergänglich schien es ihr mit den verschnörkelten, aber wuchtigen Rundtürmen, den prachtvollen Säulen und den dicken Mauern aus Eis. Unmittelbar davor lag ein sternförmiger Weiher, der mit Eisblumen übersät war. Eine Treppe aus Eiskristallen führte über das Wasser zum Portal.

Zögernd überquerte Amelie die Brücke, erklomm die Stufen und atmete tief durch. Sie hatte das eisige Reich der Schneekönigin erreicht, diesen sagenumwobenen Ort, den niemand ohne guten Grund aufsuchte. Hoch oben auf den höchsten Klippen, auf denen Schnee und Eis zur Ewigkeit verschmolzen.

Eine alte Dame in golddurchwirkten Gewändern öffnete das Portal, kaum dass Amelie davorstand. Zweifellos war sie die oberste Hausdame. Sie hob ihre mit

Diamanten besetzte Lorgnette vor die Augen, betrachtete Amelie eindringlich durch die Gläser und sagte: „Sie werden erwartet."

Amelies Herz begann schneller zu klopfen. Sie wurde erwartet? Von wem? Etwa Simon? Woher wusste er?

Unzählige Fragen schossen ihr durch den Kopf, doch bevor sie diese zu formulieren vermochte, erntete sie ein distanziertes, knappes Nicken und die harsche Geste der vorauseilenden Hausdame zu folgen. Sie trat durch das große Tor ins Schloss, sah sich staunend um. Die Wände waren fantasievoll verziert. Schon tausendmal hatte sie sich das Schloss der Schneekönigin in Gedanken vorgestellt, doch ihre Fantasie reichte nicht einmal ansatzweise an das heran, was sie hier vorfand.

Kristallklare Spitzbögen, die von einem zum anderen der scheinbar unendlichen Säle führten. Das silberne Licht der zwei Monde beleuchtete sie alle geheimnisvoll, und sie waren so groß, so prächtig, so glänzend und wunderschön.

Amelie wurde durch den ersten Saal zum zweiten geführt. Hier vergnügten sich lachende Nymphen inmitten prachtvoller Kissenlager mit ihren willigen Opfern. Weibliche Reize, Vergnügen und Lustbarkeiten füllten die Räumlichkeit bis in den letzten Winkel aus. Weiter ging es, bis sie vor einer verschlossenen Doppeltür aus Lapislazuli standen.

Rund um diese Tür glänzte ein geheimnisvoller Lichtschein, der Amelie daran erinnerte, wie sie als Kind am Weihnachtsabend durch die Türritzen in die Wohnstube hineingespäht hatte, in der der Lichterbaum mit seinen goldenen Schleifen, rotbackigen Äpfeln und bunten Kugeln erstrahlte. Ein verbotener Blick, nur um ein einziges Mal das Christkind in seinem Festkleid mit all den bunten Päckchen im Arm zu sehen.

Die Tür wurde von innen geöffnet, Amelies Begleiterin verschwand wie ein unsichtbarer Schatten und der Blick in den Raum, aus dem dieses magisch anziehende Licht kam, wurde frei. Sphinxe aus Lapislazuli saßen links und rechts an den Wänden entlang auf Eisblöcken. Der gesamte Saal wirkte überwältigend.

Und inmitten des großen Raumes, getaucht in eine Aura aus Kristall, stand sie – die Schneekönigin. Hinter ihr ein mächtiger Thron, der über und über mit goldenen Ornamenten versehen war.

Sie war noch schöner, als Amelie sie in Erinnerung hatte. Ihr langes weißes Kleid funkelte wie Eis. Hoch aufgerichtet stand sie da.

Während Amelie die Herrscherin des Eises noch in atemlosem Schweigen anstarrte, kräuselten sich deren Lippen zu einem kalten Lächeln.

„Da bist du ja endlich!"

Endlich? Also war es die Schneekönigin selbst, die sie erwartet hatte? Warum?

„Ich habe gehofft, dass du deinem Bruder folgen wirst", wurde ihre stumm formulierte Frage beantwortet.

„Aber …?" Amelie blickte sich suchend um.

„Den, den du suchst, wirst du hier nicht finden. Aber ich werde ihn – sofern er es möchte – freigeben, wenn du vollbringst, was vor dir noch keine Frau vollbrachte."

„Und das wäre?"

„Entfache das Feuer der Liebe in meines Bruders Herzen. Dann seid ihr beide frei."

„Ihr habt einen Bruder?"

„Allerdings." Die Schneekönigin nahm Platz, drapierte ihr Kleid. „Für euch Menschen bin ich die böse Schneekönigin, die Kälte und Leid verbreitet. Jedoch ist es nicht *mein* Groll, den ihr Menschen von Jahr zu Jahr stärker zu spüren bekommt, sondern der meines Bruders – des Schneekönigs – von dessen Existenz niemand von euch etwas weiß. Wie auch, da er den Palast doch nie verlässt. *Er* ist für all das, was ihr mir andichtet, verantwortlich. Ich bin nicht einmal die, für die ihr mich haltet, denn ich bin keine Königin, allenfalls eine Schneeprinzessin.

„Ihr sagt, Ihr selbst verbreitet kein Leid. Jedoch habt Ihr mir meinen Bruder genommen, mir damit großes Leid zugefügt. Und er ist nicht der Einzige, der schmerzlich vermisst wird."

Für einen winzigen Moment legte sich ein kaum wahrnehmbarer Schatten über die Augen der Schneeprinzessin. Leise antwortete sie: „Dies hat andere Gründe. Ich will es zu erklären versuchen."

Und so erfuhr Amelie von dem Wunsch der Schneekönigin, neben Sex endlich einmal Romantik, Leidenschaft und Liebe spüren zu dürfen. Erfuhr von der Sehnsucht nach diesem viel besungenen Gefühl, das die Macht besitzen sollte, ein jedes Herz zu erwärmen.

„Oft habe ich über das große Gefühl namens Liebe gelesen. Sehr viel. Jedoch blieb mir es bis heute versagt, der Liebe selbst nachzuspüren." Sie blickte an Amelie vorbei in die Ferne. Dann kehrte ihr Blick zurück. „Seit Jahrhunderten wandere ich auf der Suche nach einem Mann ruhelos umher, der für mich entbrennt, der mir bedingungslos zugetan ist, der mich liebt." Sie lachte kurz auf, fuhr dann fort: „Es ist nicht so, dass diese Suche erfolglos blieb. Keinesfalls. Leider jedoch wurde bisher jeder Mann, den ich auch nur berührte, eiskalt."

„Weil die Liebe nicht stark genug war?"

„Das dachte ich zunächst auch und suchte weiter. Unermüdlich. Bis ich merkte, dass mein Bruder, dessen Macht so viel größer und mächtiger ist als die meine, dahintersteckt. Jeden meiner Versuche, nur ein winziges bisschen dieser Liebe zu erhaschen, erstickte er bereits im Keim. Jede menschliche Regung verwandelte er binnen einer von ihm gesetzten Frist zu Eis. Dennoch suchte ich weiter. Auch wenn die Hoffnung zu schwinden begann, einen Mann zu finden, der stark genug wäre, der Macht meines Bruders zu trotzen und dem ewigen Eis zu entkommen." Sie seufzte leise, ihre Zungenspitze benetzte die Oberlippe, dann sprach sie weiter. „Also beschloss ich, meine Taktik zu ändern. Es musste eine Frau her, der es gelingt, das Herz meines Bruders zu erwärmen, mit Liebe zu durchtränken, sodass er mir nicht mehr dazwischenfunken kann. Und so suchte ich fortan nicht nur Männer, sondern auch Frauen, die ich für geeignet hielt. Wie praktisch, wenn mir dabei ein Geschwisterpaar unterkommt." Für einen Moment erhellte sich ihr Blick, ihre Augen begannen mit den Schmucksteinen, die ihr Kleid verzierten, um die Wette zu funkeln. „Ich habe gewusst, dass du deinem Bruder folgen wirst. Also konnte ich mir einen Teil der Arbeit sparen."

„Wie geht es Simon?"

„Nun, dein Bruder ist nicht mehr der, der er einmal war, was ich zutiefst bedaure. Nie zuvor habe ich etwas so sehr bedauert, denn ihm bin ich mehr zugetan als irgendwem je zuvor. In ihm steckte eine Wärme, die mein Herz mit mehr Zeit hätte erreichen können." Sie erhob sich, trat auf Amelie zu. „Aber du kannst ihn retten. Kannst unsere Liebe retten, die nach wie vor in ihm steckt, aber mehr und mehr zu vereisen beginnt. Erobere das Herz meines Bruders, das so kalt und eisig ist, dass selbst meine Träume mehr und mehr daran erfrieren. Nur wenn es dir gelingt, das Herz des Schneekönigs zu erwärmen, wird es Hoffnung geben." Dem letzten Satz verlieh sie besonderen Nachdruck.

„Wieso sollte ausgerechnet mir das gelingen?"

„Weil in dir und in deiner Liebe zu Simon ein loderndes Feuer brennt, einer Macht gleich, die neue Hoffnung schenkt."

„Ich will gerne alles tun, um meinen Bruder zu befreien. Nur … wie soll ich jemandem, dessen Herz aus Eis ist, wahre Gefühle entlocken?"

„Wüsste ich einen Weg, ich hätte ihn längst eingeschlagen. Auch ich bin am Ende meiner Vorstellungskraft. Dennoch muss er innerhalb von sieben Tagen in Liebe zu dir entbrennen, nicht genug von dir bekommen bis in alle Ewigkeit. Sollte es dir innerhalb dieser Frist nicht gelingen, ihm – tief aus dem Herzen kommend – die drei Worte ‚Ich liebe dich‘ zu entlocken, seid ihr für immer verloren."

„Aber …" Amelie wurde mit einer ungeduldigen Handbewegung unterbrochen.

„Es ist keine Zeit für weitere Fragen. Du möchtest, dass dein Bruder freikommt? Dann tu was ich von dir verlange. Versuche es zumindest. Du findest die Gemächer meines Bruders drei Stockwerke höher hinter der Eisgalerie."

Licht flackerte über die Eiswände, als Amelie die steile Wendeltreppe Stufe für Stufe erklomm. Das Leuchten und Funkeln blendete sie.

Bald hatte Amelie die Etage erreicht, in der sie den Schneekönig finden sollte, und je höher sie stieg, umso eisiger wurde es. Schneeflocken stoben durch den Korridor, ein frostiger Windhauch heulte ein schauriges Lied und irrte durch die verwinkelten Ecken. Eiskristalle blitzten sie aus jeder Ecke bedeutungsvoll an, ganz so, als hätten sie etwas zu erzählen, das seit Jahrtausenden tief in ihnen eingeschlossen war.

Unbehagen ergriff von Amelie Besitz. Sie blieb stehen, setzte dann jedoch wieder langsam einen Fuß vor den anderen – schließlich blieb ihr keine andere Wahl.

Als sie vor der Tür stand, von der sie wusste, dass es das Reich des Schneekönigs war, klopfte ihr das Herz bis zum Hals.

Was sollte sie ihm sagen? Ihn in ihre Not einweihen? An sein Herz appellieren?

Was für ein Blödsinn, schalt sie sich selbst. *Er hat doch gar kein Herz. Höchstens eines aus Eis.*

Sie atmete tief durch, stieß die Tür auf und betrat ein riesiges, rundes Turmzimmer. Durch die Fenster fiel Licht hinein und beleuchtete die mit einem Deckengemälde versehene Dachkuppel.

Ein überirdisch schöner Mann – mit Augen so tief, kalt und blau wie der Eissee und Haaren so silbern wie die zwei Monde – saß lässig auf einem Eisthron. Unnahbar, stolz, mit einem arroganten Zug um den Mund. Seine Statur war schlank. Er trug ein weißes Hemd, und seine Beine steckten in dunklen Hosen, deren Stoff dezent und elegant glänzte.

Mit hochgezogener Augenbraue beobachtete er zwei junge Frauen, die für ihn tanzten und sich alle Mühe gaben, ihm zu gefallen. Die Tänzerinnen bewegten sich graziös und gaben sich wie in Trance ganz der Musik hin. Die Augen geschlossen, die feuchten Lippen leicht geöffnet, strahlten sie etwas Verletzliches aus.

Eine von ihnen trat auf ihn zu, beugte sich vor und legte ihm einen Finger auf den Mund, umfuhr die Kontur seiner Lippen und lächelte verführerisch. Ein Ausbund an Sinnlichkeit. Der Schneekönig jedoch wirkte gelangweilt.

Unwillkürlich begann Amelie sich vorzustellen, wie sich seine Lippen wohl anfühlen mochten. Weich, obwohl ein harter Zug darum lag? Warm, obwohl seine gesamte Ausstrahlung so kühl war wie blankes Eis? Mit Sicherheit nicht.

Die Tänzerinnen begannen Amelie leid zu tun. Strengten sie sich auch noch so an, ihn zufriedenzustellen. Dies schien ein Ding der Unmöglichkeit zu sein.

Eingebildeter Schnösel!

Unwillig zog Amelie die Augenbrauen zusammen. Dieser überhebliche Kerl also war derjenige, dessen Herz sie erweichen musste, wollte sie sich und ihren Bruder vor einem gnadenlosen Schicksal bewahren. Sie schnaubte wütend.

„Ich möchte dieses liebreizende Intermezzo ja nur ungern unterbrechen", begann sie ebenso hochnäsig, wie er dreinschaute, „aber ich benötige Eure Aufmerksamkeit, *Majestät*!" In ihr letztes Wort legte sie so viel Sarkasmus, das selbst der über allem erhabene Schneekönig für einen kurzen Moment zusammenzuckte. Jedoch war er sehr schnell wieder Herr der Lage.

„Oh, sieh an, da kommt Nachschub. Meine Schwester scheint es heute besonders gut mit mir zu meinen. Los, zeig mir, dass du es besser kannst. Tanz!"

Amelie stemmte die Hände in die Hüften. „Ich bin nicht zu Eurer Belustigung hier. Wenn Euch langweilig ist, sucht Euch einen vernünftigen Zeitvertreib, statt andere Menschen so zu behandeln, als seien sie Eure Leibeigenen."

Belustigung trat in seine tiefblauen Augen.

„Du bist nicht zu meinem Zeitvertreib hier? Interessant … aber auch unklug, denn wer mir nicht gefällt, verschwindet ebenso ins ewige Eis wie derjenige, der sich mir widersetzt."

„Plustert Euch ruhig auf … wie ein lächerlicher Pfau – da oben auf Eurem Thron. Mir könnt Ihr damit keine Angst einjagen", platzte es trotzig aus ihr heraus, obwohl sie innerlich vor Angst erstarrte. Ihr hitziges Temperament ging wieder einmal mit ihr durch.

Des Schneekönigs Augen verengten sich. Mit einem Kopfnicken entließ er die Tänzerinnen, erhob sich, kam auf Amelie zu und blieb dicht vor ihr stehen.

„Ein angenehmer Kontrast. Statt eines weiteren unterwürfigen, liebeshungrigen Weibchens hat mir meine Schwester diesmal eine kleine Kratzbürste gebracht. Ich staune." Bei diesen Worten streckte er eine Hand nach ihr aus, fasste ihr spielerisch ins Haar. Unwillkürlich trat Amelie einen Schritt zurück, schlug seine Hand beiseite. „Nehmt Eure Pfoten weg. Ich mag es nicht, von Euch berührt zu werden." Giftpfeile schossen aus ihren Augen geradewegs auf ihn zu.

Er begann schallend zu lachen. „Du hast gar keine andere Wahl. Es sei denn, du ziehst es vor, dass dein entzückender Körper schon innerhalb der nächsten Minuten zu Eis erstarrt." Er lächelte gespielt mitleidig. „Ich würde es allerdings bedauern, nicht zumindest einmal davon gekostet zu haben." In seinen Augen blitzte es überlegen auf. Und noch bevor sie ausweichen konnte, packte er sie am Oberarm und raunte ihr ins Ohr: „Ich an deiner Stelle würde mich bemühen etwas liebenswürdiger zu sein. Schließlich geht es nicht nur um dich, sondern auch um deinen Bruder."

Amelie zuckte zusammen. Er hatte ihren wunden Punkt getroffen.

„Ist da so etwas wie Einsicht in deinem widerspenstigen Gesicht zu erkennen?" Er tat erstaunt.

„Spottet nur. Das wird Euch irgendwann auch noch vergehen."

„Du kleines dummes Ding tätest gut daran, so entgegenkommend zu sein wie die anderen Frauen."

Sie drehte den Kopf weg.

„Sieh mich an!"

Amelie dachte im Traum nicht daran, ihm aufs Wort zu gehorchen.

„Ich sagte, du sollst mich ansehen." Grob fasste er nach ihrem Kinn.

„Und ich sagte, dass es mich anwidert, von Euch berührt zu werden." Blind vor Wut spuckte sie ihm vor die Füße.

Seine Augenbrauen zogen sich ärgerlich zusammen, sein Blick verdunkelte sich gefährlich. Mit hoch erhobenem Kopf hielt sie seinem Blick stand, auch wenn sie sich in diesem Augenblick alles andere als stark fühlte. Jedoch würde sie ihm nicht die Genugtuung geben, ihre Unsicherheit zu zeigen. Sie presste die Lippen aufeinander, als er erneut nach ihr griff. „Ich denke, es ist an der Zeit, dir zu zeigen, wer hier der Herr im Hause ist. Ich werde dich zähmen, dir geben, was du brauchst. Und erst dann damit aufhören, wenn du mich um Verzeihung gebeten hast und fortan tust, was ich von dir verlange."

Er wollte sie näher an sich reißen, um seine Macht zu demonstrieren, doch da mobilisierte Amelie ihre gesamten Kräfte, trat ihm gegen das Schienbein und riss sich los.

Sie eilte zur Tür, riss sie auf und rannte so schnell es ihre Beine erlaubten davon. Sie lief, als sei der Teufel persönlich hinter ihr her. Weiter und immer weiter, nahm zwei Stufen gleichzeitig, stolperte, rappelte sich wieder auf und lief weiter, ohne zu wissen, wohin sie sollte.

In einem Raum, der wie eine Ahnengalerie aussah, blieb sie kurz stehen, um nach Luft zu schnappen. Ihr war schwindelig, in ihren Ohren begann es zu rauschen, und ihr klopfendes Herz stolperte vor Überanstrengung. Sie fühlte sich, als würde eine Schnur um ihren Hals zugezogen. Der anstrengende Tag forderte seinen Tribut, ihr wurde schwarz vor Augen. Sie taumelte und kam erst wieder zu sich, als sie auf einer der Kommoden saß, die entlang der Wand standen, und zwei Hände sie festhielten, damit sie nicht nach vorn kippte.

Sie blinzelte, öffnete die Augen und sah in zwei blaue Augen, die spöttisch aufblitzten.

„Mir scheint, ich bin von einem Moment zum anderen alt und hässlich geworden, oder wie ist es möglich, dass ein weibliches Wesen vor mir flüchtet und dabei zu guter Letzt auch noch in Ohnmacht fällt? Normalerweise löse ich bei den Damen wahres Entzücken aus."

„Lasst mich!" Diese Worte brauchten eine halbe Ewigkeit, ehe sie sich über ihre Lippen quälten. Sie war erschöpft.

„Hier, trink erst mal." Er hielt ihr ein Glas Wasser hin. „Aber nicht zu hastig, sonst zerspringt dir noch dein Herz."

Amelie fühlte sich tatsächlich so, als würde ihr Herz jeden Moment in unzählige Stücke zerbersten. Dennoch reckte sie trotzig ihr Kinn vor: „Ich brauche keinen Vormund und auch nichts zu trinken. Ich möchte nur so schnell wie möglich mit meinem Bruder zusammen von hier verschwinden."

Ein gefährliches Glimmen trat in seine Augen. „Noch immer nicht genug gekämpft, kleine Löwin?"

Ihr Kopf schmerzte, das Rauschen in ihren Ohren wollte einfach nicht vergehen, und so seufzte sie nur müde: „Mir ist alles andere als zu kämpfen zumute." Mit bleichen Wangen und mattem Blick schaute sie an ihm vorbei, entlockte ihm ein erstauntes Stirnrunzeln, denn er hatte sich auf eine Fortsetzung dieses Wortgefechts gefreut. Sogar sehr gefreut.

Der Streit mit ihr hatte ihn erfrischt wie schon lange nicht mehr. Er wollte mehr davon. Aber erst sollte sie zu Kräften kommen.

Er hob sie hoch, als wäre sie leicht wie eine Feder, und warf sie sich über die Schulter. Bevor sie ihrer Überraschung Herr werden konnte, war er schon mit ihr zu einer Treppe unterwegs, die mit einem kunstvoll verzierten Geländer ausgestattet war. Sie führte ein Stockwerk hinab, wand sich in engen Linien um eine Eissäule. Amelie konnte nicht sehen, wohin er sie trug, denn sein Rücken versperrte ihr die Sicht.

„Was soll das? Was habt Ihr vor? Ich will zu meinem Bruder! Hört Ihr? Bringt mich sofort zu meinem Bruder!"

Statt sich an seinem Hemd festzuhalten, um den unangenehmen Schaukelrhythmus ihres Körpers ein wenig zu mildern, trommelten ihre Fäuste pausenlos gegen seinen Rücken.

„Schschscht …", erwiderte der Schneekönig belustigt-besänftigend und quittierte ihr empörtes Zetern mit einem amüsierten Lachen.

Amelie glaubte, nicht richtig zu hören. Er lachte sie aus … lachte sie tatsächlich aus.

„Ihr seid ein … ein … Ungeheuer! Wenn Ihr mich nicht sofort loslasst, dann …"

Sie brach ab, denn sein Lachen schwoll an, hallte tausendfach von den Eismauern zurück.

„Was dann? Wirst du mich einsperren lassen? Mich bestrafen?" Sein Ton war unverschämt ironisch. „Schimpf ruhig weiter, denn so wird es mir wenigstens nicht langweilig."

„Lasst mich, verdammt nochmal, runter", versuchte sie es erneut, während er mit dem Fuß eine Tür aufstieß.

„Du willst runter? Ganz wie du meinst!"

Und dann ließ er sie los. Ließ sie einfach fallen – an Ort und Stelle fallen.

Ein spitzer Schrei kroch aus ihrer Kehle. In Erwartung des Aufpralls hob sie innerhalb von Sekundenbruchteilen schützend ihre Hände über den Kopf und kniff die Augen zusammen. Sie landete auf dem Rücken … doch der Schmerz blieb aus.

Mit halb geschlossenen Lidern richtete sie sich etwas auf und blickte sich um. Sie lag auf einem riesigen Bett – einem Bett mit einem hohen, spitzen Himmel aus zartem Stoff, dessen Muster einen mit Nordlichtern durchzogenen Himmel zeigte. Ein Beleuchtungskörper aus Rosenquarz warf ein einladendes Licht an die weißen, von vielen Fensterbögen und Simsen unterbrochenen Eismauern und Decken, die mit Stuck aus gepresstem Schnee versehen waren. Suchend inspizierte sie den Raum. Auf einem runden Tisch blühten Eisrosen in einer Kristallvase, und unter dem Fenster sah sie einen hohen Lehnsessel stehen. Ihr Blick wanderte weiter über einen fantasievoll verzierten Frisiertisch unmittelbar neben dem Bett. Auf der Seite zum Balkon lud eine weiß bezogene Garnitur zum Sitzen ein. An der Wand gegenüber standen ein großer Schrank und in der Ecke daneben ein Sekretär aus dunklem Holz.

Niemand außer ihr befand sich im Raum. Still und leise hatte der Schneekönig den Raum verlassen. War das die Ruhe vor dem Sturm? Was sollte sie jetzt tun? Sie atmete tief ein, versuchte sich zu beruhigen. Ihr Magen hatte sich in einen kalten Klumpen verwandelt, das Herz schlug ihr bis zum Hals. Diese Ungewissheit war schlimmer als das, was eventuell noch auf sie zukommen könnte.

Sie stand auf, wanderte ruhelos im Zimmer hin und her. Sie wünschte sich zumindest ansatzweise zu wissen, was in den nächsten Tagen geschehen würde. Was genau von ihr erwartet wurde ... ob es eine Chance gab, ihren Bruder und sich zu befreien. Diese Ungewissheit glich einer Ohnmacht, und ohnmächtig zu sein war gleichbedeutend wie gelähmt sein. Ein unerträglicher Zustand für jemanden wie Amelie, die es gewohnt war, den Dingen auf den Grund zu gehen, anzupacken, was anzupacken war, Probleme zu erkennen und zu beseitigen. Sie seufzte, trat zum Fenster und dachte angestrengt nach. Doch ihre Überlegungen kamen zu keinem hilfreichen Schluss.

Ein dichter Schleier zog sich über den zwei Monden zusammen, und Dunkelheit breitete sich über die ewige Eislandschaft.

Schlaf ... sie könnte etwas Schlaf brauchen. Das Bett, das in seidigen Kissen fast ertrank, lud förmlich dazu ein. Leider war ihr der Rucksack bei der Flucht vor dem Schneekönig abhanden gekommen. Sie besaß also nichts, nur das, was sie am Leib trug.

Auf der Suche nach einem Nachtgewand öffnete sie den Kleiderschrank. Ein verführerischer Blumenduft strömte ihr entgegen, als sie die seidigen Stoffe der Kleider, die sich darin befanden, betastete. Amelie zog ein zartgrünes Nachthemd heraus und hielt es vor sich. Ein Stoff zum hineinschmiegen.

Das angrenzende Badezimmer entlockte ihr, trotz ihrer Anspannung, einen Freudenschrei. Die große, in den Boden eingelassene, elfenbeinfarbene Wanne war ein wahrer Blickfang. Umgeben von einer Vielzahl Eisrosen lud sie ebenso zum stundenlangen Bad ein, wie die mit flauschigen Badetüchern gefüllten Regale. Skulpturen aus Eis, die allesamt aus einem alten, verwunschenen Märchen zu stammen schienen, zierten die vier Ecken des Raumes.

Wenig später lag Amelie träge im lauwarmen Wasser.

Langsam lösten sich die Verspannungen der letzten Stunden und machten neuem Mut Platz. Sie würde es schaffen, ihren Bruder zu erlösen. Und damit auch sich. Nur eine Lösung hatte sie noch nicht. Auf keinen Fall hatte sie die Absicht, untätig dazusitzen oder gar in Ehrfurcht zu erstarren, wenn der Schneekönig das Wort erhob. Er würde sie schon noch kennenlernen und spüren, dass ihr Dickkopf härter sein konnte als die kompakteste Eiswand.

Das Bad tat ihr gut. Sie ließ sich von dem Wasser tragen, bewegte nur ein wenig die müden Beine, und ihr langes Haar verteilte sich schwerelos um ihren Kopf. Wohlig reckte sie sich, dehnte ihren Leib, durchbrach mit der Brust die Wasseroberfläche. Die kühle Luft des Raumes bot einen anregenden Kontrast zur einlullenden Wärme des Badewassers, verlieh der Haut, die sich oberhalb des Wassers befand, einen rosigen Schimmer. Ihre Brustwarzen verhärteten sich, spielerisch drückte sie ihren Oberkörper weiter über die Wasserlinie. Sie schloss genüsslich die Augen, ließ sich von ihren Haarsträhnen streicheln, ließ ihre Fingerspitzen sanft über ihren Bauch tanzen und glitt hinüber in einen sanften Schlaf.

Den Schneekönig, der im Türrahmen stand und sie stumm beobachtete, bemerkte sie nicht. Als das Wasser abkühlte, begann sie zu frösteln, schlug die Augen auf und griff nach dem großen, flauschigen Badetuch, das sie sich an den Rand gelegt hatte. Sie erhob sich, wickelte sich das Tuch so um den Körper, dass sie von den Schultern bis zu den Knien bedeckt war, während sie mit ihren Füßen noch im Wasser stand.

Amelie wollte sich gerade den Oberkörper trockenreiben, als sie aus dem Augenwinkel eine Bewegung wahrnahm. Wie vom Blitz getroffen zuckte sie zusammen.

Wie lange mochte er schon dort stehen? Hatte er sie beobachtet? Diese und noch weitere Gedanken schossen ihr durch den Kopf.

In seinen Augen blitzte es amüsiert auf, als er sah, wie sie das Tuch krampfhaft vor dem Körper zusammenhielt. Sein Blick ruhte unverwandt auf ihr, und sie fühlte eine seltsame Unruhe, als ihr Blick den seinen kreuzte.

Als er seine Musterung endlich beendet zu haben schien und langsam auf sie zukam, erschrak sie, zog das Tuch noch fester vor der Brust zusammen.

Lachend schüttelte der Schneekönig den Kopf. „Ich kenne es nur, dass sich die Damen mir zu Füßen werfen und darum betteln, geliebt zu werden. Du jedoch gibst mir das Gefühl, ein abscheuliches Ungeheuer zu sein."

Er beugte sich vor, fuhr mit gespreizten Fingern durch ihr nasses Haar.

„Das seid Ihr ja auch!"

Er hörte auf zu lachen, griff nach ihrem Handgelenk. „Es wird eine reizvolle Erfahrung für mich sein, deinen Widerstand zu brechen." Er drehte ihr bei diesen Worten das Handgelenk auf den Rücken und zog sie an sich. Als sie seinen Atem auf ihrem Gesicht spürte, durchfuhr ihren Körper eine seltsame Schwäche. Er brachte seinen Mund dicht an ihr Ohr und flüsterte: „Irgendwann wirst auch du vor Lust nach mir vergehen", und ließ sie abrupt los, gerade als ihr Körper nachgiebig zu werden begann.

Zitternd stand sie vor ihm, senkte den Blick. Sie war sich seiner Nähe so intensiv bewusst, dass alles in ihr zu vibrieren begann. Noch nie war sie einem Mann so nahe gewesen, und sie stellte voller Verwirrung fest, wie allein die Erinnerung an den Druck seines Körpers Gefühle und Wünsche in ihr aufsteigen ließ, die sie nie für möglich gehalten hätte. Sie ersehnte eine weitere Berührung, Nähe zu ihm, dem Mann mit dem Herzen aus Eis.

Während er sie mit ausdruckslosem Gesicht musterte, reifte in ihr ein Plan. Wieso nicht zwei Fliegen mit einer Klappe schlagen? Einerseits etwas dafür tun, dass sie ihn gnädig stimmte, andererseits diese verrückt machenden Regungen in ihrem Körper stillen.

Sie entstieg der Wanne über zwei Stufen nach oben, legte den Kopf kokettierend schief und lächelte ihn verheißungsvoll an. Ohne den Blick von ihm abzuwenden schob sie das Badetuch vorn auseinander, ließ es an sich hinabgleiten, so dass es alsbald wie eine Pfütze um ihre Füße lag.

Sie sah ihn fest an, schlug die Augen auch nicht nieder, als sie das offensichtliche Erstaunen in seinem Blick erkannte. Offenbar hatte er nicht erwartet, dass sie sich ihm so offensiv anbot.

Sie trat dicht an ihn heran. Ihr Zeigefinder zeichnete die Linien seines Gesichtes nach, mit dem Daumen strich sie über seine arrogant verzogene Unterlippe, ließ ihre Hände schließlich über seinen Hals, seine Schultern und seine Arme gleiten. Ihr Haupt neigend, begann sie die Knöpfe seines Hemdes zu öffnen und liebliche Küsse auf seine nackte Brust zu setzen. Als er sie sanft von sich schob, sich bückte, nach dem Badetuch griff und es ihr um den Körper legte, zuckte sie irritiert zusammen. Dass er den Blick für einen Moment senkte, um sein Verlangen vor ihr zu verbergen, entging ihr.

Erheitert fragte er: „Und was sollte das werden?"

Diese Worte ließen sie schamvoll erröten. Die Augenbrauen zornig zusammengezogen funkelte sie ihn an. „Tut doch nicht so scheinheilig. War es nicht genau das, was Ihr von Beginn an wolltet?" Innerlich aufgewühlt drapierte sie das Handtuch erneut so um ihren Körper, das dieser bedeckt war und steckte die Enden fest.

Der Schneekönig lachte, dass seine Zähne blitzten. „Wenn ich mich recht erinnere, wollte ich lediglich, dass du für mich tanzt."

„Würdet Ihr mich jetzt bitte allein lassen?"

„Ich denke nicht daran. Ich möchte zwar nicht, dass du dich ausziehst und mir schon heute deinen Körper schenkst, aber ich möchte unterhalten werden."

„Ich kann nicht tanzen – und will es auch nicht."

„Ich möchte nicht, dass du tanzt. Ich will mit dir reden."

Ihre Hände sanken herab. „Reden?", fragte sie verblüfft.

„Unser gestriges Wortgefecht hat mich erheitert. Davon möchte ich mehr."

„Hört, auch wenn Ihr Euch für den Nabel der Welt haltet, so lasst Euch gesagt sein, dass ich keine Aufziehpuppe bin, die auf Kommando Befehle ausführt. Mir ist nicht nach reden. Ich will schlafen. Also?" Ihre Handbewegung sollte ihm provokativ zeigen, wo sich der Ausgang befand.

Doch er überhörte ihren Einwand. „Du bist nicht sehr kooperativ, wenn man bedenkt, dass es hier um das Schicksal deines Bruders geht. Zieh dich an!" Als er nach ihrer Kleidung greifen und sie ihr reichen wollte, riss sie sie ihm aus der Hand. „Lasst das!" Mit hoch erhobenem Kopf stolzierte an ihm vorbei in den Wohnraum.

„Du hast was vergessen", hörte sie ihn süffisant hinterherrufen.

Sie blickte über die Schulter nach hinten, sah, wie er triumphierend mit ihrem Slip wedelte, und wandte sich zunächst ab. Dann überlegte sie es sich anders, machte auf dem Absatz kehrt, um ihm das Stück Stoff zu entreißen – und prallte gegen ihn. Mit einem spöttischen Grinsen und ausgebreiteten Armen stand er direkt hinter ihr und fing sie auf. „Hoppla, nicht fallen."

Ihr gespielt liebreizendes Lächeln ließ ihn in schallendes Lachen ausbrechen. Wutentbrannt riss sie ihm den Slip aus der Hand und sorgte für ein paar Meter Sicherheitsabstand. Verborgen hinter einem Paravent begann sie sich anzukleiden.

„Dass Frauen heftig auf mich reagieren, bin ich gewohnt. Dass sie meinetwegen aber sogar ihr Höschen vergessen, hätte ich mir in meinen kühnsten Träumen nicht ausgemalt." Seine Belustigung wuchs.

Am liebsten hätte sie ihm sein unverschämtes Lachen aus dem Gesicht geprügelt. Ein Blick aus amüsiert aufblitzenden Augen traf sie, als sie für einen Moment ihren Kopf hinter dem Sichtschutz hervorstreckte und bissig zischte: „Ihr sagtet, Ihr wünscht Konversation? Nun, da hätte ich einen Vorschlag: „Schweigt, Majestät! Das würde ich als die höchste Form der Konversation zwischen uns beiden empfinden." Ihre Stimme klang eisig.

„Du bist äußerst liebreizend! Und weißt du was das Beste daran ist? Dass du mir, ohne es zu wollen, genau das bietest, was ich mir gewünscht habe."

„Na prima. Was kann ich sonst noch für Euch tun? Natürlich vorausgesetzt, Ihr lasst meinen Bruder und mich im Gegenzug von hier verschwinden."

Mit zwei großen Schritten war er bei ihr. Ihn so plötzlich und so nah vor sich zu sehen, ließ sie erstarren. Mit geschmeidigen Bewegungen kam er noch näher, und die Intensität seines Blickes ließ einen Schauer über ihren Rücken jagen. Dieser Mann hatte etwas, das sie gleichermaßen anzog wie auch abstieß. Sie begann davon zu träumen, Wärme in seine Augen zu zaubern, den kalten Zug um seine Lippen fortzustreicheln, ihn mit Liebe einzuhüllen und spürte, dass die Ursache dafür nicht in der unabwendbaren Aufgabe lag, die wie ein Damoklesschwert über ihr schwebte. Sie vermochte es nicht, diese eigenartige Faszination, die sich wie ein Mantel über jeden ihrer Sinne gelegt hatte, abzuschütteln und ebenso wenig gelang es ihr, seinem Blick auszuweichen, der sie magisch im Bann hielt, förmlich aufzusaugen schien.

Leise seufzte sie auf, als er sie nahe an sich zog, so dass sie dessen klopfendes Herz spürte.

Ein Herz aus Eis kann klopfen?, schoss es ihr verwundert durch den Kopf.

Als er die Hand hob, sich sein Zeigefinger langsam und leicht ihre Wange hinab zu bewegen begann, schloss sie für einen Moment die Augen. Diese unerwartete, geballte Zärtlichkeit berührte sie verwirrend in ihrem tiefsten Inneren.

Und das bloß, weil sein Finger ihre Wange berührt hatte!

Ihre Reaktion schien ihn zu verwundern, aber auch zu gefallen. Er lachte leise, was sich geheimnisvoll verheißend anhörte und ihre Brustwarzen hart werden ließ. Seine Hand legte sich sanft unter ihr Kinn, der Daumen liebkoste ihre Unterlippe. Seine zärtliche Nähe war pure Versuchung, vertrieb ihre Ängste, ihren Zorn und ihre Zweifel.

Sie merkte, wie sie ihm ihr Gesicht entgegenhob, ohne dass sie es willentlich gesteuert hatte. Es passierte einfach, ganz so, als müsste es so sein. Sie genoss das süße Sehnen, das sie ohne Vorwarnung befallen hatte, ihr die Sinne raubte und ihren gesamten Körper mit einem Kribbeln überzog. Langsam fuhren seine Finger durch ihr feuchtes Haar, legte sich seine Hand auf ihre Wange, die sie zu gern intensiv hineinschmiegte.

Sein Atem auf ihrem Gesicht ließ sie erschauern. Wann küsste er sie endlich? Sie verzehrte sich danach, wünschte sich in diesem Augenblick nichts sehnlicher. Sie war ihm nah, aber nicht nah genug. Sein Gesicht nur wenige Zentimeter von dem ihren entfernt, erlag sie mehr und mehr seiner verhängnisvollen Anziehungskraft, starrte wie hypnotisiert auf seinen sinnlichen Mund, begegnete seinem Blick. Es war ein unergründlicher, aber sehr intensiver Blick, der ihre Knie zum Zittern brachte. Noch immer lag seine Hand auf ihrer Wange – es war fast wie Magie.

Sie schloss die Augen, ihre Lippen öffneten sich erwartungsvoll, das Herz drohte ihr zu zerspringen, so groß waren Anspannung und Vorfreude, aber auch Gier und Lust. Und dann – endlich – kamen seine Lippen näher. Um seine Mundwinkel begann es fast unmerklich zu zucken. Doch statt sie zu küssen, hauchte er ihr leicht und ohne Berührung über die Lippen. Amelies Sehnsucht nach einem leidenschaftlichen Kuss von ihm wuchs und als das, wonach sie sich verzehrte endlich wahr wurde, sich sein Mund fest auf den ihren legte, begann ihr Körper unkontrolliert zu zucken. Wie von selbst öffneten sich ihre Lippen und passten sich seinen Spielereien an. Seine Lippen nagten zärtlich an ihrer Unterlippe, saugten daran, während seine Zungenspitze die ihre lockte. Mit einer Hand hielt er ihr Gesicht umfangen, während die andere über ihren Nacken und wieder zurück in ihr Haar glitt.

Das Zittern, das ihren Körper durchlief, lag außerhalb ihrer Kontrolle.

Er zog sie noch näher, drückte sie fest an sich, bog ihren Kopf zurück, so dass sie ihn ansehen musste. „Du küsst übrigens gerade ein scheußliches Ungeheuer." Seine leise Stimme ganz nah an ihrem Ohr brachte sie um den Verstand.

Sie wollte nicht reden, nicht nachdenken, nicht antworten. Sie wollte küssen. Ihn küssen. Von ihm geküsst werden. Leidenschaftlich, erotisch, sehnsüchtig, endlos.

Sie begehrte ihn mit jeder Faser ihres Herzens.

Seine Fingerspitzen strichen verführerisch lockend ihre Wirbelsäule hinab, legten sich auf ihre Hüften, strichen wieder den Rücken hinauf, während sie erneut in einem innigen Kuss versanken.

Und diesmal übernahm Amelie die Regie, wollte selbst über Tiefe und Dauer ihres Kusses bestimmen. Gierig trank sie von seinen Lippen, strich mit den ihren sanft darüber, nur um diese im nächsten Moment mit Beschlag zu belegen, sich daran festzusaugen und ihr Gegenüber zu einem leidenschaftlichen Zungenschlag aufzufordern. Hitze durchströmte sie von Kopf bis Fuß. Immer wieder nahm sie seine Unterlippe zwischen die Zähne, saugte daran, umschloss seinen Mund mit dem ihren.

Die distanzierte Gelassenheit des Schneekönigs begann zu schmelzen, eine Tatsache, die ihn irritierte. Er zog sich sanft von ihr zurück, ohne sie loszulassen, wich Amelies verschleiertem Blick aus, um seinen Aufruhr zu verbergen.

Unwillkürlich schob sie sich wieder näher an ihn heran. Die Distanz, die er geschaffen hatte, gefiel ihr nicht, und war sie auch noch so gering.

Er wandte sich ab, machte einige schnelle Schritte zum Fenster, um in die silbern beschienene Dunkelheit zu starren. Er fühlte eine seltsame Ruhelosigkeit, während Amelie ihm unsicher enttäuscht nachblickte. Er drehte sich um, kam zu ihr zurück. „Du küsst gut. Ich bin gespannt, was du noch auf Lager hast." Ein kurzes Nicken, dann verließ er das Zimmer.

Sie erwachte mitten in der Dämmerung, blinzelte sich wach – hungrig und vollkommen orientierungslos.

Nach und nach kam die Erinnerung zurück und auch die Enttäuschung über den abrupten Abgang des Schneekönigs, der ihr bewusst gemacht hatte, dass sie für ihn nichts anderes war als ein Spielzeug.

Wie konnte sie auch nur einen Moment lang so dumm gewesen sein zu glauben, dass zwischen ihnen etwas ganz Besonderes sei! Und dabei vergessen, weshalb sie eigentlich hier war!

Sie war nach einem opulenten Mitternachtssnack, den der Schneekönig ihr hatte bringen lassen, sofort ins Bett geschlüpft und bald darauf eingeschlafen.

Und nun begann ihr zweiter Tag im Reich des Schneekönigs, dessen Lippen alles andere als kalt wie Eis gewesen waren.

Rasch zwang sie sich dazu, an etwas anderes als an seine sinnlichen Küsse zu denken, ignorierte das Kribbeln in der Magengegend, das sich ungefragt eingestellt hatte.

Weit entfernt hörte sie ein schwaches, melodiöses Klingeln wie von kleinen Pferdeglöckchen. Als die Töne langsam verstummten, hörte Amelie nichts mehr außer ihrem eigenen Atem.

Sie reckte sich, schwang die Beine aus dem Bett und lief zum Fenster. Ruhig lag die Schneelandschaft vor ihr, umhüllt von einem hauchzarten Nebelschleier. Eine seltsame Stille lauerte in den Eisbergen, und die langsam aufgehende Sonne begann sich ihren

Platz am Himmel zu erobern. Ansonsten war kein Licht zu sehen, bloß Schatten und Kälte.

Nach einer wohltuenden Dusche beschloss Amelie auf Entdeckungstour zu gehen und sich auf die Suche nach ihrem Bruder zu machen.

Nachdem sie das Frühstück, das ihr gebracht wurde, genussvoll zu sich genommen hatte, streifte sie neugierig im Schloss umher. Eigentlich gefiel es ihr, durch all die stillen, verlassenen Räume der oberen Stockwerke zu streifen, doch saß ihr der Gedanke an ihren Bruder wie ein dunkler Zeitgenosse auf der Schulter und vermieste ihr die Entdeckungstour.

Wo mag er sein? Geht es ihm gut? Werde ich ihn finden?

Sie gelangte in einen langen, hellen Raum, bei dem sie nicht so recht wusste, ob es ein schmales Zimmer oder ein sehr breiter Korridor war. Die Wand, die den Fenstern gegenüberlag, war ganz mit Bildern behängt. Dicht an dicht, teilweise mannshoch, mit Rahmen so alt und schwer, dass man sicherlich vereinte Kräfte benötigte, um sie zu transportieren.

Eins der Bilder sprang ihr sofort ins Auge.

Der Mann auf dem Gemälde betrachtete die Welt mit kühlen blauen Augen. Silberblondes Haar umrahmte ein attraktives Gesicht, eine Haarsträhne fiel ihm jungenhaft in die Stirn. Um seinen Mund lag ein sarkastisches Lächeln. Der Schneekönig.

Interessiert betrachtete Amelie das Gemälde. Das Datum zeigte ihr, dass es vor etwa zweihundert Jahren gemalt worden war. Es war erstaunlich lebensecht.

Die Ruhe des Raumes tat ihr gut, doch Entspannung fand sie nicht. Ihr Blick glitt immer wieder zu dem Gemälde des Mannes, der ihr Herz zum Klopfen gebracht hatte wie nie jemand zuvor. Und selbst unter dem intensiven Blick des gemalten Abbildes fühlte sie, wie sich ihre Wangen röteten.

Durch ein Labyrinth verschlungener Gänge gelangte Amelie in den hinteren Teil der Galerie, wunderte sich, wie großzügig der vorher schmale Raum sich mit einem Mal zu öffnen begann. Mit jedem Schritt, den sie machte, wurden die Gemälde bunter, wirkten lebendiger. Die Stimmung in diesem Raum hatte etwas Mystisches, Magisches. Vom prachtvollen abwechslungsreichen Anblick gefesselt, schlenderte Amelie an den Bilderreihen vorbei, die scheinbar allesamt vergangene Szenen aus dem Leben dieses Schlosses zeigten.

Und dann stand sie vor einem Gemälde, das deutlich anders war als die, die sie zuvor betrachtet hatte. Es war ebenso farbenfroh, wirkte auch lebendig … allerdings fast schon zu lebendig. Amelie begriff, dass dieses Bild ihr den Blick auf das freigab, was just in diesem Moment in einem der Räume des Schlosses vor sich ging.

Sie sah einen gemütlich eingerichteten Saal. Eine offen stehende Flügeltür führte auf eine weiße Terrasse, die von einem verwilderten Park umgeben war. Mitten im Raum war ein großes Becken, in dessen Mitte ein kleiner Springbrunnen plätscherte, überall standen Vasen und Gefäße mit Eisrosen. Eine eigenartige Atmosphäre drang aus dem Bilderrahmen zu ihr hin, der Geruch schweren Parfums und Puderquasten hing in der Luft, vermischte sich mit dem Duft der eisigen Rosen.

Amelie spürte, dass die Luft des Raumes, auf den sie gerade blickte, mit Lachen und Lust gesättigt war. Aber auch mit vergangenen Tränen. Kühle Schatten krochen über die Wände. An einer Wand hing ein ovales Bild, das den Schneekönig und seine Schwester zeigte.

Schwere Lüster schwebten über einem weißen Marmorboden, auf dem sich tanzfreudige Paare zu einer wundersamen Musik im Kreis drehten. Amelie beobachtete, wie sich eines der Paare von den übrigen abzusondern begann, sich in eine Ecke auf ein Kissenlager zurückzog.

Dann war die Sicht getrübt, denn feine Nebel waberten über die Kulisse, verflüchtigten sich nach kurzer Zeit und zeigten ihren Bruder … und die Schneekönigin, die alles zu versuchen schien, die ungeteilte Aufmerksamkeit von Simon zu erlangen. Dieser ließ jedes Glas, aus dem er getrunken hatte, mit bösem Lachen an den Eiswänden zerschellen, ignorierte die Schneekönigin und winkte stattdessen nach den schönen Mädchen, die ringsum standen. Nie hatte Amelie so viele schöne Frauen zugleich gesehen. Sie waren prächtig gekleidet, eingehüllt in kostbare Gewänder und behangen mit Glitzerschmuck. Perlenketten durchzogen ihre kunstvoll frisierten Haare, und bei jeder Bewegung war das leise Klingen der Armreifen zu hören, die um ihre Handgelenke lagen.

Eine Frau schien Simon nicht zu reichen. Wie ein Schmetterling flog er von einer Frau zur nächsten, schob schließlich jede ungehobelt von sich, die er bereits erobert hatte und hielt sich auch mit Beleidigungen nicht zurück. Das alles geschah mit gleichgültigem Gesichtsausdruck und einem kalten Glanz in seinen grünen Augen. Er wirkte arrogant und böse, war Amelie fremd, und sie dachte an sein Verhalten in ihrem Heimatdorf und an die Worte der Schneekönigin:

... dein Bruder ist nicht mehr der, der er einmal war ... und *... der mehr und mehr zu vereisen beginnt ...*

Ihr Blick suchte das Bild nach der Schneekönigin ab, doch sie war nicht mehr da.

In diesem Augenblick knarrte die Tür, und ein winziger Hund drückte sich durch einen Spalt hinein. Sein helles Fell flirrte im fahlen Sonnenlicht. Ihm folgte die Schneekönigin.

Sie lächelte, aber es wirkte ein wenig aufgesetzt. Ihr Kinn reckte sie erhaben nach vorne, obwohl in ihren Augen Trauer stand. Eine stolze, schöne Silhouette. Reizvoll, aber auch kalt. Unberührbar und doch verfangen in ihren Jahrhunderte alten Sehnsüchten. Ihr Kopf deutete auf das Bild. „Du hast deinen Bruder gesehen?" Amelie nickte.

„Es wird schlimmer werden ... viel schlimmer. Es sei denn ..." Die Schneekönigin sprach den Satz nicht aus, warf Amelie hoffnungsvolle Blicke zu, und diese wusste auch ohne Worte, was gemeint war.

„Wir ... wir haben uns ... nun ja ... geküsst."

„Das ist nicht viel."

„Ich befürchte, ich schaffe das alles nicht." Ein tiefer Seufzer begleitete ihre Worte. „Aber selbst wenn es mir gelänge, ihn zu verführen, was sollte daran so anders sein als die Schäferstündchen mit all den anderen Frauen, denen es nicht gelungen ist, sein Herz zu erreichen?" „Zu viele Fragen und Zweifel sind destruktiv. Gib dir Mühe. Noch sind sechs Tage Zeit." Raum für eine Erwiderung blieb Amelie nicht, denn so urplötzlich wie die Schneekönigin vor ihr gestanden hatte, war sie auch wieder verschwunden.

Am nächsten Tag gelang es Amelie nicht, des Schneekönigs Wege zu kreuzen. Selbst mit Unterstützung der Schneekönigin waren alle Versuche aussichtslos. Er schien ihr bewusst aus dem Weg zu gehen, aus welchen Gründen auch immer. Auf diese Weise zerrann unter ihren Händen kostbare Zeit. Am Ende des zweiten Tages konnte sie nicht glauben, das auch dieser Tag schon wieder verstrichen war und fortan nur noch vier Tage blieben.

Trotz fortgeschrittener Stunde brannten überall im Schloss Lampen. Draußen war der Himmel über und über mit Nordlichtern besprenkelt. Amelie saß vor dem Frisierspiegel, kämmte ihr Haar. Hatte sie vor ein paar Minuten noch vorgehabt zu Bett zu gehen, so überlegte sie es sich nun anders. Sie würde noch eine Runde durch das

Schloss spazieren. Wer weiß, vielleicht begegnete sie dem Schneekönig ja doch noch, der wie vom Erdboden verschluckt schien.

Als sie ihr Zimmer verlassen hatte und an der breiten Treppe ankam, die in den Haupttrakt hinabführte, sah sie Simon. Er stand auf der untersten Stufe, bei ihm drei Schönheiten, die um seine Gunst buhlten.

Die schwarzbraune Seide, in die er gekleidet war, schimmerte bei jeder Bewegung, und die Ärmel und der Kragen waren mit einem feinen Pelz besetzt – aber er selbst sah erbärmlich aus. Sein Haar war zerzaust, und mit einer Flasche Rum in der Hand lallte er unverständliches Zeug. Seine Hände zitterten so sehr, dass die Flüssigkeit aus der Flasche schwappte und über seine Hand rann. Er leckte sie gierig ab, um ja keinen Tropfen zu verlieren. Sein Blick war wirr, er wusste offenbar nicht, wo er sich befand, noch mit wem er es zu tun hatte. Amelie erschrak wegen seiner bleichen, eingefallenen Wangen und seiner deutlich ausgemergelten Gestalt. Selbst im trüben Halblicht war zu erkennen, wie verwüstet sein Körper war, und als er davonstolperte wie ein alter Mann, unterdrückte sie ein aufkommendes Schluchzen. Ihr Bruder schien körperlich und auch mental förmlich zu zerfallen – und sie war hilflos.

Das heißt, es gab da schon etwas, was sie tun konnte. Nur leider hatte sich der nötige Hauptakteur aus dem Staub gemacht!

Orientierungslos und innerlich zu aufgewühlt, um sich Gedanken zu machen, streifte sie durch das Schloss. Es ging Treppen hinauf und Treppen hinunter, auf und ab, bis sie sich schließlich im Garten wiederfand.

Die nächtliche Kälte spürte sie nicht. Sie war innerlich wie tot, fühlte sich hilflos und gelähmt. Ihre Füße steckten bis zum Knöchel im Schnee. Feste Schuhe trug sie nicht, schließlich hatte sie vorgehabt, sich nur in den Räumlichkeiten des Schlosses aufzuhalten. Doch das war ihr egal. Ohne nachzudenken folgte sie einem Weg, lief durch eine labyrinthartig angelegte Eislandschaft, in der sie sich nicht einmal mit einem Plan zurechtgefunden hätte.

Die zwei Monde waren über ihren höchsten Punkt hinausgewandert und standen hinter dem Schloss. Ihr Licht fiel in die Mulden vor den Eishügeln und brach sich dort. Der gesamte Ort gewann durch dieses schräg einfallende Licht eine verwirrende Unwirklichkeit, wie sie manchmal auf alten Gemälden zu finden ist.

Müde vom Herumirren, bar jedes anderen Gefühls, ließ sie sich auf einem dicken Marmorstein nieder, der sich am Rande eines Sees befand. Ihre Körpertemperatur war schon so weit gefallen, dass sie keine Kälte mehr empfand. Stattdessen nur diese bleierne Müdigkeit, die ihre gnädigen Arme um sie legte.

Simons Gesicht tauchte noch einmal vor ihrem inneren Auge auf, kurz bevor sie sich endgültig dieser wohltuenden Schwärze hingeben wollte. Und mit einem Schlag war sie wieder hellwach.

Sie sprang auf, blickte sich suchend um, versuchte sich am Licht der Doppelmonde zu orientieren, was unter den gegebenen Umständen gar nicht so einfach war. Auf der Suche nach dem Weg zum Schloss irrte sie umher. Nach einer gefühlten Ewigkeit hörte sie wieder dieses Wispern, das sie schon auf dem Weg zur Zauberin Walburga vernommen hatte.

Die Eule, schoss es ihr durch den Kopf. *Die weiße Eule.* Und sie griff suchend in die Tasche ihrer Hose, denn die Glücksfeder trug sie stets bei sich.

Als sich kalte Finger um ihr Handgelenk legten und fest zupackten, schrie sie erschrocken auf. „Was zum Teufel tust du hier?" Diese Stimme hätte sie unter Tausenden von Stimmen wiedererkannt.

„Ich gehe spazieren, was dagegen?"

„Du zitterst wie Espenlaub und bist dennoch vorlaut wie eh und je. Hat man dir nicht beigebracht, bei einer Nachtwanderung im Schnee besser einen Mantel zu tragen? Und jetzt komm mir nicht mit dem Satz, dass du keinen Vormund brauchst."

„Wie wäre es damit: Ich beginne mich damit abzufinden, dass ich in ein paar Tagen Teil des ewigen Eises sein werde, und möchte mich schon mal ein wenig akklimatisieren." Sie grinste gespielt lieblich.

„Und ich dachte, du bist eine Kämpferin."

„Was nutzt ein Kampf ohne erkennbaren Hoffnungsschimmer?" Innerlich wieder lebendig, kehrte auch das Kälteempfinden zurück. Ihre Lippen bebten, ihr Körper schlotterte. Kurzerhand hob der Schneekönig sie auf seine Arme und trug sie zum Schloss zurück. „He, ich habe zwei Füße und kann laufen", begehrte sie auf, äußerlich bestimmt, innerlich sehr halbherzig, denn sie war froh, nicht mehr durch den Schnee stapfen zu müssen. Er seufzte gespielt theatralisch: „Schade, die Kälte hat doch kein schnurrendes Kätzchen aus dir gemacht." „Ihr habt Euren Sarkasmus aber auch nicht verloren." Ihre Zähne klapperten vor Kälte im wilden Takt unaufhörlich aufeinander.

Im Schloss stieß er mit dem Fuß die Tür zu ihrem Zimmer auf und ließ sie hinab. Sie wollte sich an ihm vorbeischieben, ohne seinen Blick zu erwidern, als er sie am Arm festhielt. „Wo bleibt meine Belohnung?" „Eine Belohnung? Wofür? Dafür, dass Ihr mir meinen Spaziergang vermasselt habt?" Amelie befand sich in einer Ausnahmesituation. Die Sorge um ihren Bruder, die ablaufende Frist, dieser unverschämte Kerl, der trotz allem eine verzehrende Sehnsucht in ihr auslöste – das alles ließ sämtliche Sicherungen bei ihr durchbrennen. Wütend funkelte sie ihn an, trat einen Schritt zurück, um einen Abstand zwischen ihre Körper herzustellen und wollte zum nächsten Schlagabtausch ausholen.

Im nächsten Augenblick schrie sie jedoch überrascht auf. Ohne eine Chance auf Gegenwehr zog der Schneekönig sie heftig an sich.

„Lasst …" Der Rest ging in einem wohligen Stöhnen unter, als sich seine Lippen auf die ihren pressten.

Sie war versucht, die Hände gegen seine Brust zu stemmen und ihn energisch von sich zu schieben, jedoch gefiel ihr sein Kuss so gut, das sie schon bald gar nicht mehr daran dachte, sich zur Wehr zu setzen.

Sie spürte, wie er für einen Moment verharrte, einen erstaunten und schweren Atemzug tat, dann schloss sie genießerisch die Augen, ließ sich fallen in jene sinnlich entrückende Stimmung zwischen Tag und Traum.

Wie weich und warm sich seine Lippen anfühlten. Auch ein wenig salzig. Ein wohliger Schauer durchströmte sie, ihre Knie begannen zu zittern, so dass sie sich unwillkürlich an seinen Körper schmiegte, um sich an ihm festzuhalten. Doch es war mehr. Viel mehr. Heiß schoss ihr das Blut durch die Adern. Ihr Herz stolperte, als sich seine Zunge genussvoll einen Weg zwischen ihre leicht geöffneten Lippen bahnte und neugierig das Innere ihres Mundes erkundete. Der Kuss schmeckte süß und aufregend. Als der Druck seiner Lippen sich verstärkte, hätte sie vor Wonne beinahe aufgestöhnt. Gerade noch rechtzeitig gelang es ihr, diesen Impuls zu unterdrücken.

Noch nie war sie so gekonnt geküsst worden wie von diesem Mann. Seine Zunge setzte ihren Körper unter Strom, machte sie willenlos. Nur zu gerne ließ sie es zu, dass er sie berührte. Als seine Hände sich nun einen Weg unter ihr Oberteil bahnten – zunächst zärtlich ihren Rücken streichelten, dann nach vorne wanderten und spielerisch ihre Brüste umschlossen – glaubte sie vor Wonne zu zerspringen.

Durch den dünnen Wollstoff hoben sich ihm ihre aufgerichteten Brustwarzen entgegen. Amelie konnte ein Stöhnen nicht länger unterdrücken. Zu sanft und fordernd zugleich liebkosten seine Daumen ihre aufgerichteten Knospen. Ihr Körper erzitterte, und sie sehnte den Moment herbei, in dem seine Hände endlich ihre gesamte nackte Haut berühren würden. Von Ekstase getrieben rieb sie ihren Körper an dem seinen.

Mehr, schrie alles in ihr. *Ich will mehr! Viel mehr!*

In ihren Ohren begann es zu rauschen. Ein sanfter Taumel erfasste sie und ließ jeden Gedanken verschwinden. Nur das Jetzt zählte. Das süße Jetzt mit diesen wunderbaren Lippen, die in der Lage waren, sie um den Verstand zu bringen. Die sanft wie ein Stück Seide über ihre Lippen glitten und doch so unsagbar männlich diesen heißen Kuss einforderten. Einen Kuss, der sie tausend Sternchen sehen ließ und eine Lust in ihr entfachte, die sie noch nie zuvor gespürt hatte. Eine wunderbare Lust in einer kalten Winternacht. Eine heißkalte Lust. Eine hoffentlich nie enden wollende Lust.

Die Kälte, die sie umgeben hatte, verflüchtigte sich immer mehr und machte einer köstlichen Hitze Platz, die ihren Körper wie einen Schleier umgab und ihr Blut in Wallung versetzte. Amelie betete insgeheim, die Zeit möge stillstehen, damit sie diesen Moment der Lust bis in alle Ewigkeit auskosten konnte.

Als seine Hände von ihren Brüsten abließen, war sie zunächst enttäuscht, warf aber bald darauf entzückt ihren Kopf zurück, als sie spürte, wie er nun seine Finger spielerisch ihre Wirbelsäule hinabwandern ließ. Seine Zunge umschmeichelte ihre Ohrmuschel, sein kitzelnder Atem brachte sie fast um den Verstand. Sie war kurz davor, ihr Entzücken zu verbalisieren, jedoch eine leise Stimme in ihr verbot es.

Von den Liebkosungen dieses Mannes bekam sie nicht genug, ganz gleich, wie viele Frauenherzen er schon gebrochen haben mochte. Hemmungslos gab sie sich seiner Zunge und seinen zärtlichen Händen hin und schob jeden störenden Gedanken von sich. Sie zog seinen Kopf näher zu sich heran und vergrub ihre Finger in seinem Haar. Ihre Zunge lockte die seine, spielte mit ihr und wollte gar nicht genug bekommen.

Der Schneekönig war überrascht von der allzu schnellen Hingabe dieser eben noch so spröden Person. Als er sie – nur als kleine Provokation – frech an sich herangezogen hatte, rechnete er mit allem: In erster Linie gleich mit einer Ohrfeige, aber ganz gewiss nicht mit diesem heißen Verlangen, welches ihm nun entgegenströmte. Was für ein Kontrast. Überhaupt bot diese Frau das reinste Kontrastprogramm. Und genau das machte sie für ihn so gefährlich. Sie berührte etwas in ihm. Er wusste nicht was, aber da war etwas. Und das, was da war, beschäftigte ihn mehr, als ihm gefiel. Zumal es für ihn nicht greifbar war.

Zu gerne hätte er ihr sinnliches Liebesspiel fortgesetzt. Oder noch besser: Es ausgedehnt und sie hier und jetzt voller Leidenschaft genommen. Aber sein Verstand hatte die Oberhand gewonnen. Es gelang ihm nicht mehr, seine Gedanken ins süße Nichts zu verbannen und sich allein auf diesen entzückenden Körper zu konzentrieren.

Als Amelie ihr Gesicht wie selbstverständlich in seinem Hals vergrub, schob er sie sanft, aber bestimmt von sich und fragte provokant: „Was genau ist es, das aus einer fauchenden Bestie ein anschmiegsames Kätzchen macht?"

Amelie zuckte zusammen. Sie wusste nicht, was sie von seinem erneuten Rückzug halten sollte. Enttäuschung, Unsicherheit, aber auch Wut kochten in ihr hoch.

„Anschmiegsames Kätzchen? Das hättet Ihr wohl gerne. Es war lediglich ein Moment der Schwäche, der meinen Verstand benebelte. Also interpretiert nichts in eine Sache, die nicht der Rede wert ist. Solltet Ihr Euch jedoch nun wie ein stolzer Eroberer fühlen, so scheint mir Euer Gemüt noch schlichter zu sein, als ich dachte."

Ihre Worte erheiterten ihn. Das schürte ihre Wut.

So viel männliche Arroganz hinter einer so ansehnlichen Verpackung, nein, das war zu viel für ihr Fassungsvermögen. Der Gedanke an Flucht wurde übermächtig. Was gäbe sie dafür, ihm eine Ohrfeige zu verpassen und wortlos nach Hause zu gehen, als hätte es ihn und die unselige Situation nie gegeben. Aber das war leider unmöglich. Erbost über diese ausweglose Lage, aber noch mehr über seinen erneuten Rückzug, fuhr sie ihn wütend an: „Und wagt es nicht, mich noch ein einziges Mal anzufassen, Ekelpaket."

„Sonst??" Sein unverschämtes Grinsen trieb ihr die Röte ins Gesicht. „Du machst mich neugierig, Kratzbürste. Ich würde so gern einmal mein blaues Wunder erleben." Er lachte lauthals los, konnte es nicht lassen, ihr Kontra zu geben, auch wenn er wusste, dass es gesünder wäre, das Weite zu suchen. Aber das konnte er am nächsten Tag immer noch tun.

Verärgert zog sie die Augenbrauen zusammen und blickte in seine spöttisch funkelnden Augen. „Wenn Hochmut wehtun würde, müsstet Ihr vor Schmerz den ganzen Tag laut schreien."

Er musterte sie ausgiebig von Kopf bis Fuß, ließ den Blick lasziv über ihren Oberkörper gleiten, strich dabei mit Daumen und Zeigefinger über sein Kinn. „Ich wüsste andere Dinge – viel schönere Dinge – die mich zum Schreien bringen könnten."

„Angeber! Große Klappe, nichts dahinter. Ihr gehört zu der Gattung Mann, die das Weite suchen, sobald es beginnt, sich auch nur ansatzweise in eine Richtung zu bewegen, die animalisches Schreien auslösen könnte", schoss es impulsiv aus ihr hervor. Zuckersüß lächelte sie ihn an.

Das musste sein. Zu tief saß der Stachel.

Er begann gleichsam zu schmunzeln, als auch in sich hineinzufluchen.

Teufelsweib!

„Du bildest dir also ein, dir ein Urteil über meine triebhaften Neigungen fällen zu können, nur weil wir uns ganze zwei Mal geküsst haben?" Seine Augenbraue schoss arrogant nach oben, seine Stimme war gefährlich leise. Er trat dicht an sie heran, drängte sie mit dem Rücken gegen die Wand. Ein leichter Taumel befiel Amelie, als sie seinen glühenden Blick auf ihrem Körper spürte. Es kostete sie, trotz angestauter Wut alle Mühe, ihm nicht die Arme um den Nacken zu schlingen, ihr Gesicht in seinen Hals zu graben und seinen Duft einzuatmen. Sie begehrte diesen Mistkerl. Mehr noch, sie war trotz allem dabei, sich in ihn zu verlieben. Das Verlangen, dieses süße Gefühl ungeniert auszukosten, erfüllte ihr ganzes Sein.

Ihr Herz raste, als sich seine Hände in ihre Schultern gruben. Mit einem Ruck zog er sie an sich. Seine Augen glitzerten. Er presste seinen Mund auf ihre Lippen und küsste sie so feurig, dass ihre Knie unter ihr nachgaben. Sein Kuss wurde nachgiebiger, zärtlicher, bis seine Lippen die ihren schließlich frei gaben.

„Das war Lektion eins. Wenn du brav bist, gehe ich gerne zur nächsten Lektion über, damit du nicht weiterhin daran nagen musst, von mir verschmäht worden zu sein." Um seine Mundwinkel zuckte es verräterisch. Noch immer hielt er sie fest umfangen. Er hatte sie ertappt … hatte sich nicht etwa von ihren Worten treffen lassen, sondern folgerichtig erkannt, dass es die pure Bitterkeit war, die da aus ihr gesprochen hatte.

„Würdet Ihr mich bitte loslassen?" Sie versuchte sich aus seinem Griff zu befreien.

„Was bist du bloß für eine kleine Kratzbürste. Entspann dich. Vor Kurzem hast du meine Umarmungen noch genossen. Oder irre ich mich?" Er lachte rau auf, genoss sichtlich ihre missliche Lage.

„Besser Kratzbürste, als so ein hirnloses Wesen wie Eure unzähligen Weibchen, die nichts anderes im Sinn haben, als sich Euch vor die Füße zu werfen", entgegnete sie in scharfem Tonfall und versuchte erneut sich loszureißen.

„Willst du wohl brav sein?", murmelte er, griff zärtlich und fordernd zugleich in ihr Haar und küsste sie mit einer Intensität, die die vorigen Küsse in den Schatten stellte.

Ihr verräterischer Körper legte den inneren Schalter augenblicklich um.

Schnurren statt knurren, da konnte ihr Geist noch so sehr wüten.

In ihrem Bauch tanzten entfesselte Schmetterlinge einen hemmungslosen Tanz. Willenlos, keines vernünftigen Gedankens mehr mächtig, überließ sie sich seiner Führung.

Ein Schauder der Begierde durchrann ihren Körper. Doch auch der Schneekönig blieb nicht kalt. Ihr leises Gurren genoss er mehr als alle Sinnesgenüsse, die ihm je widerfahren waren. Ungeduldig versuchte er die Knöpfe ihres Oberteils zu öffnen … riss es ihr dann mit einem Ruck vom Körper, warf es zu Boden und befreite sich anschließend von seinem eigenen Hemd.

Als er sie an sich presste, und sie seine nackte, heiße Brust auf ihrer Haut spürte, seufzte sie ergeben auf. Sie war verloren, wünschte sich, dieser Moment würde nie vergehen. Und auch er spürte Regungen in sich, die seinen klaren Kopf benebelten. Er wusste nicht wieso – und auch nicht, was es war. Er wusste nur eins: Er musste diese Frau besitzen. Sofort! Sonst würde er verrückt werden.

Zart umrundeten seine Daumen ihre aufgerichteten Brustspitzen. Er beugte sich vor, legte seine Lippen auf ihre Brust und spürte, wie ihre zarten Spitzen unter seiner Zunge noch härter wurden. Nie hatte er etwas Köstlicheres geschmeckt. Amelie grub ihre Finger in sein Haar, presste ihn an sich und rieb gleichzeitig verführerisch ihren Oberkörper über sein Gesicht. Er bekam nicht genug von ihren Brüsten, die so köstlich dufteten, dass ein weiterer Schauer der Erregung seinen Körper durchflutete. Bisher waren es die Frauen, die vor Lust bebten, nun war er es. Er erschauerte unter den Liebkosungen ihrer Hände, die zaghaft über seine Schultern strichen.

Amelie verspürte ein wohliges Kribbeln, das sich in ihrem Unterleib austobte. Leise stöhnte sie auf, als er in die Knie ging und seine Zunge verführerisch ihren Bauch hinabgleiten ließ. Er umfasste ihr Gesäß, schob ihr die Hose über die Hüften, und presste sein Gesicht in ihren Schoß. Mit der Zunge schob er ihren Slip beiseite und begann mit einem gekonnten Zungenspiel, das sie schwindelig machte und alles um sich herum vergessen ließ. Ihr Unterleib passte sich den Bewegungen seiner Zunge an, Halt suchend krallten sich ihre Finger in seine Schultern. drohte sie innerlich zu verbrennen, Als seine harte Zungenspitze sie zu einem gewaltigen Orgasmus trieb, drohte sie innerlich zu verbrennen.

Zärtlich umfasste sie sein Gesicht und sah ihn einfach nur an. Mit leicht geöffneten Lippen, die Augen dunkel verhangen. Dieser Blick durchzuckte ihn wie ein Stromschlag. Er konnte sich nicht satt sehen an ihrem Antlitz, das so viel Hingabe, aber auch unbändige Willenskraft und Stärke in sich trug. Seine Augen wanderten von ihren Augen über ihren süßen Mund mit den schön geschwungenen, zartroten Lippen, während er sich erhob, seine Hände ihre Hüften umfassten und sie langsam, aber fordernd von ihrem Slip befreiten.

Entfesselt vor Leidenschaft spreizte er ihre Beine, schob sich dazwischen. Zu spüren, dass dieser kleine Trotzkopf bereit für ihn war, erregte ihn so sehr, dass er sich in Windeseile seiner Hose entledigte, ihren Körper mit heißen Küssen bedeckte und tief in sie eindrang. Es fühlte sich an, als seien ihre beiden Körper füreinander geschaffen. Sie bewegten sich im gleichen Rhythmus, verschmolzen miteinander, und als seine Lippen die ihren fanden, tauchte er seine Zunge tief in ihren Mund. Beide versanken in einem langen, gefühlvollen Kuss, der wie Honig schmeckte.

Das Feuer brannte. Sie wollten mehr. Sie wollten alles, gaben sich einander voll und ganz hin, bis sie gemeinsam in nie gekannte, köstlich süße Welten tauchten.

Die darauffolgenden Tage erlebte Amelie wie im Rausch. Sie verbrachte die meiste Zeit mit dem Schneekönig, von dem sie erfuhr, dass sein Name Louis war. Sie sehnte sich danach, mit ihm zu verschmelzen, dabei die Zeit anzuhalten, um mit ihm in die Unendlichkeit einzudringen und nie wieder auf seine Nähe verzichten zu müssen.

Sie liebten sich stundenlang, plauderten und bekamen nicht genug voneinander. Amelies Herz quoll über, war ausgefüllt und schwer vor Glück, und fast vergaß sie darüber ihren Bruder und den Grund, weshalb sie hier war. Gnadenlos rückte der Zeiger der Zeit vorwärts, und als ihr bewusst wurde, dass das Ende der sieben Tage, in denen sie das Herz des Schneekönigs erobert haben musste, dunkel und schwarz vor der Tür stand, pochte ihr das Herz zum Zerbersten. Denn hatte er auch einen Narren an ihr gefressen, so war es bis zur wahren Liebe doch noch ein großer Schritt … auch wenn ihr Herz längst lichterloh brannte und sie diesen Mann aufrichtig liebte.

Ihre Gedanken und Empfindungen purzelten wild durcheinander, beglückten sie, machten ihr Angst und gaben ihren Augen einen Glanz, der gleichzeitig Sorge und Glück in sich trug.

Am Morgen des siebten Tages wachte sie neben ihm auf. Den Geschmack seiner Küsse noch auf den Lippen dachte sie wohlig an die vielen Male, in denen ihr Körper mit dem seinen verschmolzen war. Doch sie wollte mehr. Viel mehr. Alles. Wollte sein Herz gewinnen, ihn niemals mit einer anderen Frau teilen müssen, sondern mit ihm leben als Mann und Frau. Als Paar – für immer und ewig! Egal wo! Amelie seufzte. Dieser Wunsch kam ihr als schiere Illusion vor. Louis war kein Mann für die Liebe. Das hatte er immer wieder betont, auch während ihrer gemeinsamen Stunden.

„Woran denkst du?" Seine Stimme, ganz nah an ihrem Ohr, weckte sie aus ihren Gedanken. „Ich habe gerade darüber nachgedacht, wie vertraut wir uns in der kurzen

Zeit geworden sind. Wir liegen hier zusammen, als sei es das Normalste auf der Welt. Wir … nun … ich meine …" Sie stockte.

„Ja?"

„Ach, nichts."

„Wirklich nichts?"

„Wenn du dir die Zukunft malen könntest, wie würde dein Bild aussehen?" „Darüber möchte ich weder nachdenken noch sprechen." „Warum?" „Weil das Bild in der Realität keine Chance hätte."

„Hm."

Amelie spürte seinen nachdenklichen Blick auf sich ruhen. Sie schielte zu ihm hinüber. Er wirkte nachdenklich und auf eine seltsame Art geistesabwesend, so als forschte er tief in seinem Innersten nach. Wieder einmal stellte Amelie erstaunt fest, wie sehr sie ihn unterschätzt hatte. Nie hätte sie geglaubt, dass dieser Mann, der so arrogant und leichtsinnig sein konnte, zu tiefster Ernsthaftigkeit fähig war. Diese Erkenntnis entflammte ihr Herz für ihn noch mehr.

Nach einer langen Pause räusperte er sich endlich. „Amelie, ich will ehrlich zu dir sein." Ihr Herz setzte für einen Moment aus. Schon sein Tonfall alleine brachte Amelies geheime Hoffnungen zum Schrumpfen. Sanft umfasste er ihre Wangen und zwang sie auf diese Weise, ihn direkt anzusehen.

„Lass es mich auf den Punkt bringen, Amelie! Nun … ich … ich kann und will nicht leugnen, dass du mich tief im Inneren auf eine Weise berührt hast, wie es bisher keiner Frau gelungen war. Dennoch will ich nicht von Liebe sprechen, will dir auch nicht irgendwelche Hoffnungen oder Versprechungen machen, die sich zu guter Letzt dann sowieso wie Schaumblasen auflösen. Ich kann es ja selbst kaum begreifen, was du in mir ausgelöst hast. Es fällt mir schwer, meine Gedanken und Gefühle richtig einzuordnen – und auch richtig danach zu handeln." Er stöhnte gequält auf. „Du siehst, ich schaffe es nicht einmal, mich deutlich auszudrücken. Kurzum: Ich bin kein Mann, der liebt!" Wieder machte er eine Pause. „Eines musst du mir aber glauben, Amelie, du bist eine ganz besondere Frau."

„Das ist schön zu hören, auch wenn es mich und meinen Bruder nicht retten wird. Aber auch ich will ehrlich zu dir sein: Ich habe mich unsterblich in dich verliebt, und daran wird sich nichts ändern, egal was passiert. Das aber soll alleine mein Problem sein."

Er nickte, zog sie noch einmal kurz in seine Arme und erhob sich.

„Wenn es einen Weg gäbe, den Fluch des ewigen Eises – den ich einst beim Tod meiner Mutter aussprach – zu bannen, ich würde es tun. Doch leider gibt es nur diesen einen Gegenzauber, und Liebe obliegt nicht meiner Natur."

„Ich weiß."

Am Abend des siebten Tages stand sie hoch oben auf den Zinnen des Schlosses. Frisch, eisig und doch sanft strich die Luft über ihre Haut, brachte ihr den süßen Duft der Eisrosen. Sie blickte zum Himmel, sah die Sterne klar und leuchtend. Sah den silbernen Doppelmond, dessen Strahlen sich erschreckend schnell zur See zu neigen begannen. Dieser letzte Abend umhüllte sie, schmiegte sich enger an sie, und sie öffnete die Arme, streckte sie weit aus, wuchs, verschmolz mit dem üppigen Duft, mit der Weite der Nacht, mit dem Moment, und wünschte sich nur eines herbei: Den Stillstand der Zeit, bis die ersehnten Worte über seine Lippen quollen, von denen er wusste, wie dringend sie vonnöten waren.

Es begann zu schneien. Zarte Flocken setzten sich auf ihre Nasenspitze, netzten ihre brennenden Lippen, verschleierten den Blick.

„Und wenn das Licht der Silbermonde den Eissee küsst, wenn der purpurfarbene Horizont sich in eisiges Blau verwandelt, werden sich deine Lider für immer schließen und sowohl du, als auch dein Bruder werden für immer vereint mit dem ewigen Eis."

Sie hatte die Stimme der Schneekönigin noch genau im Ohr. Diese Worte, die sie mit einem letzten Funken Hoffnung, aber auch Angst, dass ihre Hoffnung umsonst sein könnte, vor ein paar Stunden zugeflüstert hatte. Amelie blickte hinauf, betrachtete voller Melancholie die beiden Monde, deren Strahlen sich langsam hinabsenkten. Traurigkeit durchschlich ihren Körper wie ein Dieb, der ihr das Glück neidete und grausam stehlen wollte.

Sie stieg langsam die Stufen des Turmes hinab. Ihre Handknöchel traten weiß hervor, so fest hielt sie das Geländer umfasst.

Und dann stand sie im Garten. Alles erschien ihr wie ein böser Traum, und doch war es wahr. Während sie in die Knie ging, spürte sie die Kälte des Eises, das im silbernen Licht glänzte, und sie begriff: Sie hatte den Kampf verloren. Ihre Lippen begannen vor Kälte zu zittern, ihr Inneres erstarrte ebenso wie ihr Blick, der gebrochen ins Nichts fiel. Dann sackte sie in sich zusammen.

Louis saß am Fenster und blickte in den purpurfarbenen Himmel, der sich langsam in eisiges Blau zu verfärben begann. Sah, wie sich die silbernen Strahlen der beiden Monde zur See neigten. Er wusste, was das zu bedeuten hatte. Doch etwas war anders als sonst. Es fehlte die Gleichgültigkeit.

Mit finsterem Blick tauchte er die Feder in blutrote Tinte und setzte Buchstabe für Buchstabe auf das blütenweiße Papier seines Tagebuchs, das er seit dem Tod seiner Mutter führte.

„Müde, redselig und voll von Empfindungen, die ich nie – ich betone: nie – zulassen werde, sitze ich hier und verfluche – zum ersten Mal überhaupt – diesen magischen, siebten Tag! Verfluche den Moment, in dem der Doppelmond sein Bad im Eissee nehmen wird. Denn just in diesem Augenblick wird diese Frau, so weich und warm und lieblich, zu ewigem Eis erstarren, ebenso wie schon so viele vor ihr. Und ich, ich sitze hier und vermisse die Gleichgültigkeit, die mich sonst begleitete, verfluche den Gedanken daran, sie nie wieder in den Armen zu halten, ihr über das Haar zu streichen und ihr einfach nur in die Augen schauen zu können.

Trotz aller Vernunft, und obwohl ich seit dem Tag, an dem ein Menschenmann meine geliebte Mutter verriet, und sie alsbald an gebrochenem Herzen starb, jeglichem Gefühl abgeschworen und mein Herz zu ewigem Eis habe frieren lassen, fühle ich mich ihr – Amelie – tief verbunden. Dennoch vermag ich es nicht, die nötigen Worte und Gefühle zuzulassen. Sie wird mir fehlen. Ihre Nähe. Ihr Lachen. Ihre Hingabe ...

Louis brach ab, schaute erneut aus dem Fenster. Er war es gewohnt alles zu bekommen, was er wollte. Nichts wurde ihm verweigert, während er selbst nicht geben konnte und wollte. Und nun war da in ihm dieses Gefühl der Stille und Einsamkeit.

Um ihn herum war alles dunkel – obwohl es schneeweiß war. Sein bisheriges Leben hatte er in innerer Finsternis verbracht. In Kälte, erfüllt von Hass und Gleichgültigkeit. Und genau dieser Zustand begann ihm in diesem Moment die Kehle zuzuschnüren. Mit einem Mal fühlte er sich einsam. Ein nie gekanntes Gefühl. Statt von Eiseskälte wurde sein Herz just in diesem Moment von etwas anderem ausgefüllt. Von etwas, das er nicht beschreiben konnte. Und nichts vermochte dieses erdrückende Etwas zu stillen.

Hinter ihm waren Schritte zu hören, er wandte sich um. Als er seine Schwester erblickte, wollte er ihr zunächst unwirsch zu verstehen geben, dass er keine Gesellschaft wünsche. Die Hoffnungslosigkeit in ihrem Blick ließ ihn jedoch innehalten, und mit einem Mal spürte er selbst genau das in seinem Inneren, was ihre Augen qualvoll in den Raum zeichneten.

Er sprang auf, schob sich an ihr vorbei und raste die Treppen hinab. Hinter den Mauern aus Eis begann sich sein Herz einen Spalt zu öffnen.

Bei Amelie angekommen, ging er in die Knie. Er neigte sich über die leblose Gestalt und gab es auf, sich der Faszination, die diese Frau in ihm hervorrief, zu entziehen. Eine Faszination, die den Rest seines Daseins bestimmen würde. Der starre Blick aus ihren im Leid aufgerissenen Augen marterte sein eiskaltes Herz, allein der gedankliche Klang ihres Namens versetzte ihn in Aufruhr, und die Erinnerung an die gemeinsamen Stunden berührten ihn. Sie durfte nicht zu Eis erstarren, sie musste leben, für ihn! Doch es schien zu spät zu sein. Und er erinnerte sich, wie sie zitternd in seinen Armen lag und sich in die Liebkosungen hatte fallen lassen, die er ihr zukommen ließ.

Der Spalt der Eismauer, die sein Herz umschloss, wurde größer.

Eine nie gekannte Wärme stieg in ihm auf. Er wollte sie wie ein Juwel beschützen.

Sie war ein Juwel, sein Juwel … Juwel seines Herzens … und er weinte heiße Tränen wegen des Verlustes, den er würde hinnehmen müssen. Und genau diese Erkenntnis raubte ihm den Atem. Wie ein eiserner Ring legte sie sich um seinen Brustkorb. Er hob Amelie hoch, nahm sie fest in seine Arme, trug sie ins Schloss und flüsterte: „Ich liebe dich!" Und während er diese Worte ständig wiederholte, begannen die Strahlen der beiden Silbermonde erneut aufwärts zu wandern, vereinten sich zu einem leuchtend roten Ball, dessen Widerschein das eisblaue Firmament tiefrot färbte und den Wangen Amelies Farbe einhauchte. Das Leben kehrte in ihre Augen zurück, sie seufzte, senkte die Lider. Der liebevolle Blick Louis ruhte auf ihrem Antlitz, war durchtränkt von Hoffnung und endloser Erleichterung.

Konnte es sein … war es möglich, dass es noch nicht zu spät war? Sie schlug die Augen auf, ihr Blick verlor sich im tiefen Blau seiner Augen. Und während sich seine zitternden Lippen auf die ihren senkten, er zwischen unzähligen Küssen immer wieder „Ich liebe dich" flüsterte, begannen Tausende von Sternen über der endlosen Schneelandschaft und über dem ruhigen Wasser des Eissees zu funkeln, und aus dem melancholischen Tanz ihrer Strahlen wurde ein freudiger, denn es war Wärme eingekehrt in das frostige Reich.

Louis Herz aus Eis begann zu schmelzen, und fortan würde der schöne König auf ewig mit ihr tanzen, mit der Liebe seines Lebens ... mit Amelie. Zur Musik des Herzens, warm und liebevoll. Ein Tanz voller Farbe und Poesie, der die Säle des Eispalastes ausfüllt und die Liebe verbreitet – auch für seine Schwester und für Simon.